Heinz Cordes

Der Spürhund

W0350424

Militärverlag
der Deutschen Demokratischen
Republik

ISBN 3-327-00579-6

1. Auflage
© Militärverlag der Deutschen Demokratischen Republik
(VEB) – Berlin, 1988
Lizenz-Nr. 5
Printed in the German Democratic Republic
Gesamtherstellung: Druckerei des Ministeriums für Nationale Verteidigung
(VEB) – Berlin – 34393-7
Lektor: Friedel Hohnbaum-Hornschuch
Typografie: Ingeburg Zoschke
Umschlaggestaltung: Detlev Schüler
LSV: 7004
Bestellnummer: 747 079 8
00400

Der Fluß schimmerte in der Morgensonne wie Perlmutt. Eine friedliche Ruhe schien über der Landschaft zu liegen. Zu ruhig, zu friedlich, dachte Tomahawk. Kein Vogel zwitscherte, und kein Fischotter plätscherte im Wasser.

Die steilen Lehmhänge verwehrten Tomahawk einen Blick auf das Ostufer des Souris River und das dahinterliegende Gelände. Das war nicht gut. Er war auf dem Fluß nicht vor Entdeckung sicher, doch selber sah er nichts. Dabei spürte er, schmeckte er etwas Fremdes. Er sog tief die Luft ein, so daß sich seine Nüstern blähten vor Anstrengung. Da war wieder dieser Hauch von Qualm. Für einen Präriebrand zuwenig, für das Lagerfeuer eines Indianers, eines Trappers oder eines Métis[1] zuviel. Der Rauch biß. Greenhorns, vor allem Yankees oder Engländer[2] zündeten solch ein Feuer an.

Mit zwei, drei Schlägen brachte Tomahawk sein Kanu in Richtung einer kleinen Landzunge und ließ sich von der Strömung treiben.

Natürlich hätten ein paar Dutzend Paddelschläge genügt, um ungesehen die Einmündung in den Assiniboine River zu erreichen. Auf dem reißenden Fluß wäre es ihm ein leichtes gewesen, die sechzig Meilen nach Fort Garry zurückzulegen. Doch seine Natur sträubte sich dagegen, nicht zu wissen, welcher Fremde sich in dem Ahornwaldstreifen herumtrieb. Minuten später knirschte der Schwemmsand unter dem Bug des Birkenrindenkanus.

Bis zum Bauch mußte Tomahawk ins Wasser, ehe er genügend Wurzeln fand, zwischen denen er das Boot sicher vertäuen konnte. Von der Landzunge aus sprang er zur steilen Uferböschung hinüber und schlängelte sich vorsichtig den Hang hinauf. Zwischen Distelstauden fand er einen guten Platz, um das Gehölz beobachten zu können.

Sein Geruchssinn hatte ihn nicht getäuscht, hellgrauer Qualm fädelte sich über den Baumkronen empor. Einen guten Steinwurf weit entfernt standen im lichten Bewuchs alte Ahornbäume. Zwischen den Stämmen machten sich weiße Männer in buntkarierten Hemden zu schaffen. Offensichtlich räumten sie ihre Habe zusammen, um den Rastplatz zu verlassen. Weiter hinten sah Tomahawk Pferde. Einer der Männer trug weißrote Holzlatten hin. Landvermesser also!

In Tomahawks Blickfeld schob sich die blaue Uniform eines kanadischen Polizeireiters. Über dem Blusenkragen wucherte ein rostroter Bart. Unter dem Käppi quollen Haarbüschel der gleichen Farbe hervor. Tomahawk grinste. Dazu konnte nur das ewig mürrische Gesicht des Sergeanten Billings passen. Zwar konnten sich die beiden nicht ausstehen, aber von einem Polizeisergeanten drohte Tomahawk, einem Scout im Dienste der Polizei, kaum Gefahr. Er sprang also auf. Das Gewehr unter dem Arm, schritt er auf den Hain zu.

Einer der Landvermesser wurde aufmerksam, stutzte, und riß sein Gewehr in die Höhe. Dabei grölte er wie besessen: «Sergeant, Sergeant! Eine Rothaut!»

Tomahawk sah vor sich eine flache Mulde, die wie für ihn geschaffen schien. Als er den Feuerstrahl aufblitzen sah, war er schon hineingeglitten. Nicht den Bruchteil einer Sekunde zu früh.

Sergeant Billings war bei dem Gebrüll des Landvermessers herumgefahren, konnte ihm die Waffe aber erst entreißen, als der Schuß schon gekracht hatte.

Das rief die anderen auf den Plan, und einer der Männer räsonierte: «Ho, ho, Sergeant! Weshalb mißgönnen Sie uns den Spaß? Wetten, der flitzt schneller als ein Präriehase.»

Billings lief puterrot an und schimpfte los. «Ihr gottverdammten Narren! Wollt ihr unsere Skalps mit der Ballerei aufs

Spiel setzen? Hättet lieber auf mich hören und kein grünes Holz aufs Feuer werfen sollen. So viel Qualm muß die Indsmen ja anlocken. Und wo einer auftaucht, ist der Schwarm nicht fern. Wir wollen hoffen, daß es Assiniboine[3] sind, die meine Uniform respektieren.»

Die Landvermesser murrten zwar noch etwas, aber schauten doch betreten zu Boden. Der Sergeant bedeutete ihnen, sich zurückzuhalten, er wolle versuchen mit den Rothäuten zu verhandeln.

Billings trat aus der Deckung der Bäume hervor und hob im nächsten Augenblick die Hände über die Ohren. Er blickte in das kleine, schwarze Loch einer Mündung. Wie festgenagelt blieb er neben einem alten Baumwurz stehen. War doch klar, nach der Knallerei hatten die Indsmen sich erst einmal in die Büsche geschlagen. Daß er Indianern gegenüberstand, merkte er an dem schwarzen Haarschopf mit den schräg stehenden Augen. Billings hätte wetten mögen, daß er die schmale Adlernase, die hohen Wangenknochen, den schmallippigen Mund und das kräftige Kinn schon einmal gesehen hatte. Sicher war er sich nicht, für ihn sahen die Kerle alle gleich aus. Mit Bestimmtheit registrierte er jedoch, daß diese Rothaut keine Kriegsbemalung trug. Ein Umstand, der ihn ermutigte. «Roter Bruder, nicht schießen – hier gut Freund!»

Tomahawk lachte in sich hinein. Erst brannten sie einem fast ein Loch ins Fell, und dann: Roter Bruder. Er richtete die Waffe genau auf Billings Stirn, was den Sergeanten veranlaßte, seine Hände noch ein Stück zu heben. «Na, Sergeant Billings! Sehr freundschaftlich haben Sie mich nun wirklich nicht empfangen. Sie können die Hände herunternehmen.»

Billings fühlte sich erleichtert und beleidigt zugleich. Beleidigt, weil er, ein weißer Polizist, die Hände vor einem Mischling erhoben hatte. Er nahm sich vor, diese Scharte auszuwetzen. Jetzt freilich hieß es vorerst, höflich zu sein. Er lachte ebenfalls, wenn auch sehr gezwungen. «Aber old Fellow! War ein Versehen! Der Mann wird sich entschuldigen. Kommen Sie, ich habe noch eine Pinte Rum.»

Die Landvermesser sahen erstaunt hoch, als neben Billings nur ein einziger Mann auf sie zu kam. An den Mokassins, der Tuchweste und der roten Schärpe, der Lederhose und dem Hemd aus blauem Baumwollstoff erkannten sie, daß sie es mit einem Métis zu tun hatten. Aber der Bursche sah nicht gerade wie ein Goliath aus und schien dazu noch recht jung zu sein. Vor so einem sollten sie sich fürchten?

«Das ist Jacques Destouelle», stellte Billings vor, «Captain Dunhills liebster Spürhund. Gebt ihm artig die Pfötchen, sonst fährt der Captain mit uns Schlitten.»

Da der Vormann der Landvermesser aufbegehren wollte, zischte Billings ihn wütend an. «Tun Sie, was ich sage! Ritzen wir dem die Haut, kriegen wir es nicht nur mit dem Captain, sondern auch mit den Assiniboine zu tun. Der Bursche ist nämlich mit den Suksisjoketuks[4] verwandt. Trouble mit den Assiniboine, und gar den Suksis ... Dann sind unsere Skalpe keinen Sixpence mehr wert. Also Schießeisen weg und die Visagen in wohlwollende Falten gelegt! Verstanden, Gentlemen!»

Die «Gentlemen» schienen kapiert zu haben. Einer nach dem anderen packte seine Waffe beiseite und versuchte dreinzuschauen wie ein Sonntagsschüler.

Tomahawk war herangekommen. Er musterte die Kanadier und zählte schnell die Schar. Zehn Mann und der Sergeant. Wo wollten die hin? Eigentlich nicht seine Sache, doch immerhin, es zu wissen, wäre auch nicht verkehrt.

Billings redete, als hätte er den Mund voller Ahornsirup: «Werden mir doch einen guten Schluck nicht abschlagen, Mister Tomahawk?» Er wies auf die Kanadier. «Die Gentlemen brennen auch darauf. Sind nun mal Neulinge, die bei jedem Geräusch in der Wildnis Gefahr wittern.»

Gewiß war Tomahawk ein gestandener Spürhund. Niemand hätte ihm etwas vormachen können, wenn es galt, eine Fährte zu bestimmen. Aus jedem Trittsiegel, aus jedem umgeknickten Zweig im Busch oder aus jeder Schleifspur im Büffelgras der Prärie hätte er sich einen Vorgang zusammen reimen können. Doch eins konnte er nicht: In Gesichtern lesen. Schon gar nicht in den Mienen der Weißen. Woher auch? Er hatte in seinen fünfundzwanzig Lebensjahren manche Berührung mit Weißen gehabt. Aber die Franzosen nahmen Indianer und Métis einfach als Menschen. Den Red-River-Schotten war Rassenüberheblichkeit fremd. Und die Kanadier, mit denen Tomahawk bisher zu tun gehabt hatte, wollten seine Dienste in Anspruch nehmen, so daß sie gezwungenermaßen höflich zu ihm waren.

Kurz, diese Mischung aus Haß, Verachtung und Angst in den Gesichtern der Landvermesser verstand er nicht zu deuten. Sie riefen nicht seinen Argwohn hervor. Deshalb nahm er die Erklärung Billings auch widerspruchslos hin. Indes verstand er nicht, weshalb der Sergeant die Landvermesser begleitete. Doch bei einer Begegnung im Busch oder in der Prärie stellte man nicht gleich eine Menge Fragen.

Anders dachte Billings darüber. Ihn interessierte schon das Woher und Wohin des Spürhundes.

Arglos berichtete Tomahawk, er habe das Versteck von amerikanischen Schmugglern, von Briganten, aufgespürt und sei nun auf dem Weg nach Fort Garry, um Captain Dunhill Bericht zu erstatten. Er zog eine Stummelpfeife hervor, stopfte sie und kramte in den Taschen nach seinem Feuerstein und dem Zunder. Der Vormann reichte ihm einen glimmenden Ast und sagte wie beiläufig: «Ist mir eine Ehre, einer Rothaut Feuer zu geben.»

Tomahawk blickte erstaunt auf, und als er das Gesicht des Mannes bemerkte, kamen ihm doch einige sonderbare Gedanken. Er griff zur Schärpe, wo eine Stahlaxt steckte, die er demonstrativ nach vorn schob.

Der Sergeant befürchtete neue Verwicklungen. Doch in diesem Augenblick kam aus der Richtung der Pferde ein zweiter Polizist herangeschlendert. Es war Konstabler Learny, ein Mann, der sich des unbedingten Vertrauens Tomahawks rühmen durfte.

Er hatte die Szene beobachtet und begrüßte erfreut den Métis. «Die Klutentreter haben wohl nicht den richtigen Umgangston drauf? Werden noch viel lernen müssen, fürchte ich.»

Einerseits hätte Billings seinen Konstabler verfluchen können, andererseits war er froh, daß Learny die Situation entschärfte, denn ihm war nicht der Griff des Spürhundes zum Beil entgangen.

Tomahawk nahm Learnys Worte für bare Münze und erwiderte lachend: «Laß sie eine Weile hier sein, dann werden sie sich ändern. Wie aber kommen Polizeireiter mit diesen Leuten zusammen? Dachte schon, Captain Dunhill habe mir ein Empfangskomitee entgegengeschickt.»

Hier schaltete sich Billings ein. Es gäbe eine Order des Gouverneurs, Beamte der Regierung durften nicht mehr ohne Polizeischutz ins Territorium, wegen eben jener amerikanischer Banditen, die auch Tomahawk aufzuspüren habe. Der Sergeant rollte dabei vielsagend mit den Augen. Wenn jetzt nur nicht einer der Kanadier eine neue Dummheit beging. Doch seine Sorge war grundlos. Die Landvermesser dachten gar nicht daran, ihn Lügen zu strafen. Sie starrten ihn nur verblüfft an. Das war ihnen neu, daß man sie vor ein paar über die Grenze gekommenen Amerikanern schützen mußte!

Auch Tomahawk glaubte offensichtlich nicht, was Billings sagte. Zehn ausgewachsene, bewaffnete Männer brauchten ein Polizeigeleit? In ganz Assiniboia[5] gab es keine fünf Amerikaner, und die nahmen bestimmt Reißaus, wenn sie eine solche Streitmacht sahen.

Learny fragte, was die Schießerei für einen Grund gehabt hätte. Er war mit den Pferden beschäftigt gewesen und hatte deswegen nicht richtig begriffen, was vorgefallen war. Als er die Mär vom ungeschickten Umgang mit der Waffe und von der Nervosität des Vormannes hörte, lächelte er skeptisch. Billings fand jedenfalls, daß der Konstabler ausgesprochen unverschämt grinse. Da war seiner Ansicht nach mal eine Lektion über Subordination fällig. Doch alles zu seiner Zeit. Jetzt, da er wußte, weshalb sich der Spürhund hier an der Sourismündung herumtrieb, wollte er ihn so schnell wie möglich verabschieden.

Er fragte Learny, ob die Gäule zum Aufbruch bereit seien, und als er eine bejahende Antwort erhielt, sagte er zu Tomahawk: «Schade, daß wir nicht länger miteinander schwatzen können, aber die Pflicht ruft. Wir müssen zu den Farmern flußaufwärts, hoffen, ein gutes Stück Land kaufen zu können. Das soll gleich vermessen werden.»

Tomahawk fragte: «Den Assiniboine oder den Souris hinauf?»

«Zur Sourisbiegung an der Grenze», antwortete Billings.

Tomahawk senkte den Blick, um nicht seine Empfindungen zu verraten. An der Sourisbiegung gab es nur zwei Farmen. Die eine gehörte den Sayer-Brüdern, und der Spürhund wußte, daß die kein Land verkauften. Blieb nur der Schotte McLellan, der etwa dreißig Meilen östlich der Sayers seinen Wohnsitz hatte. Arthur McLellan hatte eine Schwiegertochter, eine junge Witwe mit einem vierjährigen Sohn. Ihr Mann war vor einigen Jahren tödlich verunglückt. Bisher hatte sich Tomahawk immer eingeredet, er besuche die McLellans nur wegen des kleinen Benny, der sich mit ihm angefreundet hatte. Nun aber mußte er daran denken, daß der Mutter des Buben, Mabel McLellan, vielleicht von dem rothaarigen Billings der Hof gemacht würde. Einmal hatte der Sergeant von Mabel als einer goldhaarigen Schönheit gesprochen, bei der er mal aufs Ganze gehen würde.

Plötzlich durchfuhr es Tomahawk siedendheiß. Wollte McLellan seinen Grund und Boden verkaufen und aus dem Territorium fortziehen? So mußte es doch sein, warum sonst die Landvermesser? Er hätte einfach Billings fragen können, doch glaubte er damit seine Gefühle zu offenbaren. Das aber ließ sein Stolz nicht zu.

Tomahawk verabschiedete sich und wandte sich zum Fluß. Die Kanadier beachtete er nicht mehr. Er war noch nicht am Ufer angelangt, als er Learny auf sich zueilen sah. Verwundert hielt er inne. Was wollte der Konstabler noch von ihm?

Learny half Tomahawk, das Kanu flottzumachen, der sich ein Herz faßte und leise fragte: «Will Arthur McLellan verkaufen?»

Obwohl Learny erriet, warum gerade diese Frage gestellt worden war, denn man brauchte nur in die Augen des anderen zu sehen, war der Konstabler über die Naivität des Burschen doch erstaunt. Sollte der wirklich nicht begriffen haben, weshalb Landvermesser ins Territorium ritten? Er war versucht, Tomahawk ein Licht aufzustecken, sagte sich aber dann, daß das nur Ärger bringen konnte. Erfuhr der Métis die wahren Aufgaben der Vermesser, würde er sofort seine Landsleute warnen.

Einen kleinen Wink konnte sich Learny freilich nicht verkneifen. «Verkaufen? Wo denkst du hin. Nicht bei McLellan. Da haben sie sich erst vor einer Woche eine Abfuhr geholt. Schätze, den Sayers steht Besuch ins Haus.»

Fort waren Tomahawks traurige Gedanken. Übermütig schob er das Kanu in den Fluß. «Learny, wenn ich mal wieder in den Bergen bin, besorge ich für dich ein Paar Mokassins, wie sie nur ein Häuptling trägt, der mindestens fünf Frauen hat.»

Geschickt lenkte er sein Kanu in die Strömung, und ehe er hinter der Landzunge verschwand, winkte er noch einmal fröhlich mit dem Paddel.

Learny starrte ihm nach, zuckte schließlich die Achseln und ging zum Wäldchen zurück.

Billings höhnte sofort los. «Haben wohl Angst gehabt, die Männer könnten dem Bastard ein Härchen krümmen? Wenn es nicht den strikten Befehl des Captains geben würde, wer weiß, ob ich sie noch länger daran gehindert hätte. Mir kommt die Galle hoch, wenn ich sehe, wie dieser ‹Mister Tomahawk› sich hier aufführt.»

Learny konnte nicht an sich halten. «Wenn sich jemand flegelhaft benommen hat, dann die bornierten Wühlmäuse, Sergeant.»

Billings Gesicht lief rot an. «Well, so ein verdammter irischer Hungerleider wie Sie muß ja Sympathie für all diese katholischen Frenchies, Bastarde und Schotten empfinden. Er sollte aber dabei nicht vergessen, daß er das gute Brot der kanadischen Polizei frißt. Ich bitte mir für die nächsten Tage unbedingte Loyalität gegenüber meinen Anordnungen und Maßnahmen aus. Sie legen sich nicht mit den Landvermessern an! Die sind immerhin im Auftrag der Dominionsregierung[6] hier. Ist das klar, Konstabler?»

Trocken erwiderte Learny: «Ay'e, Sergeant.»

Befriedigt befahl Billings den Aufbruch.

Während des Rittes drängte sich der Vormann der Landvermesser an Billings Seite und brachte das Gespräch auf den Spürhund. Was das für ein Scout sei, wollte er wissen.

Billings, innerlich noch immer mit sich hadernd, weil er einen Mestizen vor «weißen Christenmenschen» hatte in Schutz nehmen müssen, griff dankbar die Gelegenheit auf, sich dem Vormann gegenüber als Kanadier von echtem Schrot und Korn zeigen zu können. «Das ist kein richtiger Scout. Der steht auf keiner Soldliste. Reitet nur als Spürhund, wenn er Lust hat. Captain Dunhill wollte ihn vereidigen, da lachte der Kerl ihm frech ins Gesicht, so was käme nicht in Frage, er sei ein freier Präriereiter und kein Soldat.»

«Und das hat sich ein kanadischer Offizier gefallen lassen?»

«Schlimmer noch», schnaufte Billings vor unterdrücktem Grimm, «der Captain hat angeordnet, wir sollten auf die Marotten des Bastards Rücksicht nehmen.»

Als er die überraschte Miene des Vormannes sah, fügte er vorsichtshalber hinzu: «Nicht, daß Sie glauben, der Captain liebe sie, nur diesen einen darf keiner anrühren. Der Kerl kennt nämlich Land und Leute wie kein zweiter. Außerdem hat er mal eine Schule von innen gesehen, und bei irgendeinem Schotten Büchsenmacher gelernt. Vielleicht hat der Captain auch deshalb einen Narren an ihm gefressen, weil der Bursche noch jeden Yankee zur Strecke gebracht hat, der sich im Territorium einnisten wollte.»

«Was denn, dieses rote Stinktier darf weißen Männern über den Buckel kommen?»

Billings konnte den Mann beruhigen: «No, Mister, soweit geht es nicht. Hand an Weiße legen ist jedem Farbigen verboten. Er muß ihre Verstecke aufspüren, und das weitere ist dann unsere Sache.»

Je näher sie der Sourisbiegung kamen, desto nervöser wurden die Landvermesser. Sie waren erst vor kurzem hier gewesen, jedoch nicht zum Zuge gekommen. Den Schotten McLellan hatten sie noch in böser Erinnerung. Nun ritten sie zwar unter Polizeischutz, aber bei den starrsinnigen Red-River-Schotten mußte man trotzdem auf Überraschungen gefaßt sein.

Der Sergeant beschwichtigte zum wiederholten Male. «Es geht nicht zu McLellan, sondern wir rücken den Sayer-Brüdern auf den Pelz. Das sind zwar gewaltige Krakeeler, aber außer ihren großen Klappen werden sie nichts gegen uns einsetzen. Wenn wir uns beeilen, können wir morgen bei Sonnenaufgang schon auf ihrem Feld sein. Wir dürfen uns nur nicht zu weit von der Farm entfernen, denn die offene Prärie ist Heuprivileg[7], und das reicht bis zur McLellan-Farm. Nun geben Sie den Gäulen mal die Sporen, damit wir noch einen guten Rastplatz für die Nacht finden. Ein Glück, daß der Spürhund den entgegengesetzten Weg genommen hat, sonst wären wir schon bei den Sayers angemeldet.» Billings hob sich im Sattel und ließ sein Pferd zum Galopp übergehen. Wohl oder übel mußten die Landvermesser ein gleiches tun.

Tomahawk paddelte unterdessen Fort Garry entgegen. Je näher er dem Ort kam, um so weniger brauchte er auf irgendwelche Gefahren zu achten. So konnte er sich den angenehmsten Träumereien hingeben. Er sah sich im Geist am Sourisknick, wo er den kleinen Benny mit einer hübschen Lederscheide für ein Messer, und Mabel mit einem Strauß wilder Rosen überraschte. Er malte sich die Freude auf Mabels Gesicht aus und legte sich die Worte zurecht, die er endlich sagen würde. Aber dann war ihm plötzlich, als poche jemand mit hartem Knöchel an seine heiße Stirn. Erschreckt stellte er fest, in was er sich mit seinen Wünschen und Sehnsüchten hineinmanövrierte. Wenn Mabel ihn ebenfalls mochte und die strenge Madame McLellan Wind davon bekam, schleppte man ihn womöglich zum Priester.

Er wußte, daß manche Schotten zwar zärtliche Bande zu Indianerinnen oder Métismädchen geknüpft hatten. Doch ein Schottenmädchen gab sich mit einem Métis nie ohne Segen des Pfarrers ab. Und den fürchtete Tomahawk. Ihm ging nichts über seine Freiheit. Wäre er sonst vor fünf Sommern aus dem Dorf der Suksisjoketuks ausgerissen, als Großvater Nape Peta ihn verheiraten wollte? Zu einem Familienoberhaupt war er noch nicht geschaffen.

An diesem Punkt seiner Überlegungen angekommen, kühlte er das Gesicht mit dem Flußwasser, vertrieb ein paar aufdringliche Moskitos und zog das Paddel kräftig durch die Flut. In der Ferne erkannte er die Kegeldächer des Südtores von Fort Garry. Er ahnte nicht, daß die Ereignisse am Bogen des Souris River die Fäden knüpften, die er als Fessel betrachtete.

Die Farm der Brüder Sayer war wie alle anderen im Nordwesten nach dem Flußparzellenprinzip angelegt. Das bedeutete, die schmalen Felder zogen sich am Souris River entlang bis hin zu einem Wald, der noch zur Farm gehörte. Dahinter begann das Heuprivileg. Die Farmer dienten hier nicht wie in der francokanadischen Provinz Quebec einem Lehnsherren. Sie betrachteten ihr Land auch nicht wie in den englischen Provinzen als Privateigentum. Grund und Boden gehörte allen und wurde so bewirtschaftet, wie es sich ergab, mal von mehreren Familien, mal von einer allein. Alljährlich zogen alle Farmer, ob Métis oder Anglomestizen, gemeinsam in die weite Prärie zur Bisonjagd, deren Ertrag allen zugute kam, auch den Schotten, die sich selten daran beteiligten. Dafür kamen die Schotten ihren Nachbarn bei anderen Gelegenheiten zur Hilfe.

Pierre und Baptiste Sayer bewirtschafteten ihre Farm mehr schlecht als recht. Sie waren Zwillingsbrüder, hatten mehr als ein halbes Jahrhundert Winter und Sommer gesehen, und nichts hatte sie bisher in ihrer heiteren Gemütsart beeinträchtigen können. Die Wohnstätte war kein solide gebautes

Blockhaus, es ähnelte eher der primitiven Unterkunft der Trapper und Voyageurs. Die Ställe für die Rinder befanden sich in einem Zustand, der höchstes Mitleid mit den Tieren hervorrief. Und die zwei mageren Schweine mußten sich um Futter und Obdach selbst kümmern. Was jedoch keine Schwierigkeiten bereitete, denn in der wärmeren Jahreszeit fanden sie im Busch und auf dem Feld genug zu fressen. Beim ersten Schnee wurden sie ohnehin zu Speck und Pökelfleisch verarbeitet.

Daß sich aus der Farm überhaupt ein paar Scheffel Mais, etwas Gemüse und Milch herausholen ließen, verdankten die Brüder dem vierzehnjährigen Gaston, den die ledigen Sayers als Waisenkind zu sich genommen hatten. Sie selbst trieben sich am liebsten auf Festen der Nachbarn oder Indianer herum. Wo getanzt, gelacht, geliebt und getrunken wurde, fühlten sie sich wohl. Und immer, wenn sie irgendwo erschienen, stieg die Stimmung, denn sie langten nicht nur tüchtig beim Essen und Trinken zu, sondern sie brachten Fiedel und Bandoneon mit. Zweimal im Jahr zogen sie zum Quellgebiet des Souris River hinauf, wo Emile Destouelle eine Handelsstation betrieb. Dort versorgten sich Indianer, Trapper, Voyageurs und Farmer mit lebensnotwendigen Dingen. Berühmt war des alten Destouelles selbstgebrannter Apfelschnaps. Kamen die Sayers mit ihren Instrumenten dazu, arteten diese Treffen in ausgiebige Gelage aus.

Ihr nächster Nachbar, der Schotte Arthur McLellan, war den Brüdern wegen der ungezügelten Lebensweise nicht besonders grün, was ihn jedoch nicht daran hinderte, sie vor kanadischen Landvermessern zu warnen. Er hatte ihnen für den Fall einer Gefahr seine Hilfe angeboten. Pierre und Baptiste hingegen waren überzeugt, ihr verlottertes Anwesen könnte nicht die Landgier der Engländer reizen.

Die Sayers wußten allerdings nicht, daß sie gerade wegen ihrer leichtsinnigen Lebensart von den Landvermessern auserkoren waren, als erste ein Beispiel für die komplikationslose Vertreibung der Nordwestler zu geben.

Nachdem die ersten Vermessungstrupps von den Métis und den Schotten davongejagt worden waren, gab man der zweiten Welle Polizeischutz mit. Das Land der Métis sollte nach dem Willen des Gouverneurs Mactavish ohne Gewaltanwendung vermessen werden. Allerdings kannte der Gouverneur nicht die Anweisung der von der Regierung geförderten Boden-Aufkauf-Gesellschaft an die Vormänner, keine finanziellen Zugeständnisse zu machen und bei etwaigem Widerstand mit Brachialgewalt vorzugehen. Der alte, kränkelnde Gouverneur hatte beim Aufbruch des von Billings begleiteten Trupps die Männer nochmals beschworen, jede Weigerung der Nordwestler, ihren Boden vermessen zu lassen, unbedingt zu respektieren.

Sergeant Billings hatte deshalb die Brüder Sayer ins Visier genommen. Die würden zwar ein bißchen jammern, aber sich widerstandslos fügen, zumal man ihnen eine Entschädigung für die paar umgeknickten Maisstengel und das zertretene Heu anbieten wollte.

Ehe sie zur Sayer-Farm aufbrachen, schärfte Billings dem Vormann nochmals ein, nichts von der geplanten Vertreibung verlauten zu lassen, sondern vom Übergang der Maiskultur zum Weizenanbau zu sprechen. «Wenn die Sayers ein paar Dollars sehen, hält sie nichts mehr. Dann rennen sie zu Destouelles Station und lassen sich vollaufen.»

Der Vormann horchte auf. «Destouelle? Haben Sie diesen Namen nicht erst unlängst erwähnt?»

«Es ist der Vater des Spürhundes. Dorthin kommen wir freilich nicht. Die Station liegt auf dem Gebiet der Assiniboine. Und wie Sie wissen, ist Indianerland für uns noch tabu. Nun aber los, wir wollen die Brüder aus dem Morgenschlummer reißen. Schätze, die schnarchen noch auf ihren verlausten Fellen.»

Im letzten Punkt irrte Billings. Gaston und Baptiste bereiteten in der Hütte das Frühstück, und Pierre hatte eben am Brunnen seinen Bart abgeschabt. Im Spiegelscherben, der an einem Balken des Brunnens steckte, wollte er das Ergebnis seiner Rasur überprüfen, als ihm das trübe Glas die nahende Reiterschar reflektierte.

Er ging in die Hütte, streifte ein Hemd über, knöpfte die Weste zu und band sich umständlich die Schärpe um. Baptiste blickte erstaunt auf.

«Wir bekommen Besuch. Zwei Polizeireiter aus Fort Garry sind dabei. Geh, leg auch die Schärpe um. Man muß ihnen mit Würde entgegentreten.»

Baptiste schob das Hirschleder von dem Fenster, nahm die ungebetenen Gäste in Augenschein und stieß einen Pfiff durch die Zähne. Er hatte die Meßlatten an den Packpferden gesehen. Leise wandte er sich an Pierre. «Miserable Gäste! Ich hätte Lust, sie entsprechend zu empfangen. Aber es sind Polizisten dabei. Vielleicht kann man mit ihnen reden.»

Pierre knurrte unwillig. «Reden? Wie denn? Wir sprechen nicht englisch, und sie werden vorgeben, kein Französisch zu verstehen. Ja, wenn Emile Destouelle hier wär oder sein Filou, die könnten den Dolmetsch machen.» Nachdenklich strich er sich den Schnauzbart. «Arthur, der Schotte, muß her, der weiß, wie man mit ihnen umgeht.»

Baptiste stieß einen vierzehnjährigen Jungen an. «Gaston, nimm das Pferd und gib ihm die Sporen. Um diese Zeit wird Arthur im Wald sein. Reite am Fluß entlang.»

Gaston versprach, den Gaul nicht zu schonen, und machte sich auf den Weg.

Inzwischen hatten die Kanadier bereits abgeladen und schickten sich an, Meßlatten in ein Bohnenfeld zu treiben. Sie sahen die beiden Brüder gestikulierend und schreiend herankommen. Aber da sie unbewaffnet schienen, beeindruckten sie die Landvermesser kaum. Erst als die beiden atemlos und mit zornesroten Gesichtern vor ihnen standen und einen Schwall französischer Flüche auf sie niederließen, unterbrachen sie ihre Arbeit. Sie nahmen ihre Gewehre und stellten sich höhnend und drohend um die Brüder im Halbkreis auf.

Etwas abseits hatten es sich Billings und Learny im Schatten einer Ulme bequem gemacht. Der Lärm der Brüder schreckte sie hoch. Billings grinste. Learny hingegen wäre gern dazwischen gegangen, denn er befürchtete, die Landvermesser würden die Männer mißhandeln.

Der Sergeant hielt ihn zurück. «Nun lassen Sie die da unten mal die Sache selbst regeln. Wischen Sie sich den Staub aus den Augen, und schauen Sie zum Wald hinüber. Wenn mich nicht alles täuscht, flitzt da so ein Bastard am Fluß entlang. Los, Mann, aufs Pferd! An der Büffelsenke können Sie dem Kerl den Weg abschneiden. Schätze, der will Verstärkung holen. Bringen Sie ihn her um jeden Preis! Auf was warten Sie noch, Konstabler? Das ist ein Befehl!»

Learny trabte los und bekam Gaston vor die Büchse. Nicht sehr eifrig schlug er das Gewehr an. In diesem Moment drehte Gaston sich um und Learny sah das angsterfüllte Gesicht des Jungen. «Damn it! Ein Kind! No, Sergeant, so weit wird meiner Mutter Sohn nicht sinken.» Er wartete, bis der Junge den Fluß durchquert hatte, und ritt in die Senke. Hier konnte er von Billings nicht mehr gesehen werden. Zweimal feuerte er in die Luft. Dann wendete er sein Pferd.

Inzwischen hatte sich Billings doch zum Eingreifen auf dem Bohnenfeld entschlossen. Er drängte seinen Gaul rücksichtslos zwischen die Reihe der Kanadier und stoppte ihn hart vor Baptiste. Ein paar Sekunden hörte er sich belustigt das Geschrei an. Dann fiel sein Blick auf die Schärpe des Mestizen. Dieser Hurensohn einer Indianerin! Die Erinnerung an den Augenblick, wo er vor einem Bastard mit erhobenen Händen gestanden hatte, erfüllte ihn mit Wut. Auf den hier brauchte er zum Glück keine Rücksicht zu nehmen. Seine Französischkenntnisse zusammenraffend, deutete er mit einer weitausholenden Bewegung auf das Land. «Das alles gehört jetzt den Weißen. Und darüber sollst du dich freuen und tanzen. Du tanzt doch so gern.»

Billings riß seinen Revolver hervor und zwang Baptiste wahrhaft groteske Sprünge auf, während die Kugeln vor seinen Füßen Staubfontänen hochwirbelten. Pierre wollte seinem Bruder zu Hilfe kommen, doch auch er mußte tanzen, denn die Kanadier wollten nun alle ihr Mütchen an den beiden Wehrlosen kühlen.

Durch die Schießerei angelockt, galoppierte Learny herbei, der dem schändlichen Schauspiel mit Stentorstimme ein Ende bereitete.

Während die Landvermesser verdutzt über das Gebrüll des Konstablers die Waffen senkten und Billings den Revolver zurückschob, gab Learny den Brüdern Gelegenheit, zu verschwinden.

Billings war noch so in Rage, daß er sofort über Learny herfiel und ihm die wüstesten Beschimpfungen an den Kopf warf.

Der Konstabler stieg vom Pferd und bemühte sich, ruhig zu bleiben. «Zum einen, Sergeant, schieße ich nicht auf Kinder. Und zum anderen: Wenn ich sehe, was Sie hier treiben, frage ich mich, was wohl der Captain dazu sagen wird.»

Da schlug ihm Billings die geballte Faust ins Gesicht. Learny fiel wie ein Sack in die Bohnen auf dem sonnedurchglühten Feld. Billings sprang ihm nach. Doch wie erstarrt blieb er vor dem Konstabler stehen. Learny richtete sich mühsam auf. Sein Gesicht war leichenblaß. Er warf sein Gewehr in das Bohnenkraut. In die jäh einsetzende Stille rasselten die Hornringe einer Klapperschlange. Ehe jedoch das Reptil nochmals zuschlagen konnte, zerschmetterte ein Schuß ihm den Kopf.

Niemand hatte bemerkt, daß die Brüder zurückgekommen waren. Mit ihnen Gaston und ein weißhaariger Hüne, der jetzt, das rauchende Gewehr in der Faust, an Learny herantrat. Er riß ihm den Stoff am rechten Hosenbein auf. Am Oberschenkel des Konstablers zeigten sich vier kleine, dicht beieinanderliegende blutige Punkte, von denen ein violetter Strich das Bein hinaufkletterte.

Pierre band sofort mit seiner Schärpe das Bein Learnys ab. Dann führte er blitzschnell seine Messerklinge zu einem Kreuzschnitt über die Bißstelle und saugte das hervorquellende Blut aus der Wunde, wobei er es öfters ausspie.

Der weißhaarige Hüne richtete sich auf, musterte Billings

und sagte: «Ich bin Arthur McLellan. Wollte mit Ihnen eigentlich über etwas anderes reden, aber jetzt muß erstmal diesem jungen Mann geholfen werden.» Er wandte sich an Pierre. «Bis das Gift aus dem Körper ist, darf er sich nicht bewegen. Holt euren Karren, damit fahren wir ihn zu mir hinüber. Meine alte Lady hat Erfahrung mit Schlangenbissen.»

Die Landvermesser schauten leicht betreten auf Learny. Einer nach dem anderen verschwand aus dem Bohnenfeld. Sie vermieden es, Billings nahe zu kommen. Mit einem Mal fühlte sich der Sergeant allein. Er sprach den Vormann an. «Da konnte ich doch nichts dafür. War ein Unfall. Sie haben es doch selbst gesehen ...»

Der Vormann wandte sich ab und ging zu seinem Pferd. Mit einer Feldflasche kehrte er zurück und reichte sie Pierre. «Vielleicht kann der Konstabler einen Schluck vertragen?»

Pierre befeuchtete Learnys Lippen mit Rum.

Billings jammerte weiter und wandte sich an McLellan. «Sagen Sie doch mal was, alter Mann. Ist es meine Schuld, wenn diese verdammten Felder voller Klapperschlangen stecken?»

Arthur McLellan sah den Sergeanten fest an. «Ich habe alles mitangesehen und mitangehört. Gezwungenermaßen. Ist sonst nicht meine Art, die Nase in anderer Leute Angelegenheiten zu stecken. Der Konstabler hat Ihnen das Leben gerettet. Hatte Ihren Kopf schon vor dem Korn meiner Rifle, als Sie die Métis tanzen ließen. Und bei Gott, ich hätte abgedrückt, wäre jener junge Mann, der da jetzt durch Ihre Schuld in den Bohnen liegt, nicht noch rechtzeitig dazwischen gegangen. Sollte der Konstabler nicht durchkommen, müssen Sie das mit Ihrem Gewissen abmachen. Wenn Sie aber noch was gutmachen wollen, dann schicken Sie diese Landvermesser unverzüglich nach Haus. Haben hier nichts zu suchen. Hier gibt es nichts zu vermessen. Und was mich betrifft, so können Sie mich in einer Woche in Fort Garry antreffen. Mit Mactavish werde ich mal ein Wort reden über diesen Landraub im Nordwesten.»

Billings erschrak. Nach Fort Garry zum Gouverneur wollte der Alte? Dann bestand die Gefahr, daß Captain Dunhill von der Sache mit Learny früher erfuhr, als es Billings lieb sein konnte. Ging der Konstabler gar drauf, konnte das beträchtlichen Ärger bringen, wenn der Alte schwatzte. Nein, jetzt mußte gehandelt werden. Ein Rückzug der Landvermesser kam überhaupt nicht in Frage. «Ihre Worte klingen vernünftig, alter Mann. Werde sie mit meinen Partnern besprechen. Recht so?»

«Recht so, Sergeant. Aber es macht mich stutzig, wenn Sie die Landvermesser Partner nennen . . .»

Billings rief die Landvermesser zusammen. Sie kamen mißmutig, hörten widerwillig zu, aber dann hellten sich nach und nach ihre Mienen auf. Wenn sie bisher die beiden Polizeireiter als aufgezwungene Aufpasser empfunden hatten, so kamen sie nun zu dem Schluß, daß der Sergeant ein ganz passabler Kerl war.

Billings ging zu McLellan, der gerade mit den beiden Brüdern Learny vorsichtig auf einen Red-River-Karren[8] bettete. Als der Konstabler versorgt war, versicherte der Sergeant, daß die Landvermesser sich nur noch eine Mahlzeit bereiten und dann verschwinden würden.

McLellan betrachtete den Konstabler. Sein Zustand gefiel ihm nicht. Die Wunde saß zu weit oberhalb des Knies. Wenn der Konstabler noch zu retten war, dann nur, wenn es gelang, ihn ohne Erschütterung zur Farm zu transportieren. Für einen Augenblick war McLellan versucht, ihn in der Hütte der Sayers unterzubringen. Doch dann verwarf er diesen Gedanken. Ohne die Hilfe seiner Frau Charity war wohl nichts auszurichten. Und wer weiß, was diese Typen hier noch alles anstellen mochten. Bis zur Büffelsenke gab er dem Karren das Geleit. Dann ritt er zurück.

Er überdachte noch einmal die Ereignisse des Vormittags. Seitdem er vor einer Woche die Landvermesser von seinem Grund und Boden vertrieben hatte, rechnete er ständig mit ihrem erneuten Auftauchen in der Umgebung. Deshalb hatte er sich beim Morgengrauen auf den Weg zu den Sayers begeben. Er wollte die Nachbarn zusammentrommeln, um den ungebetenen Gästen Paroli bieten zu können. Dann war ihm der kleine Gaston entgegengeritten. Etwas war ihm dann sofort klar geworden: Die anderen waren in der Übermacht. Weder er noch die Brüder Sayer konnten sie aus eigener Kraft vertreiben. Dazu bedürfte es eines großen Aufgebotes der Schotten und Métis. Nichts sollte ihn nun von einer Reise zum Gouverneur zurückhalten. In Fort Garry, so hatte er erfahren, stellte der Freund des Métisanwaltes Louis Riel, der Büffeljäger Ambroise Lépine, eine Kampfschar auf, die sich den Landnehmern entgegenstellen wollte.

Arthur war stolz auf seine noch immer ruhige Hand und sein scharfes Auge. Er würde noch einen Scharfschützen in des Büffeljägers Streitmacht abgeben. Auch war ihm zu Ohren gekommen, Louis Riel selbst habe sich in Fort Garry für die nächste Zeit angesagt. Arthur kannte noch den Vater Riels, der in den vierziger Jahren ein bedeutender Métisführer gewesen war. Und wenn der Sohn seinen gescheiten Kopf geerbt hatte, konnte ein Gespräch über die Probleme am Souris River wohl nicht schaden.

McLellan konnte sich nicht weiter mit seinen Gedanken beschäftigen. Er hatte die Büffelsenke bereits ein gutes Stück hinter sich gelassen und mußte nun achtgeben, daß er bis auf etwa hundert Yards an die Landvermesser herankam, ohne entdeckt zu werden. Das gelang ihm. Er sah die Männer nahe dem Ochsenstall um ein Lagerfeuer sitzen. Sie rauchten und schienen sich zu unterhalten. Befriedigt zog sich McLellan zurück.

Billings hatte mit des Alten Mißtrauen gerechnet. Er verlangte von den Vermessern ein besonders auffälliges Lagerfeuer. Die Verwunderung des Vormannes über diese Maßnahme konnte er mit dem Hinweis entkräften, so dicht an einer Farm locke ein Feuer niemals Indianer mit feindlichen Absichten an. Fast alle Indianer hätten ein verwandtschaftliches Verhältnis zu den Métis. Sie würden die Weißen hier als Gäste ihrer Cousins betrachten.

Billings überlegte, wie weit er den Vormann in seine Pläne einweihen konnte. Als er an McLellans Schießkünste dachte, hielt er einen Verbündeten für angebracht. Der Vormann zierte sich auch nicht lange, als Billings ihn fragte, ob er bereit sei, die Rechnung mit McLellan zu begleichen. Sie wollten zugleich zur Farm aufbrechen. Die anderen sollten die Vermessungen durchführen und anschließend die Hütte und die Ställe der Sayers anzünden.

Die beiden gaben ihren Pferden die Zügel frei. Es dauerte nicht lange, und sie erblickten McLellan vor sich. «Werfen Sie mal einen Blick durch mein Fernglas. Sieht so aus, als hätten sie den armen Learny vom Karren geladen.»

Der Vormann schaute durch das Glas. «Stimmt! Der Konstabler liegt auf der Erde, und die Sayers bekreuzigen sich. Demnach hat Learny ausgelitten. Warten wir, bis der Alte dazu kommt, dann haben wir sie alle wie auf dem Schießstand vor uns. Wir werden die Haselnußbüsche aufsuchen, da haben wir etwas Deckung.»

Sie trieben die Pferde in eine Mulde. Dann schoben sie sich durch die Büsche und wählten eine gute Stellung aus. Sie war ideal, denn sie konnten nach unten schauen, wo in höchstens zweihundert Fuß Entfernung ihre ahnungslosen Opfer damit beschäftigt waren, ein Grab für den Konstabler auszuheben.

James F. Dunhill, ein gepflegt wirkender Mittvierziger, liebte Whisky, guten Tabak und schöne Frauen. Aber was man ihm in Fort Garry als Whisky anbot, schien im besten Fall eine Mischung aus Sprit, gefärbtem Flußwasser und Pfeffer zu sein. Kein Gentleman konnte über Jahre hinaus diesem Gesöff zusprechen, ohne schwere Schäden an Körper und Gemüt davonzutragen. Nicht viel besser sah es mit Dunhills zweiter Leidenschaft aus. Der Knaster in seiner silbernen Tabatiere mochte alle möglichen am Red River wachsenden Pflanzen als Bestandteile aufweisen, nur echten Tabak nicht. Das Zeug pellte einem nach dem dritten Zug schon die Zunge, wie der Captain oft behauptete. Blickte er sich aber unter dem sogenannten schönen Geschlecht im Umkreis von einigen hundert Meilen um, so wollte er gänzlich trübselig werden. Keine Lady weit und breit. In den Siedlungen der Red-River-Schotten fanden sich zwar weiße Mädchen, aber sie waren katholisch, wenig vornehm und strotzten von einer geradezu barbarischen Gesundheit. Außerdem pochten sie auf Eheversprechen. Für ein Techtelmechtel blieb also nur eine junge Mestizin oder Indianerin. Mit ihr konnte man sich freilich nur in versteckten Winkeln vergnügen. Scheußlicher Zustand für einen königlichen Offizier, fand Dunhill.

Wer wollte es ihm angesichts solchen Unbills verübeln, daß er den Dienst als Captain der Polizei des Gouverneurs in Fort Garry nicht liebte. Man konnte sogar sagen, Captain Dunhill haßte den Dienst in der Wildnis. Nur hatte er diesen Haß gegenüber seinem Vorgesetzten immer zu verbergen gewußt, denn er rechnete damit, in die aufzustellenden Streitkräfte des Dominions entsprechend seinen Fähigkeiten übernommen zu werden.

An diesem letzten Augusttag des Jahres 1869 war Dunhill guter Dinge, denn zwei Besucher hatten sich angekündigt, von denen er sich so oder so eine Änderung seiner Lebensumstände versprach. Es waren sein alter Freund Major Effington und ihrer beider Vorgesetzter, Colonel Dennis. Als die Ordonnanz die Offiziere hereingeleitete, stand Dunhill mit einem verbindlichen Lächeln in der Mitte seines Dienstzimmers stramm, bereit, jeden Befehl des Colonels entgegenzunehmen.

Doch das Lächeln gefror auf seinem rosigen Gesicht, als er Effington bereits in dem roten Rock der regulären Armee erblickte. Der alte Heuchler hat es schon geschafft, dachte Dunhill, und wahrscheinlich hinter meinem Rücken und auf meine Kosten.

Colonel Dennis schien die Gedanken des Captains zu erraten und lächelte ironisch, als er Effington einen Wink gab. Der stellte verlegen eine Flasche Scotch auf den Tisch.

Dunhill konnte sich jetzt keineswegs an dem Geschenk erfreuen.

Der Major schraubte die Flasche umständlich auf und erst ein Räuspern erinnerte Dunhill an seine Hausherrenpflichten. Er beeilte sich, Gläser aus dem Wandfach zu holen.

Dennis zwirbelte seinen weißen Schnurrbart und sagte: «Ein Abschiedstrunk unseres Freundes Effington, mein lieber Dunhill. Er reist noch heute nach Fort Qu'Appelle ab und wird die Kavallerieeinheit dort übernehmen. Wünschen wir ihm Glück!»

Vor Schreck hätte Dunhill fast sein Glas fallen gelassen. Fort Qu'Appelle! Mein Gott, dagegen war Fort Garry ja eine moderne Großstadt! In Fort Qu'Appelle gab es nur ein paar Palisaden, uralte Blockhäuser und ringsherum Urwald, Sumpf und Plains. Kein Mangel dagegen an Indianern, Bisons und anderem wilden Getier. Der Captain betete im Stillen inbrünstig, von solch einem Kommando verschont zu bleiben.

Unter den Augen des Colonels beglückwünschte Dunhill den Freund zu seiner erfolgreichen Übernahme durch die Armee, innerlich ging ihm anderes durch den Sinn: Mit dir ist es aus, old Fellow! Entweder fressen dich die Läuse, oder die Crees skalpieren dich. Und lassen dich beide am Leben, wird dir die Langeweile den Rest geben...

Effington gab ein paar gequälte Höflichkeiten von sich und verabschiedete sich bald. Den Scotch ließ er zurück.

Der Colonel hielt Dunhill auffordernd sein leeres Glas hin, und als es gefüllt war, sagte er: «Nun zu Ihnen. Ich sehe Ihnen an der Nasenspitze an, was Sie jetzt über eine Karriere in der Armee denken. Keine Angst, mit Ihnen hab ich andere Pläne. Wie viele zuverlässige Leute unterstehen gegenwärtig Ihrem Kommando? Ehe Sie antworten, überlegen Sie bitte, daß ich zuverlässig sagte.»

Dunhill hatte nicht die geringste Ahnung, worauf der Colonel hinaus wollte, deshalb fragte er unsicher: «Wie darf ich das verstehen, Sir? In welcher Hinsicht zuverlässig?»

Dennis erwog einen Augenblick, ob Dunhill selbst als zuverlässig anzusehen sei, wenn er eine derartige Frage stellte. Eigentlich konnte er von seinen Offizieren erwarten, daß sie von selbst auf das Naheliegende kamen. Dann sagte er sich jedoch gerechterweise, ein Polizeioffizier, der selbständig denkt, ist ein Unsicherheitsfaktor. Nur auf Männer, die blindlings seine Befehle ausführten, würde er sich bei den zukünftigen Aufgaben verlassen können. Also antwortete er freundlich und wohlwollend, wobei er nicht vergaß, Dunhill zum Einschenken zu animieren. «Wenn ich Ihnen jetzt etwas anvertraue, bin ich mir Ihrer Diskretion sicher. Ich werde ebenfalls den Polizeidienst quittieren. Aber ich werde mich nicht bei der Armee bewerben. Ihr Gesuch habe ich inzwischen zerrissen, und ich denke, Ihnen damit einen Gefallen getan zu haben. Was die königliche Armee zu bieten hat, wurde Ihnen ja soeben vorgeführt. Man hat mir den Posten als Stabschef der Miliz angeboten. Noch nichts davon gehört? Ach, ich vergaß, Sie sind ja nicht Mitglied der Canada Party. Ein Versäumnis, das Sie nachholen können.»

Der Colonel trank sein Glas leer und fuhr fort.

«Zurück zur Miliz. Die Canada Party hat eine Menge Leute bewaffnet und als sogenannte Canada Firsters[9] zu einer Truppe zusammengefaßt. Unter uns gesagt, es ist der schlimmste Janhagel, der sich im Nordwesten herumtreibt. Gut genug, um den Landvermessungen Nachdruck zu verleihen. Ich werde in Montana mit Hilfe der Yankees Männer anwerben, die Tod und Teufel nicht fürchten, und die werden Milizkompanien bilden, die man auch einsetzen kann, wenn Louis Riel und Ambroise Lépine es wahr machen und eine eigene Miliz aus Mischlingen, Schotten und Indianern aufstellen.»

Er bemerkte Dunhills erstaunt hochgezogene Augenbrauen und hielt eine Erläuterung für richtig, freilich mit einem spöttischen Unterton. «Well, bisher haben der Gouverneur und ich Ihnen befohlen, jeden Amerikaner aus dem Land zu jagen, und jetzt werben wir sie für uns an. Ja, was glauben Sie denn, wieviel bestes Menschenmaterial da unten brachliegt? Erst geht der Bürgerkrieg für viele zu früh zu Ende, und dann schwappt die Einwanderungswelle in den Oststaaten über die Ufer. Da liegen nun die Männer auf der Straße.

Die einen haben sich an den Krieg gewöhnt und kennen kein anderes Handwerk als zu kämpfen, die anderen können ohne einen Cent Kapital nicht in die Westgebiete ziehen. Eine ganze Menge Leute hatten gehofft, die amerikanische Regierung würde Montana zur Besiedlung freigeben und sind in diese Region eingesickert. Da sitzen sie nun enttäuscht und verbittert. Wir können die besten Männer von ihnen für unsere Miliz anwerben.»

Der Colonel sah sein Gegenüber jetzt fast herzlich an. «Ich aber, mein lieber Jim, brauche nicht nur eine zahlenmäßig große Miliz, sondern eine Kerntruppe, die ganz spezielle Aufgaben erfüllen kann. Eine Rangertruppe. Sie werden verstehen, daß ich bei diesen Männern von ihrer absoluten Zuverlässigkeit überzeugt sein muß. Sie müssen tapfer und verwegen sein, jede Strapaze ohne weiteres ertragen, sie müssen listig sein und ebenso verschwiegen. Und vor allem müssen sie der guten kanadischen Sache restlos ergeben sein. In diesem Sinne möchte ich Zuverlässigkeit verstanden wissen. Nun sind Sie dran, Jim!»

Dunhill blickte düster vor sich hin. Er hatte verstanden. Der Colonel erwartete von ihm nicht mehr und nicht weniger, als daß er, Dunhill, diese Rangers kommandiere. Das aber hieß nichts anderes, als ebenfalls in der Wildnis bleiben zu müssen.

Seine Gedanken lagen so offen auf seinem Gesicht, daß Dennis es angebracht fand, seinen Captain etwas aufzumuntern.

«Sie haben schon erraten, daß Sie mein Rangerkommandeur werden sollen. Nehmen Sie mein Angebot an, werden Sie zwar noch einige Monate im Busch und in den Plains zubringen. Lassen Sie es sich aber gesagt sein: Haben wir die Sache, die auf uns zukommt, ordentlich hinter uns gebracht, geht es ab nach Ottawa. Ins Hauptquartier. Denn die Miliz wird bald nicht mehr nur die Canada Party als eine Art Mäzen haben, sondern offizieller Bestandteil der Streitkräfte werden. Dazu wird sogar London seinen Segen geben. Was halten Sie also davon, mein Adjutant in Ottawa zu sein?»

Dunhill war sprachlos. Nach Ottawa, ins Hauptquartier? Davon hätte er nie zu träumen gewagt. Ohne sich dessen bewußt zu sein, griff er zur Tabatiere. Dennis nahm sie ihm aus der Hand und bot teure Havanna an. Dunhill beeilte sich mit dem Feuer. Dann sagte er nach dem ersten tiefen Zug: «Sie können nach Belieben über mich verfügen, Sir.»

«All right, Captain! Also, wer von Ihren Männern kommt in Frage?»

Dunhill ging sie in Gedanken durch. Sergeant Billings unbedingt. Und die anderen? Auch sie. Nur Konstabler Learny war eine Ausnahme. Ein Ire, katholisch und immer bereit, sich mit Eingeborenen zu verbrüdern. Nein, Learny konnte er wohl nicht mit übernehmen. Dunhill zählte dem Colonel etwa dreißig Männer auf.

Der Colonel zog an seiner Zigarre und schaute nachdenklich den Rauchkringeln hinterdrein. «Einverstanden. Aber warum haben Sie Ihren famosen Scout nicht erwähnt? Der Kerl ist doch unersetzbar.»

«Gewiß, Sir, aber störrisch wie ein Maulesel, nicht zu disziplinieren. Außerdem ein Verwandter der Suksisjoketuks.»

«Was heißt das, nicht zu disziplinieren?»

«Nun, er lehnt es zum Beispiel ab, sich als Scout vereidigen zu lassen.»

«Kontakte zu Ambroise Lépine?»

«Soweit mir bekannt ist, nicht. Er befürchtet wohl, Lépine wolle ihn in seine sogenannte Combattantentruppe einreihen. Deshalb geht er dem Halbblutgeneral aus dem Wege.»

«Noch eine Frage: Dieser Mestize kennt doch das Nordwestterritorium gut?»

«Wenn einer jeden Winkel in dieser gottverlassenen Gegend kennt, dann Mister Tomahawk alias Jacques Destouelle.»

«Großartig! Hält er auf gute Verbindung zu seinem Stamm?»

«Auch das. Treibt sich jedes Frühjahr bei den Suksis in den Bergen herum.»

«Wird ja immer besser!» Dunhills erstaunten Blick nahm

der Colonel gelassen zur Kenntnis, bequemte sich dann aber zu einer Erklärung: «Die Suksisjoketuks sind Assiniboine, richtig? Nun, die Assiniboine haben ihre Jagdgründe bei uns und in den Staaten. Sie dürfen unkontrolliert die Grenze passieren. Erster Vorteil, wenn wir etwas von drüben nach hüben oder umgekehrt zu bringen haben. Weiter: Im Territorium haben wir zwei große Indianerstämme, die Crees und die Assiniboine. Die Crees haben sich offen hinter die Mestizen gestellt, und einer ihrer Häuptlinge gehört sogar zum Comité National des Métis. Die Assiniboine hingegen haben durch ihren Stammesrat verkünden lassen, sie hofften weiterhin auf den Schutz der alten, guten Großmutter, womit sie unsere verehrte Queen Victoria meinen. Sie wollen sich der Dominionsregierung gegenüber wohlwollend neutral verhalten. Das müssen wir ausnutzen. Und darum wird es Ihre erste Aufgabe sein, den Mister Tomahawk als Spürhund für die Rangers zu gewinnen. Will er keinen Eid ablegen, verpflichten Sie ihn anderweitig. Vielleicht mit Geld oder mit einem kostbaren Geschenk. Ich werde Ihnen Mittel zur Verfügung stellen. Nur klappen muß es. Sie wissen jetzt über Ihre Aufgaben Bescheid.»

Dennis stand auf. «Nun sollen Sie noch einige Backgroundinformationen erhalten. Zwei Gentlemen sind meiner Bitte gefolgt und werden in wenigen Minuten zum Vortrag erscheinen. Der eine ist Mister Doughall, offizieller Beauftragter der Dominionsregierung, der auf Wunsch des Premierministers mit dem Mestizenhäuptling Louis Riel verhandeln soll. Inoffiziell ist Doughall Vertreter der Royal Bank of Canada. Lassen Sie den Gentleman reden und halten Sie Ihre Meinung zurück. Den anderen Gentleman kennen Sie. Doc Christian Schulz, ehemals Medicaldoctor, jetzt Herausgeber der Zeitung der Canada Party, ‹The North Wester›. Ich lese seine Ergüsse nicht. Er wird wie immer auf die große Trommel schlagen, aber lassen Sie sich nicht beeindrucken. Dieser Mann ist jedoch für uns wichtig, weil er den richtigen Ton für die siedlungswilligen Kanadier findet. Auch kann er uns bei der Werbung für die Miliz behilflich sein. Und nun zum dritten. Einige seiner Firsters haben ganz schön im Territorium vorgearbeitet. Sie haben sich so verhaßt gemacht, daß sie – falls sich Louis Riel und Lépine wirklich zum Kampf entschließen – die ersten sein werden, die von den Bastarden aufs Korn genommen werden. Wir halten uns da vorläufig raus. Sollen sie sich die Köpfe einschlagen, anschließend fehlt es den Métis an Kraft, um gegen unsere Miliz anzustänkern.»

Weitere Erläuterungen schenkte sich Dennis und ließ die Herren hereinbitten. Bevor sie jedoch erschienen, ließ er den guten Scotch vom Tisch verschwinden. «Diese Zivilisten können mit dem hiesigen Schnaps vorliebnehmen.»

Ein ungleicheres Paar wie Schulz und Doughall hätte man im Nordwesten ein zweites Mal schwerlich finden können. Christian Schulz erinnerte an einen Igel. Dick, klein und das eisengraue Haar zur Bürste gestutzt. Auch sein schnell trippelnder Gang regte Dunhill unwillkürlich zu einem Vergleich mit dem Stacheltier an. Dagegen Doughall: Dürr, langaufgeschossen und von unendlich traurigem Aussehen. Selbst sein Seehundbart unterstrich diesen Eindruck und hätte eher den Besitzer eines Beerdigungsinstitutes vermuten lassen.

Schulz trug einen karierten Anzug mit farbenfroher Krawatte. Doughall hatte sich in feierliches Schwarz gehüllt.

Colonel Dennis machte die Gentlemen miteinander bekannt. Dann fragte er, wer mit dem Vortrag beginnen wolle.

Doughall sagte mit sanfter Stimme, er würde den ehrenwerten Mister Schulz nur durch einige ergänzende Bemerkungen unterstützen.

Und schon lief das Gesicht des Zeitungsmannes rot an, er hatte den Seitenhieb verstanden. Diese «ergänzenden Bemerkungen» sollten ja wohl die höhere Sicht des Regierungsbeamten verdeutlichen. Und das ihm, einem hervorragenden Patrioten! Aber er würde dem Gentleman zu passender Zeit schon eins auswischen.

Vorerst war es aber Dennis, der ihm eins auswischte, indem er den Doctor nötigte, den gepanschten Whisky zu trinken.

Nachdem Christian Schulz einigermaßen wieder bei Stimme war, begann er seinen Vortrag. «Wie Sie wissen, Gentlemen, wird mit den chaotischen Zuständen im Nordwesten Schluß gemacht. Die Provinzen müssen dem Dominion einverleibt werden. Das kann aber nur geschehen, wenn sich die Mischlinge und Indianer nicht länger als Besitzer des Landes aufspielen dürfen. Alle diese Eingeborenen, die nicht auf Familienwappen, sondern nur auf Totems zurückblicken, müssen der überlegenen Intelligenz der weißen Rasse weichen. Es gibt in Ottawa ein paar schlaue Leute», hier sah der Dicke hämisch auf Doughall, «ein paar überschlaue Leute, die meinen, man dürfe mit den Schotten nicht so verfahren. Nun, ich sehe unter diesen sogenannten Red-River-Schotten nicht einen einzigen klugen Mann, der die Zeichen der Zeit versteht, und die von der Dominionsregierung geplanten Veränderungen akzeptiert. Im Gegenteil, meine Partei ist an die Schotten mit der Forderung herangetreten, vom katholischen Aberglauben abzulassen und sich der wahrhaft christlichen Sache zuzuwenden. Wir haben sie aufgefordert, keine gemeinsame Sache mehr mit den Bastarden zu machen. Und was haben sie uns geantwortet?»

Schulz ließ eine kleine Pause entstehen, als müsse er seinen Zuhörern Zeit lassen, sich auf die ungeheuerliche Antwort vorzubereiten. Schließlich stieß er seinen fetten Zeigefinger nach oben und kreischte: «Sie haben uns ausrichten lassen, daß sie in guter Nachbarschaft mit dem Gesocks leben.» Schulz schnaufte vor Empörung. «Und dann, Gentlemen, haben diese Verräter ihrer Rasse sich nicht gescheut, uns zu drohen, falls wir gegen die bestehenden Verhältnisse im Nordwesten vorgingen. Ja, in frevelhafter Weise haben sie die Waffen gegen unsere Landvermesser erhoben, so daß wir unsere bewährten Firsters zu ihrem Schutz aufbieten mußten. Darum bitte ich jetzt um Vorschläge, wie wir vorzugehen haben. Das Problem darf nicht länger dem Selbstlauf überlassen werden.»

Erschöpft fuhr sich Doc Schulz mit einem geblümten Taschentuch über das schweißgetränkte Gesicht und nahm sogar den Fusel noch einmal in Kauf.

Dennis und Doughall nickten höflich. Dunhill aber konnte kaum sein Lachen unterdrücken. Hätte er nicht den warnenden Blick des Colonels bemerkt, wäre er sicher damit herausgeplatzt. So begnügte er sich mit einer kurzen Bemerkung: «Well, Doc, und Ihren bewährten Firsters wurde dann von den Schotten das Arschleder gegerbt. Seitdem müssen nämlich meine Polizeireiter zu ihrem Schutz mit hinaus ins Territorium.»

Doughall gönnte sich ein kaum merkliches Lächeln. Schulz hustete. Colonel Dennis rügte seinen Untergebenen mit einem Räuspern. Darüber konnte sich Dunhill nur wundern. Diesen Unsinn des Federfuchsers sollte er auch noch mit dem Beitritt zur Partei des Igelkopfes unterstützen? Doch dieses Mal hielt er mit seiner Meinung zurück, was würde der Regierungsmann für Karten auf den Tisch legen?

Doch Doughall wollte zuerst die Ansicht des Colonels hören. Dennis drehte sein Glas zwischen den Fingern und antwortete zögernd. «Die Landvermessungen haben gewaltigen Staub aufgewirbelt. Die Mestizen und Schotten wissen genau, daß die Vermessung ihrer schmalen Handtuchfelder der Beginn der Besiedlung des Nordwestens durch Kanadier bedeutet. Wie Doc Schulz schon erwähnt hat, ist es zu Auseinandersetzungen gekommen. Nun steht die Frage, ob es bei dem bisherigen lokal begrenzten Widerstand bleibt. Das Comité National des Métis wird in der kommenden Woche im Stadthaus von Fort Garry über die Ergebnisse der Verhandlungen zwischen Regierung und Métisführer Louis Riel befinden. Wir müssen damit rechnen, daß sich die radikalen Elemente durchsetzen und zur Rebellion auffordern. Auch Riel selbst hat verkündet, wenn Ottawa seine sogenannte List of Rigths nicht anerkenne, käme es zum Kampf. Lépine stellt überall im Land Combattantenhundertschaften auf. Und Gouverneur Mactavish läßt die Zügel schleifen. Er pflegt sein Zipperlein.»

Es hielt Doc Schulz nicht mehr auf seinem Platz. Seine

Würstchenfinger fuchtelten Dennis dicht vor dem Gesicht umher: «Zusammenschießen die Bande! Kurzen Prozeß machen!»

Indigniert trachtete Dennis, aus dem Bereich des eifernden Zeitungsmannes zu gelangen. «Es gibt kein Gesetz, das den Métis das Waffentragen untersagt. Sollen sie getrost losschlagen. Wir werden inzwischen eine starke Miliz schaffen. Wir werden die Armee ausbauen und wenn der Zeitpunkt für uns gekommen ist, rechnen wir mit den Herrschaften ab.»

Doughall fragte trocken: «Wie stark ist Ihre Miliz, Colonel?»

Nun mußte Dennis Farbe bekennen. «Im Augenblick existiert nur ein Grundstock», ein schneller Blick zu Schulz, «die Firsters der Canada Party, die Territoriumspolizei des Captain Dunhill und eine Reihe erprobter Offiziere, die gegenwärtig in Montana geeignete Männer anwerben.»

«So, so, in Montana! Womit wird geworben?»

Dennis forderte Schulz auf, die Sache zu erläutern.

Der Doctor zog ein Zertifikat hervor und reichte es umher. Es war ein Landbonus. Von der Dominionsregierung herausgegeben. Das Papier berechtigte seinen Besitzer zur Besiedlung von 160 Acre Land im Nordwestterritorium.

Mit unbewegter Miene sagte Doughall: «Die Idee ist nicht schlecht.» Er legte den Zeigefinger an die Nasenspitze. «Ich finde es nur bedenklich, auf diese Art und Weise zu viele Yankees ins Land zu holen. Die Zustimmung der amerikanischen Regierung zur Werbeaktion erscheint mir nicht ganz uneigennützig. Wollen die Herren in Washington auf diesem Weg doch noch den Nordwesten annektieren?»

Schulz tobte los: «Will Ihnen was sagen, Sir! Lieber ein Stern in der Flagge der USA, als ein Assiniboia unter der Herrschaft von Farbigen.»

Das Schweigen nach diesem Ausbruch wirkte peinlich. Colonel Dennis quälte sich ein kleines Lachen ab. «Aber Doc! Wer wird denn so etwas sagen! Wir alle wissen doch, daß ein kanadischer Patriot wie Sie, den verdammten Yankees auch nicht einen Quadratzoll kanadischen Bodens überlassen würde. Warum haben Sie nicht darauf hingewiesen, wie wir uns absichern wollen?»

Er wandte sich jetzt an Doughall. «Wir geben die Bonusse selbstverständlich erst diesseits der Grenze nach der Vereidigung für Kanada aus.»

Doughall nickte. «So ist es gut. Wer für Kanada gekämpft hat, darf hier als kanadischer Bürger siedeln. Nun aber, Gentlemen, bitte ich um Ihre Aufmerksamkeit. Und ich bitte, meine Worte als ebenso vertraulich, wie verbindlich aufzunehmen. Nächste Woche werde ich mit Louis Riel verhandeln. Premier Macdonald ist zum jetzigen Zeitpunkt noch nicht an einer Konfrontation mit den Nordwestlern interessiert. Ja, ich bin ausdrücklich gehalten, den Forderungen des Comité National des Métis weitgehendst entgegenzukommen. Selbstverständlich bleibt unser Ziel, Assiniboia und den gesamten Nordwesten zwischen Saskatchewan und Rupertsland zur kanadischen Provinz Manitoba umzuwandeln. Wir müssen unbedingt ein zusammenhängendes Gebiet zwischen den vier Provinzen des Dominions im Osten und unseren Kolonien am Pazifik schaffen. Jenseits der Rocky Mountains liegen große Bodenschätze. Es müssen gute Verkehrsverbindungen errichtet werden.

Weiter: Ist der Nordwesten in unserer Hand, werden die USA von ihren noch immer heimlich gehegten Annexionsplänen abgehen. Und noch eins. Das künftige Manitoba wird die Kornkammer Kanadas sein. Ich halte Ihren Vorschlag, bester Colonel, eine gute Miliz zu schaffen und bis zum geeigneten Zeitpunkt die Dinge mit Gelassenheit anzugehen, für akzeptabel. Danach werden wir anders vorgehen. Ich halte eine Verbannung von Louis Riel und Ambroise Lépine für das geeignete Mittel, um Ordnung in diese Gebiete zu bringen.»

Dunhill fand, daß sich der Vortrag Doughalls wohltuend von der Schaumschlägerei des Doc abgehoben hatte. Nun wußte man wenigstens, woran man war. Er blinzelte zu Christian Schulz hinüber und amüsierte sich, wie der Igel vergeblich versuchte, seinem Gesicht einen Ausdruck von Überlegenheit zu geben. Was dabei herauskam, war allenfalls geeignet, ihn als besonders gerissen und skrupellos einzuschätzen.

Colonel Dennis war der Ansicht, es sei nun genug politisiert worden. Als jedoch weder Schulz noch Doughall Anstalten trafen, sich langsam zu verabschieden, fiel ihm sein zuverlässigstes Mittel ein. Er goß die Gläser bis zum Rand voll Schnaps. Und Doughall hatte auch sofort eine Menge Gründe zur Hand, warum er nun leider nicht mehr mit anstoßen könne. Außerdem schien er plötzlich sehr in Eile, denn er bat Dunhill, die Ordonnanz möge ihm Zylinder und Stock bringen.

Anders Doc Schulz! Der stürzte den Fusel mit Todesverachtung hinunter, schüttelte sich wie ein nasser Hund, ächzte verzweifelt, brachte aber dann doch noch eine Neuigkeit an. Er habe im guten Glauben an die gerechte Sache bereits gehandelt. Ein gewisser Thomas Scott stelle auf seinen Befehl einen verwegenen Kommandotrupp Firsters zusammen, der das Ausbildungscamp der Combattanten ausheben solle. Ein paar Saulteaux-Indianer, die Scott als Späher angeworben habe, hätten das Camp bereits aufgestöbert. Es läge ungefähr an der Mündung des Red River in den Winnipegsee.

Dunhill wollte aufbrausen, denn er sah beträchtlichen Ärger durch die Eigenmächtigkeit des Igelkopfes auf sich zukommen, doch der Colonel legte ihm beschwichtigend die Hand auf den Arm.

«Bravo, Doc! Da kann ich nur Victory und gute Prise wünschen. Sie sind wirklich ein Mann von ungewöhnlicher Tatkraft. Übrigens, unser Freund hier», er wies mit dem Kopf auf Dunhill, «wird Ihrer glorreichen Partei beitreten. Darauf müssen wir nochmal drei Cheers anbringen!»

Ehe Schulz sich versah, stand schon wieder ein volles Glas vor ihm. Doch nach den freundlichen Worten des Colonel war er bereit, sich für Kanada zu opfern, sei es auch vermittels einer Alkoholvergiftung.

Als er endlich hinausschwankte, bequemte sich Dennis zu einer Erklärung. «Lassen Sie diesen Scott ruhig Lépines Camp angreifen. Die Firsters werden sich blutige Nasen holen. Sie halten auf jeden Fall Ihre Männer raus. Hat Lépine die Wichtigtuer ordentlich vermöbelt, werden wir den guten Doc dazu bringen, ein großes Wehgeschrei in seiner Zeitung anzustimmen und die Bastarde als blutrünstige Mordbuben hinzustellen. Um so eher wird auch die Regierung bereit sein, ihr Scherflein zur Ausrüstung der Miliz beizusteuern. Übrigens: Wußten Sie, wo der Lépine seine Räuberbande drillt, Captain?»

Dunhill biß sich auf die Lippen. Er hatte keine Ahnung von dem Ausbildungscamp der Métis gehabt. Der Colonel würde ihm seine Unwissenheit auf das Schuldkonto schreiben. Plötzlich hatte er das Gerangel um Pöstchen und Karriere über. Im stillen sehnte er sich fast in die Prärie hinaus, an die Seite seines Sergeanten Billings, der da irgendwo in den Plains mit den Landvermessern eine ruhige Kugel schob.

So beschaulich, wie Captain Dunhill es sich vorstellte, erging es Billings freilich nicht. Zwar war seine Rechnung aufgegangen, und er saß mit dem Vormann der Landvermesser in ziemlich sicherer Position, doch er hatte McLellan unterschätzt.

Die beiden feuerten in ihrem Hinterhalt drauflos, nachdem Learny beerdigt worden war. Gleich der erste Schuß traf den jungen Gaston. Arthur bekam zwei Kugeln ab. Eine riß ihm die Wangenhaut auf, die andere bohrte sich ihm in die Brust. Aber er war noch bei Bewußtsein, als er hinter den Karren kroch. Pierre und Baptiste wurden ebenfalls verwundet. Doch auch ihnen gelang es, einigermaßen Deckung zu finden.

Nun lagen sie einige Sekunden still und beobachteten das Haselnußgebüsch. Der Vormann mußte wohl überzeugt sein, seine Opfer getötet zu haben, denn er kam langsam aus dem Gebüsch hervor. Die Kugel Pierres zerriß ihm den Hals, und er fiel wie ein Klotz nach vorn.

Erschrocken hatte Billings etwas den Kopf gehoben. Im selben Moment zog Arthur durch. Das Käppi Billings rutschte nach hinten, und der Sergeant fühlte feurigen Schmerz auf der Kopfhaut. Blut lief ihm in die Augen. Dennoch wußte er, daß nur ein Streifschuß eine Schneise in seinen roten Haarwust geschlagen hatte. «Verdammt», fluchte er leise vor sich hin, «wenn man sich mit Klutentretern einläßt, muß der Skalp ja Schaden nehmen.» Vorsichtig rollte er sich zurück. Im nächsten Augenblick wurde der Boden, auf dem er eben noch gelegen hatte, von Kugeln zerpflügt. Nun gab es für Billings kein Halten mehr. Er grapschte nach dem Käppi und taumelte zu seinem Gaul. Mit Mühe zog er sich in den Sattel und gab dem Tier die Sporen. Keinen Gedanken verschwendete er an das Schicksal des Vormannes.

Als eine ganze Weile kein Schuß mehr von den Büschen abgegeben worden war, richtete sich McLellan stöhnend auf. Er winkte Pierre heran und flüsterte heiser: «Wie steht es, Männer?»

«Gaston ist tot und Baptiste hat eine Kugel im Arm. Mich hat es an der Schulter erwischt, nur eine kleine Fleischwunde. Aber du, Arthur, scheinst böse was abgekriegt zu haben.»

Arthur nickte, biß aber die Zähne zusammen. «Steckt wohl niemand mehr im Busch? Ob du mal nachschaust?» Pierre wollte erst die Wunde des Schotten versorgen, doch der drängte ihn, zu gehen.

Vorsichtig glitt Pierre durch das Gras zum Hang hinauf. Dort rührte sich nichts mehr. Der Vormann lag still und starr in einer großen Blutlache. Von dem anderen war weit und breit nichts zu sehen. Als Pierre das Pferd des Vormannes entdeckte, sah er in Richtung seines Anwesens dicke, schwarze Rauchwolken hochquellen. Seine Lippen bewegten sich lautlos. Noch immer fassungslos mit dem Kopf schüttelnd ging er zur Leiche des Kanadiers. Er nahm dessen Waffen an sich und lockte das Pferd, das auch zutraulich herantrabte. Einen Augenblick überlegte er, dann entschied er: «Non, ich werde dich nicht begraben! Sollen dich die Wölfe fressen.»

Als er zum Karren zurückkam, sah er, wie schlimm es um McLellan stand. Das Gesicht hatte eine wächserne Farbe angenommen, die Augen lagen tief in den Höhlen, und die Nase stach spitz hervor. Baptiste bemühte sich so gut er konnte um die Wunde. Pierre erstattete leise Bericht und hoffte, McLellan würde es nicht hören. Doch der Alte sprach deutlich, wenn auch nicht ohne Mühe.

«Mußt mir nichts verschweigen, Pierre ..., war ein Fehler, ihnen zu glauben, daß sie abziehen würden ...» Seine Stimme wurde leiser, aber er zwang sich, weiter zu sprechen. «Hört, was ich euch zu sagen habe. Mit mir ist es aus. Bringt mich zu meiner Farm ..., möchte unter dem Hickory vor dem Wohnhaus meine Ruhestätte finden ... Nehmt auch den Jungen mit!»

Er mußte eine Pause einlegen. Die Wunde in der Brust blutete stärker. Pierre zerriß sein Hemd, um einen neuen Verband anzulegen. Matt winkte Arthur ab. «Spare das Leinen für Baptiste auf. Meine alte Lady wird die Kugel sauber aus seinem Arm holen. Schätze, sie werden wiederkommen. Versprecht mir, Freunde, mein altes Weib, die Mabel und den kleinen Benny in Sicherheit zu bringen. Geht zur Station von Emile Destouelle. Das ist Indianerland, da werden sie sich nicht hin trauen ...»

Pierre bettete eine Decke unter Arthurs Kopf und sagte, sie wollten alles tun, was er verlange.

Ein winziges Lächeln spielte um Arthurs Mund, dann streckte er sich plötzlich. Von seinen Lippen rann Blut zum Kinn hinunter. Sein Kopf fiel zur Seite. Arthur McLellan war tot.

Schweigend betteten ihn die Brüder mit Gaston auf den Karren. Sie spannten das Pferd des toten Kanadiers davor. Sie selbst kletterten auf ihre eigenen Gäule. Dann setzte sich die kleine Kavalkade mit ihrer traurigen Fracht in Bewegung.

Fort Garry war eine bemerkenswerte Stadt. Eine Reihe von Straßen mündete in einen weiten Platz ein. Fast alle Häuser in Fort Garry waren aus Holz gebaut. Sie waren meist zweistöckig. Rings um die Stadt zog sich eine hohe Mauer aus Feldsteinen, unterbrochen von stabilen, runden Türmen mit spitzen Kegeldächern. Die Bewohner Fort Garrys sprachen von ihrem Ort als von einer Hafenstadt. Nicht zu Unrecht. Ein Hafen mit einem richtigen Kai befand sich am Red River. Und am Assiniboine River gab es eine Anlegestelle für Paketboote. Einmal wöchentlich tuckerte sogar ein Passagierdampferchen vom Winnipegsee den Red River hinauf, um dann in die Mündung des Assiniboine River einzudrehen und Fahrgäste oder Fracht aufzunehmen.

Der große, zentral gelegene Platz diente als Markt und bildete überhaupt das Kommunikationszentrum der «Hauptstadt» des Nordwestterritoriums. Hier gab es ein paar Steinhäuser. Der Gouverneurspalast, das Rathaus, die Polizeikaserne mit anschließendem Gefängnis, das Hotel «Lord Selkirk» und ein Krankenhaus.

An letzteres schloß sich ein einstöckiger Steinbau an. Die Druckerei und das Büro von Doctor Schulz, die dieser sich eingerichtet, nachdem er seinen Beruf als Medicaldoctor an den Nagel gehängt hatte, um in die Politik einzusteigen.

Die Kirchen, die katholische, wie die anglikanische, waren aus Holz errichtet. Den katholischen Métis erschien ihre Holzkirche ausreichend, denn die Priester hatten in diesem Landstrich nicht die Macht, wie in der Provinz Quebec. Die Anglikaner hingegen tarnten ihren Geiz – was den Kirchenbau anging – mit der Ablehnung übermäßigen Protzes.

Für die Ausstattung der Restaurants allerdings war den Anhängern beider Religionen nichts zu teuer. Das äußerte sich bei den Anglikanern in der Aufmachung ihres Hotels «Lord Selkirk», die dermaßen luxuriös war, daß von vornherein in diesem Etablissement die weißen Kanadier unter sich blieben.

Die Métis bevorzugten dafür eine Vielzahl von Gastwirtschaften. An den Flußufern gab es Speiselokale, Schnapskaschemmen, Spielhöllen und Bordelle. Aus diesen Rahmen fiel einzig die «Vier Bären Inn», die einem Red-River-Schotten namens Ben Scarlowe gehörte. Er bot nicht nur eine gute Küche, einen vorzüglichen Keller, sondern auch gemütliche Zimmer zu erschwinglichen Preisen an.

Wer immer im Nordwesten – mit Ausnahme der Anhänger der Canada Party – in Fort Garry zu tun hatte, nahm Kost und Logis bei Ben Scarlowe. So auch Tomahawk.

Der Schankraum lag zu ebener Erde. Rechts, wo es zu den Zimmern hinauf ging, stand ein prächtiges Orchestrion, das meistens defekt war. Gegenüber der Eingangstür befand sich die Theke. Dahinter die Durchreichklappe zur Küche.

Etwa ein Dutzend Tische füllten den Raum. Als Tomahawk hereinkam, war die Hälfte von ihnen besetzt. Métis mit Schärpen und Biberkappen, Trapper, vollständig in Hirschleder gehüllt, und Voyageurs, die traditionellen Pudelmützen mit Quaste auf den Köpfen, nahmen geruhsam ihren Schoppen. An einem Tisch saß ein Métis mit einer Gesichtshaut wie hundertjähriges Leder, dem man sofort den Büffeljäger ansah. Er redete leise auf seine Trinkgefährten, einen schottischen Farmer und zwei Cree-Indianer, ein.

Die Männer erwiderten Tomahawks Gruß, kümmerten sich aber sonst nicht weiter um den Ankömmling.

Der Wirt überprüfte gerade seine Bestände, weshalb er keine Notiz von dem neuen Gast nahm. Erst als jener sich räusperte, drehte er sich um. Einen winzigen Augenblick stutzte er, dann leuchteten die Schweinsäuglein in dem feisten Gesicht in heller Freude auf. Er watschelte, so schnell es sein Bauch zuließ, hinter der Theke hervor und drückte Tomahawk an sich, daß dem der Atem wegblieb. «Du Rumtreiber! Hast den guten Onkel Ben nicht vergessen? Warst eine Ewigkeit nicht hier. Und gewachsen bist du, kannst mir glatt auf die Glatze spucken.»

Lachend befreite sich Tomahawk aus dem Griff des Dicken. «Aber Onkel Ben, wie immer übertreibst du gräßlich. Zweimal im Jahr kehre ich bei dir ein, und jedesmal behauptest du, ich sei wieder gewachsen. Längst müßte ich ein Riese sein. Aber ich hab einen Mordshunger. Was hast du in der Pfanne?»

Ben sah verschmitzt drein und rief zur Küche hinüber: «Ist noch was vom Moosesteak übrig? Dann sofort ein paar Scheiben aufs Feuer!» Vergnügt schwatzte er weiter. «Gestern hat es mir ein Trapper gebracht. Wirst ein Stück Fleisch zwischen die Zähne kriegen, wie man es nicht mal an der Tafel der Queen serviert. Diese verdammten Engländer verstehen sowieso nichts vom Essen. Aber wir sehen einem Braten schon an, ob er zart oder zäh ist, wenn er noch auf seinen vier Beinen herumläuft. Wie wäre es mit Bier? Was frage ich, natürlich!»

Ben Scarlowe hatte endlich die Aufmerksamkeit der anderen Gäste geweckt. Sie blickten neugierig herüber, als Ben eine dampfende Schüssel Fleisch und zwei Krüge mit dunklem Gerstensaft auf den Tisch stellte. Ben angelte sich einen Stuhl und freute sich über den Appetit des Burschen. Allerdings war ihm das Talent der stillen Freude nicht gegeben, denn er rief durch den Raum: «Seht nur, wie es dem Adler schmeckt, Nachbarn! Das müssen wir feiern, wenn der Sprößling meines besten Freundes, des verdammtesten Whiskypanschers dieser Erde, bei mir reinguckt. Heute gibt es Bier und Rum auf Rechnung des Hauses!»

Bens Rede wurde mit großem Beifall, aber auch mit ungläubigem Staunen aufgenommen, denn sein Geiz war legendär.

Scarlowe ließ jedoch seinen Worten die Tat folgen, und er selbst ging mit der Rumkruke von Tisch zu Tisch. Dabei plapperte er unentwegt weiter. «Trinkt auf das Wohl Tomahawks, Männer! Sollt wissen, ich liebe ihn wie meinen eigenen Sohn.»

Der ledergesichtige Métis lachte schallend. «Ho, ho, Ben Scarlowe! Viele Burschen im Territorium sind deine Söhne. Nur weißt du es nicht oder willst es nicht wissen, weil Madame Scarlowe dir sonst mit der Pfanne über den Buckel käme. Dieser hier ist nun aber der Sohn von Emile Destouelle . . .»

Tomahawk blickte verlegen vor sich hin, als er den Reden der Männer lauschte. Ben aber einmal beim Schwadronieren, ließ sich nicht bremsen. «Pfui, was ihr immer denkt. Faßt euch an die eigenen Nasen. Ich meine eine ganz andere Sache, wenn mir dieser Adler wie ein Sohn ans Herz gewachsen ist.

Liegt über zwei Dutzend Jahre zurück: Emile und ich hatten mit viel Glück unsere Fallen für die Hudson Bay Company aufgestellt und kamen mit den Taschen voller Geld und den Köpfen voller Pläne in diese Stadt, die damals noch ein elendes Bretterbudennest war. Die Company gab uns Schanklizenzen, und so betrieben wir diese Inn als Partner.»

Ben rieb sich mit einem Sacktuch die Schweißperlen von der Glatze, denn mit vollen Krügen umherlaufen und dabei erzählen, kann einem Mann viel Kraft abverlangen. Tomahawk indes argwöhnte, der Dicke rieb sich kalten Schweiß ab, weil ihn der Gedanke an die Rechnung für den Freitrunk mit Bangigkeit erfüllen mußte. Um ihm zu helfen, forderte er: «Lauf nicht so viel herum, setz dich lieber und erzähle deine Geschichte!»

Scarlowe sandte Tomahawk einen dankbaren Blick zu und plauderte weiter. «Das Geschäft ließ sich gut an, und ein paar Wochen ging alles glatt. Bis eines Tages die Suksisjoketuks in den Laden reinguckten. Brachten Felle und wollten ein paar Sachen einkaufen. Der Häuptling kam in Begleitung seiner Tochter. Männer! Eine Schönheit sage ich euch. Die Cousins verstehen sich auch auf Namen. Tschintschapé hieß das Mädchen. Hell and devils, Emile und ich verliebten uns sofort in dieses ‹Leuchtende Feuer›. Wir wurden untauglich fürs Geschäft. Was die Cousins bewog, uns lauter räudige Felle aufzuschwatzen, die wir unbesehen nahmen, denn wir hatten nur Augen für den leuchtenden Feuerwurm.»

Ben zündete sich eine Pfeife an. Die Zuhörer hingen an seinen Lippen und vergaßen darüber das Freibier. Schnell sprach er weiter. «Natürlich kriegten die Suksis spitz, warum sie uns so leicht übers Ohr hauen konnten. Denn nun spielte das Mädchen verrückt. Hatte sich auch verguckt. Leider nicht in mich. Emiles Charme drückte mich glatt an die Wand. Konnte mich erst nicht damit abfinden, dachte schon an Zweikampf und so. Vielleicht wäre es auch zu solch einer Narretei gekommen, hätte Nape Peta, der Vater des Mädchens, dem Spuk nicht ein Ende gemacht. Er nahm Emile auf ein ernstes Wort beiseite. Danach holten seine Männer die mickrigen Felle wieder ab und rückten gute Pelze raus. Emile aber mußte mit an den Souris ziehen. War ein dreifacher Glückspilz: Das schönste Mädchen der Suksis, vom Stammesrat der Assiniboine erhielt er ein feines Stück Land und von der Company eine Schanklizenz! Und ich, Nachbarn, ich sitz noch heute in diesem Lausekaff und muß darum betteln, daß ihr eure Drinks auch bezahlt.»

Applaus wurde dem Dicken für seine Geschichte zuteil. Tomahawk spendierte jetzt eine Runde Bier.

Der Ledergesichtige nahm wieder das Wort. «Ja, liebe Nachbarn, so gesehen, hätte Tomahawk wahrhaftig Bens Sohn sein können. Wenn nämlich der ‹Leuchtende Feuerwurm› unserem lebenden Rumfaß Ben Scarlowe den Vorzug gegeben hätte. Muß aber ein gescheites Frauenzimmer gewesen sein, daß sie sich an Emile gehalten hat.»

Er drehte sich herum, so daß er Tomahawk anschauen konnte. «Nichts für ungut. Ben ist ja kein schlechter Kerl. Aber er hätte aus dir nur einen Schnapshändler gemacht.»

Ben sekundierte: «Well, Boy, der Nachbar hat recht. Die Suksis haben dich zu einem Krieger erzogen, und Emile hat dich in eine Schule geschickt. Könntest ein großer Häuptling werden.»

Langsam begann Tomahawk sich zu ärgern. Für seinen Geschmack kümmerten sich die Männer ein bißchen zu viel um seine Angelegenheiten. Als das Ledergesicht gar noch behauptete: «Solche Krieger wie dich sucht Ambroise Lépine, Söhnchen. Sag deinem Captain Dunhill adieu und geh zu den Combattanten!» lag ihm eine barsche Erwiderung auf der Zunge. Doch die Höflichkeit der Métis band seine Worte. Einen älteren, erfahrenen Mann durfte man nicht brüskieren. So schützte er Müdigkeit vor und stahl sich aus dem Schankraum.

Trotzdem fand er keinen Schlaf. Das Gespräch hatte ihn mehr erregt, als er sich eingestehen wollte. Warum fand sich immer jemand, der glaubte, ihm sagen zu müssen, was er zu tun und zu lassen habe? Warum nahmen sich die Männer das Recht, ihn ständig darauf hinzuweisen, daß er wegen seines Schulbesuches und seiner Ausbildung als Büchsenmacher seinem Volk besonders verpflichtet sei?

Er dachte an seine Kindheit zurück. Vater und Mutter hatten ihn bei den Suksis der Obhut des Großvaters Nape Peta anvertraut. Die Eltern bauten am Souris River die Handelsstation auf. Der kleine Jacques wuchs im Tipi auf, wurde auf das freie Leben eines Jägers und Kriegers vorbereitet. Als den Knaben ein Dutzend Sommersonnen erwärmt und ein Dutzend Winter abgehärtet hatten, freute er sich auf die bevorstehende Aufnahme in einen Jungkriegerbund. Aber da nahm Emile Destouelle seinen Sohn an den Souris River. Er dachte an die Handelsstation, die einen Mann verlangte, der sich auch mit Büchern auskannte. Gegen den Protest des Jungen und trotz der Tränen Tschintschapés brachte Emile seinen Filius zu den Franziskanerinnen nach St. Boniface.

Die frommen Frauen gaben sich Mühe mit Jacques, weil er leicht und schnell lernte. Sie waren aber auch streng zu ihm, weil er offen seine Abneigung vor dem Internatsleben zeigte. Er sehnte sich nach dem freien Leben in der Prärie. Sicherlich wäre er ausgerissen, hätte es nicht den gleichaltrigen Schüler Louis gegeben, den Sohn des Müllers Riel.

Dieser kluge, zartgliedrige Junge wurde zum Freund und Beschützer des robusten Wildlings. Tomahawk ahnte nicht, wie oft der Müllerssohn an seiner statt ins Catabouche gewandert war, wie viele Rosenkränze Louis strafweise beten mußte, weil er es auf sich genommen hatte, wenn der andere mit Flüchen und derben Tritten gegen das Mobiliar der Anstalt gewütet hatte.

Als es Tomahawk dann doch einmal zugetragen wurde, wie Louis ihn vor Karzer und Prügel bewahrte, schwor er, nicht mehr an Flucht zu denken und Louis niemals zu verlassen.

Über zwei Jahre verbrachten die Jungen in St. Boniface gemeinsam, dann schlug die Trennungsstunde. Louis Riel sollte in Montreal studieren. Noch jetzt klangen Tomahawk die Abschiedsworte des Freundes in den Ohren: «Ich werde die Gesetze studieren, um später unserem Volk gegen die englischen Bedränger beistehen zu können. Du, Jacques, bist zum Jäger geboren. Wir werden uns wiedersehen. Dann jagen wir gemeinsam einen mächtigen Bison.»

Nachdem Louis Riel fort war, hatte es Tomahawk nicht mehr bei den frommen Frauen gelitten. Der Vater ließ ihn ein Handwerk lernen. Nur kurz hielt der Sohn sich nach dem Ende der Lehrzeit am Souris River auf, dann zog es ihn in die Prärie. Zur unermeßlichen Freude seines Großvaters Nape Peta, der ihn nun endgültig zum Mann kürte. Vier Tage und Nächte mußte Tomahawk in der Visionsgrube verbringen. In der letzten Nacht erschien ihm im Traum eine Streitaxt. Einige Tage darauf erlegte er mit einem gezielten Beilwurf einen Schwarzbären. Beides nahm der Großvater zum Anlaß, ihm den Namen Tomahawk zu geben.

Doch auch Nape Peta konnte den unsteten Enkel nicht auf die Dauer halten. Vielleicht lag es daran, daß der Großvater ihn gern verheiratet hätte, vielleicht lag es aber auch daran, daß das Leben im Stammesverband allerhand Pflichten mit sich brachte, für deren Erfüllung sich der junge Krieger noch nicht gesetzt genug dünkte. Kurz, eines schönen Tages bat er Nape Peta, ihn seiner Wege ziehen zu lassen. Wie es Brauch bei den Assiniboine ist, schickte sich der Großvater darein. Noch einer war sehr unglücklich: Heham Luta, Spielkamerad, später Gefährte der ersten Bewährungsproben im Bund der Wölfe, der Jungkriegervereinigung des Stammes. Wochen hindurch begleitete der Indianer Tomahawk bei seinen Streifzügen durch die Berge und über die Ebenen. Dann fand er sich schließlich damit ab, daß Tomahawk ein Einzelgänger war.

Danach trat Captain Dunhill in sein Leben. Der Offizier gab sich als Freund der Indianer und Métis. Sein Angebot, Tomahawk solle im Auftrag der kanadischen Polizei illegale Eindringlinge aus den Vereinigten Staaten aufspüren, kam Tomahawk sehr gelegen. Dabei konnte er weiterhin als freier

Jäger umherziehen und fand sein Auskommen. Er hatte sich einen weiteren Namen erworben: Spürhund. In letzter Zeit sah ihn mancher Métis scheel an wegen seiner Dienste für die Polizei Kanadas. Tomahawk verstand das nicht.

Mit dem Gedanken an Captain Dunhill und seinen Auftrag schlief er endlich ein. Morgen würde er stolz melden können, vier Illegale in den Ausläufern der Rocky Mountains entdeckt zu haben.

Am anderen Morgen meldete sich Tomahawk bei Captain Dunhill. Dem Offizier kam der Besuch seines Spürhundes ungelegen. So früh hatte er ihn in diesem Jahr nicht erwartet. Er hätte gern erst die Umwandlung seiner Polizeitruppe in ein Rangerkommando vollendet. Aber er dachte an den strikten Befehl des Colonels, Tomahawk unbedingt als Scout für die Ranger zu gewinnen.

Dunhill begrüßte Tomahawk, als gäbe es für ihn nichts Wichtigeres als ein Plauderstündchen mit dem Spürhund. «Herzlich willkommen! Ich dachte schon, Sie würden dem guten, alten Captain Dunhill untreu werden. Wie lange waren Sie nicht hier? Warten Sie – lassen Sie mich überlegen. Fünf? Nein, sechs Monate sind es her, seit Sie sich von mir verabschiedet haben.»

Nun war Tomahawk bisher immer von Dunhill freundlich empfangen worden, doch nie so überschwenglich. Der Métis versuchte herauszufinden, woran es lag, daß der Captain ihn sogar zu einem Whisky einlud, obwohl die kanadischen Behörden es ausdrücklich untersagten, Indianern und Métis in ihren Diensten zum Trinken zu animieren. Der Captain war demnach scharf auf Informationen aus dem Territorium.

Tomahawk säumte nicht, die neuesten Nachrichten an den Mann zu bringen. «In den Ausläufern der Rockies, im Quellgebiet des Saskatchewan, haben sich vier Amerikaner eingenistet. Offensichtlich wollen sie einen Stützpunkt einrichten. Ein altes Waldläuferblockhaus haben sie instand gesetzt und eine Menge Vorräte, wie Bohnen, Mais, Speck und Kaffee dort eingelagert. Wenn Ihre Konstabler morgen aufbrechen können, führe ich sie in nicht mal drei Wochen dorthin.»

Tomahawk hatte nicht den Ausdruck von Unmut auf dem Gesicht des Captains bemerkt, deshalb traf ihn dessen Antwort unvorbereitet. Dunhill winkte ab. «Gut, gut! Wir werden die Kerle im Frühjahr ausräuchern. Behalten Sie sie im Auge. Nach der Schneeschmelze treffen wir uns dann auf der Station Ihres Vaters.»

Tomahawk machte große Augen. «Im Frühjahr nach dem Hochwasser? Dann haben sich die Briganten doch fünffache Verstärkung herangeholt. Das kann nicht Ihr Ernst sein, Captain?»

«Zerbrechen Sie sich nicht den Kopf, Mann! Ich habe jetzt andere Sorgen.» Als Dunhill Tomahawk anschaute, erkannte er, daß er sich zu einer Unvorsichtigkeit hatte hinreißen lassen. Der Bursche konnte ihm sein Konzept verderben. «Sorry! Wollte nur sagen, daß ich meine Männer jetzt nicht zusammenkriege. Sie sind fast alle im Territorium unterwegs, und es kann ein Weilchen dauern, bis sie nach Fort Garry zurückkommen.»

Zum ersten Mal kam Tomahawk der Gedanke, der Captain könne nicht ganz aufrichtig zu ihm sein. Er sagte lauernd: «Wo sind sie denn alle?»

Dunhill wurde stutzig. Sollte der Bursche etwas von den Landvermessungen erfahren haben? Dann mußte man achtgeben, und durfte ihn nicht kopfscheu machen. Scheinbar gleichmütig antwortete Dunhill. «Da sind Landvermesser unterwegs. Gouverneur Mactavish hat befohlen, die Leute nicht ohne Polizeibegleitung zu belassen, ist nicht gerade die beste Sorte Männer, die die Vermessungen durchführen. Wir möchten nicht, daß sie sich mit Nordwestlern anlegen.»

Dunhill hatte den rechten Ton angeschlagen. Tomahawk schalt sich im stillen einen undankbaren Patron, daß er an der Aufrichtigkeit des Captains zweifeln wollte. Er lachte unbefangen. «An der Mündung des Souris River habe ich Sergeant Billings getroffen. Learny war auch dabei. Billings wollte mir einreden, er müsse die Vermesser vor Briganten schützen. Aber ich habe ihm kein Wort geglaubt. Sie mögen recht haben, es sind keine guten Männer, diese Landvermesser.»

Beinahe hätte Dunhill einen Pfiff ausgestoßen. Sieh mal an, dachte er, hab ich doch einen guten Riecher gehabt, als ich mich einigermaßen an die Wahrheit gehalten habe. Er fragte so leichthin wie möglich: «Hat es Ärger gegeben, Tomahawk? Ich weiß doch, Sie und Billings – da gibt es immer Reibereien ...»

«Ach wo, Captain! Ärger nicht direkt. Die Landvermesser hatten mich wohl für einen Indianer gehalten, der ihnen ans Zeug wollte.»

Mißtrauisch blickte Dunhill den Spürhund an. Der Kerl verschwieg ihm etwas. Doch hatte es wenig Zweck, weiter zu fragen. Wenn Billings heimkehrte, würde er schon alles erfahren. Dunhill ging um den Tisch herum, zu einer Landkarte, die ausgerollt an einem Ständer hing. Er nahm einen Stock und fragte nach dem genauen Versteck der Yankees.

Tomahawk bezeichnete die Stelle, und Dunhill markierte sie auf der Karte. Ihm kam plötzlich ein kühner Gedanke. Diese Amerikaner waren ohne Zweifel Desperados, Schmuggler oder andere üble Typen. Wenn die in den Bergen verschwanden, würde kein Hahn nach ihnen krähen. Immerhin – er stockte in seinem Denken – immerhin, es waren Weiße. Aber was war hier von größerem Wert, das Leben von vier Vagabunden oder aber das Bündnis mit einem ganzen indianischen Stamm, der als sehr kriegerisch galt? Und bei dieser Gelegenheit konnte man Tomahawk, der sich nicht als Scout vereidigen ließ, persönlich verpflichten.

Unvermittelt legte Dunhill seinem Spürhund die Hand auf die Schulter und setzte sein treuherzigstes Lächeln auf. «All right, Tomahawk! Sie haben mich überzeugt. Diese Briganten dürfen sich nicht über den Winter einrichten. Sie sitzen uns nachher wie Läuse im Pelz. Ich schlage vor, Sie reiten schnurstracks in die Berge. Dort mobilisieren Sie die Jungkrieger der Suksis. Und dann hetzen Sie die verdammten Yankees, daß denen die Fersen glühen. Und sollte einer von ihnen dabei den Skalp verlieren, und irgend ein Klugscheißer will Euch auf die Füße treten, bin ich zur Stelle und decke die Sache ab. Dann habe ich es so befohlen.»

Tomahawk war sprachlos vor Überraschung. Zum erstenmal wurde ihm und den Cousins das Recht eingeräumt, weiße Eindringlinge aus dem Land zu jagen? Wenn das kein Vertrauensbeweis des Captains war!

Wie in einem offenen Buch konnte Dunhill im Gesicht seines Kundschafters lesen. Er hatte ihn in die richtige Gemütsverfassung gesetzt. Nun aber wollte er das Eisen schmieden, solange es noch warm war. Er ging zum Schrank und entnahm einer Schublade einen prall gefüllten Geldbeutel. Er schob ihn über den Tisch. «Schätze, Sie werden ein Pferd kaufen wollen, und es wird auch sonst noch einige Auslagen bei dieser Aufgabe geben. Quittieren Sie mir den Empfang.»

Während Tomahawk seinen Namen auf das Papier malte, verschwand der Captain in das Nebenzimmer, aus dem er Minuten später mit einem Gewehr und einem Patronengürtel zurückkam. Er steckte gemächlich Geschoß um Geschoß in die Schlaufen des Gürtels und forderte Tomahawk auf, die Büchse zu begutachten. «Was halten Sie von der Waffe?»

Tomahawk nahm das Gewehr behutsam auf. Es hatte einen kurzen Lauf, war mit einem Unterhebelverschluß, einem Systemkasten aus Messing und einem Röhrenmagazin für sechzehn Patronen versehen. Eine Winchester 66, in Kanada sehr selten und deswegen – vor allem im Nordwesten – ein Vermögen wert.

Ehrfurchtsvoll und scheu betrachtete Tomahawk die Waffe, seine Finger streichelten den Lauf. «Ein Brass Boy.[10] Damit trifft ein guter Schütze auf tausend Fuß Entfernung noch das kleinste Ziel.» Er ließ den Hebel hin und her schnappen. «Damit kann man in acht Sekunden sechzehnmal feuern.» Noch einen letzten verzückten Blick warf er auf die Büchse, dann legte er sie mit einem entsagungsvollen Seufzer auf den Tisch.

Der Captain stellte sich dumm. «Was denn, gefällt Ihnen der Brass Boy nicht? Weshalb legen Sie ihn wieder hin?»

Wer hier nicht verstand, war Tomahawk, der es einfach nicht fassen konnte, daß ihm die wertvolle Waffe gehören sollte. «Ja, aber», stammelte er, «nie kann ich den Brass Boy bezahlen . . .»

«Wer spricht denn von bezahlen? Sie lassen sich ja nicht vereidigen, und deshalb habe ich keine Möglichkeit, Sie zu befördern. Nehmen Sie die Waffe als eine Art Auszeichnung. Keinen Dank, Mann! Können sich im Frühjahr meinethalben die Büchse verdienen, wenn der große Ritt wieder losgeht. Dann möchte ich mich auf Sie verlassen können. Und, wenn wir uns am Souris treffen, erwarte ich, ein von Briganten gesäubertes Territorium vorzufinden.»

Später hätte Tomahawk nicht mehr sagen können, wie er aus der Polizeikaserne herausgekommen sei. Er sah und hörte nicht, was um ihn herum vorging. Er bemerkte nicht die Red-River-Karren, die in ungewöhnlich hoher Zahl seinen Weg kreuzten. Und so bemerkte er auch nicht, daß diese Karren mit Hausrat und anderen Habseligkeiten beladen waren. Und natürlich fiel ihm in seinem glückseligen Zustand nicht auf, welche erbitterten und verhärmten Mienen die Menschen hatten, die neben diesen Karren einhergingen.

Er sah auch nicht, wie an den Straßenecken Patrouillen aufzogen, die schon auf Grund ihres abenteuerlichen und verwegenen Aussehens die Blicke eines jeden Menschen auf sich ziehen mußten. Aber Tomahawk benahm sich an diesem Tag eben nicht wie üblich. Er taumelte vor Freude über den Brass Boy wonnetrunken an den Métis mit den langen Vorderladern vorüber und achtete nicht darauf, daß ihm manch finsterer Blick nachgesandt wurde.

Als er zum Red River hinunterlief, spürte er den Geldbeutel in der Tasche. Einen Augenblick lang war er in seiner Hochstimmung versucht, sich einen fidelen Tag zu machen. Doch im selben Augenblick dachte er daran, wie sehr Captain Dunhill ihm vertraute, und daß er ihm versprochen hatte, unverzüglich in die Berge aufzubrechen.

Ein wenig zur Besinnung gekommen, lenkte Tomahawk seine Schritte zur «Vier Bären Inn». Ben Scarlowe würde ihm ein Pferd verkaufen. Dazu hätte es nicht mal des Geldes bedurft, denn Tomahawk hatte dem Wirt sein Kanu überlassen, und das allein machte schon den Preis für ein gutes Reittier aus. Außerdem gedachte der Spürhund in der Schenke noch ein wenig mit der Winchester zu prahlen, denn das Publikum dort bestand aus Fachleuten, was Waffen anbetraf.

An der Theke lehnte ein schwarzbärtiger Hüne. Seine Stirn war von einem Wust ungebändigter Locken fast verdeckt. Die Augen waren zu Schlitzen zusammengekniffen. Man sah ihm an, daß er alles um sich herum aufmerksam beobachtete. Sein schwerer Körper ruhte auf unwahrscheinlich krummen Beinen.

Diesem Mann wäre Tomahawk am liebsten aus dem Wege gegangen. Es war Ambroise Lépine, der Combattantenführer. Doch an Lépine kam niemand vorbei. Das erkannte der Spürhund sofort. Deshalb versuchte er es mit Höflichkeit. «Salute, Onkel Ambroise.»

Der Riese schmunzelte. «Salute, mein Kleiner. Was hast du für ein wunderschönes Schießeisen? Von Captain Dunhill bekommen? So, so!»

Lépine bewunderte uneingeschränkt und aufrichtig die Waffe. Dann aber setzte er hinzu: «Ben Scarlowe liegt mir in den Ohren, ich soll es mit dir Adler versuchen. Voilà, meine Scharfschützen können einen Mann mit solch tollem carabine gebrauchen!»

Tomahawk warf Ben einen bösen Blick zu, übersah die entgegengestreckte Hand Lépines und zischte: «Was Onkel Ben hinter meinem Rücken ausheckt, ist seine Sache. Meine Sache ist, ein Pferd zu kaufen und in die Berge zu ziehen, wo sich Briganten einnisten wollen. Ich werde nicht nach deinem Kommando exerzieren und marschieren, Onkel Ambroise!»

Die Augen des Schwarzbärtigen verengten sich noch mehr. «Wer sich hier einnisten will, liegt wohl auf der Hand. Die

Engländer. Um das zu verhindern, bilden wir die Combattanten aus. Niemanden freilich werden wir lange bitten, sich einzureihen. Wer aber abseits steht, wenn die Nordwestler sich erheben, sollte überlegen, ob die Métisschärpe noch das rechte Kleidungsstück für ihn ist.» Lépine sagte das, als richte er an niemanden das Wort, aber er konnte sich vorstellen, wie sehr seine Worte den empfindlichen Nerv des Spürhundes treffen mußten. Deshalb fragte er noch einmal: «Also – wie steht's mit dir?»

Tomahawk wollte aufbrausen, seine Ablehnung noch deutlicher herausschreien, doch gelang ihm nur ein Kopfschütteln. Er wußte nicht, woher es kam, daß er Lépine nicht in die Augen blicken konnte und weshalb sich Scham seiner bemächtigen wollte.

Lépine sagte gelassen: «Dann also nicht! Bisher dachte ich, Emile Destouelle habe einen braven Sohn. Ich wäre traurig, wenn ich mich geirrt hätte.» Er wandte sich an Ben Scarlowe. «Verkauf ihm den Grauen, den die Assiniboine gebracht haben.» Die nächsten Worte waren wieder an Tomahawk gerichtet: «Du wirst in den Bergen gut zurecht kommen, wenn dein Tier von den Cousins aufgezogen wurde. Wer bei den Assiniboine die ersten Schritte ins Leben getan hat, kommt selten vom rechten Pfad ab, doch wenn, wird er sich leicht das Genick brechen.»

Die Augusttage verglühten unter der sengenden Sonne. Allmählich wurde das Laub welk. Doch das Büffelgras der Prärien strotzte noch im saftigen Grün. Sonst waren zu dieser Zeit die südlichen Gefilde der kanadischen Prärien von Menschen nahezu entblößt. Sommerjagd und Heuernten waren abgeschlossen, die große Herbstjagd der Métis auf die wandernden Bisonherden wurde vorbereitet, und wer nicht unbedingt ins Territorium hinaus mußte, mied die Hitze in den Prärien.

Anders hingegen war es bei diesem Sommerausgang. Am Red River entlang und vom Assiniboine River herab, quälten sich die Ochsengespanne mit den Zweiradkarren durch den

Staub. Auf den Flüssen trieben überladene Kanus Fort Garry entgegen. Die von den Landvermessern und den Canada Firsters von ihren Farmen vertriebenen Métis, Red-River-Schotten und Anglomestizen suchten Zuflucht in Fort Garry.

In entgegengesetzter Richtung, nach Südwesten, zum Quellgebiet des Souris River, rumpelte während der ersten Septembertage ein schwerer, altmodischer Conastogawagen. Die Reisenden waren ebenfalls Flüchtlinge.

Vor dem Ochsengespann schritt Baptiste Sayer. Sein linker Arm hing in einer Schlinge. Einige Dutzend Schritte hinter dem Fuhrwerk sicherte Pierre mit schußbereiter Rifle das Gefährt.

Unter dem Zeltdach des Planwagens suchten Charity und Mabel Schutz vor der Sonne. Der vierjährige Benny schlummerte in einem Federbett. Mabel warf ab und zu einen Blick auf das Gesicht des Söhnchens, ohne ihre Arbeit zu unterbrechen, die darin bestand, Kleidungsstücke zu flicken. Was nicht einfach war, denn der Wagen schwankte beständig von einer Seite zur anderen, dabei wurde er auch noch von jeder Unebenheit des Bodens zu abenteuerlichen Sprüngen verführt. Seine Federung taugte nichts und seine Kutscherin lenkte mehr als ungeschickt.

Charity McLellan gebrauchte zwar oft die Peitsche, jedoch wohl immer zum falschen Zeitpunkt. Außerdem wollte sie den Ochsen keine Schmerzen zufügen, sondern gedachte, sie mit lautem Knallen den mühelosesten Weg finden zu lassen. Ein aussichtsloses Unterfangen, denn die dickköpfigen Hornviecher ließen sich nicht aus dem Trott bringen. Vom anfeuernden Geschrei der Madame McLellan waren sie schon gar nicht beeindruckt, obwohl Charity sich erdenkliche Mühe gab.

Zartbesaitetere hätte vielleicht schon das Äußere der Madame in Trab gebracht. Seit Tagen hatte ihr Gesicht, von Arbeit, Entbehrungen und Leid gezeichnet, von Wind und Wetter gegerbt, weder Seife noch Wasser gesehen. Ihr dünnes, graues Haar lag in ungepflegten Strähnen auf der kragenlosen

Wildlederjacke, und ihre harten Augen blitzten böse. Seit dem frühen Morgen schimpfte und fluchte Charity bereits auf die Ochsen ein. Sie war sich bewußt, wie wenig die Tiere auf ihre Worte reagieren würden, sie fluchte aus einem ganz anderen Grund. Mit den unflätigen Reden wehrte sie sich gegen den Kummer und das heulende Elend, die sie zu überwältigen drohten.

Es war nicht Charitys erste Umsiedlung. Als Kind war sie mit ihren Eltern von Schottland herübergekommen. Lord Selkirk hatte damals eine schottische Kolonie am Red River errichtet. Die Pelzkompanien waren wenig glücklich über Selkirks Siedlung, sie vertraten die Ansicht, Landwirtschaft ruiniere den Pelzhandel. Charitys Eltern wurden von den Trappern vertrieben und siedelten erneut. Diesmal am Oberlauf des Flusses.

Dann lernte Charity Arthur McLellan kennen, und sie zog mit ihm talwärts. In harter Arbeit rodeten sie eine Farm auf. Sie gebar drei Söhne. Der Erstgeborene starb noch als Kind an einer Epidemie. Der zweite war noch keine siebzehn Jahre alt, als der Pfeil eines Schwarzfuß-Indianers seinem Leben ein Ende setzte. Der jüngste Sohn überstand alle Fährnisse der Wildnis. Eine große Freude erlebte Charity, als John Mabel zur Frau nahm und sich bald darauf ein Enkelchen einstellte. Die Großmutter nahm sich vor, den Kleinen vor jedweder Unbill zu schützen. Es war dann auch nicht der kleine Benny, der ihr neues Leid brachte. John wurde beim Urbarmachen eines Waldstückes von einer schweren Fichte erschlagen.

Von da an bekam Charitys Sorge um die Schwiegertochter und den Enkelsohn gluckenhafte Züge. Sie weinte und haderte nicht, als Baptiste und Pierre ihr den ermordeten Arthur ins Haus brachten. Sie tat das Nächstliegende: Baptistes Wunde versorgen und ihrem Mann ein Begräbnis zu bereiten, wie er es gewünscht hatte. Wären nicht Benny und Mabel gewesen, hätten Charity keine zehn Pferde von ihrem Land weggebracht. Unter anderen Umständen hätte sie die lange Rifle ihres Mannes genommen, und das Haus und die Gräber ihrer

Lieben gegen die Firsters verteidigt. Aber was sollte aus Mabel und Benny werden? Pierre berichtete über Arthurs Wunsch, zur Station Emile Destouelles zu ziehen.

Zuerst hatte Charity gegen den Vorschlag protestiert. «Ins Indianerland sollen wir trecken?» Aber dann war sie an die Arbeit gegangen. Benny hatte spitzgekriegt, wohin die Reise gehen sollte und war vor Freude herumgesprungen. Er hoffte, Tomahawk dort wieder zu treffen, den er sehr mochte. Dabei war die Schwiegertochter rot geworden. Charity konnte sich nicht genug wundern. Da hoffte das junge Frauenzimmer wohl auch, diesen Landstreicher Tomahawk vor die Augen zu bekommen?

Als ihr dann aber Tomahawks Ruf als Krieger und Jäger einfiel, hatte auch sie nichts dagegen, ihn eventuell auf der Station vorzufinden. In Kriegszeiten mußte einem jede Büchse willkommen sein. Die Vorbereitungen zum Aufbruch hatten nicht viel Zeit in Anspruch genommen. Etwas Hausrat, Kleidung, Betten und ein paar Pferde und Kühe. Die Schweine und das Federvieh wurden von den Frauen schweren Herzens in den Busch gejagt. Als die Fuhre fahrbereit gewesen, war Charity noch einmal ins Haus gegangen, hatte das Feuer aus dem Herd gerissen und die glühenden Scheite in alle Ecken geschleudert. Dann hatte sie wortlos ihren Platz auf dem Kutschbock eingenommen. Hinter dem Treck knackte und loderte es, dann brach der Dachstuhl des McLellan-Hauses brennend in sich zusammen.

Gegen Abend sahen sie die Blockhäuser der Station vor sich. Am Fluß standen die von Veranden umgebenen Wohngebäude sowie das Handelshaus, in dem sich das Magazin, der Laden und eine kleine Schankstube befanden. Unmittelbar am Rand des Pappelhölzchens gab es Stallungen und eine Scheune. In dem Corral tummelten sich Pferde. Schweine, Hühner und Enten suchten am Flußufer ihr Futter. Friedliche Stille lag über der Station.

Gemessenen Schrittes näherte sich ein etwa fünfzigjähriger Mann den Flüchtlingen. Sein lockiges, braunes Haar war von silbergrauen Fäden durchsetzt. Er war von mittlerer Größe. Ein kantiges Profil, flinke Augen und ein flott gezwirbelter Schnurrbart gaben seinem Gesicht einen Ausdruck von Verwegenheit. Immer wenn Charity Emile Destouelle sah, fiel ihr der Vergleich mit einem Piraten ein. Da sie aber seine Biederkeit kannte, wies sie diesen Vergleich stets wieder von sich.

Emile hatte den Besuch bereits erwartet, streifende Indianer hatten ihm über die Vorgänge im Territorium berichtet.

Er half den beiden Frauen vom Wagen, zeigte Pierre, wo er das Fahrzeug aufstellen könnte und wandte sich an Charity. «Madame McLellan! Gäbe es nicht solch einen traurigen Anlaß, würde ich sagen, ich bin sehr froh, Sie wieder einmal begrüßen zu dürfen. So aber bin ich nur froh, Ihnen helfen zu können. Es ist gut, daß Sie den Weg zu uns gefunden haben. Gehen Sie bitte ins Haus, Tschintschapé, meine Frau, hat alles vorbereitet. Inzwischen werde ich mich um die Tiere und den Wagen kümmern.»

Charitys Augen wurden um einen winzigen Schein freundlicher. Ja, über ihre Züge ging sogar die Andeutung eines Lächelns. Diese Frenchies! Ohne Palaver geht es nicht ab bei ihnen. Aber gut taten ein paar freundliche Worte doch.

Emile hatte Benny inzwischen hochgehoben und ließ den Buben auf seinen Schultern reiten. Er gesellte sich zu Pierre und Baptiste. «Wer hat auf euch geschossen?»

Pierre zuckte die Achseln. «Der Chef der Vermesser. Seine Leiche haben wir gefunden. Es war noch einer dabei, aber wir wissen nicht, wer es war.»

«Und die englischen Polizisten? Haben sie euch nicht beschützt?»

«Die haben sich geschlagen. Einer wollte wohl helfen, wurde aber von einer Schlange gebissen und starb.» Pierre winkte ab. «Wir wollen nicht lange bleiben. Wir müssen nach Fort Garry. Louis Riel kommt dorthin. Wir werden uns den Combattanten anschließen.»

«Non, non», wehrte Emile ab, «mit den Wunden kommt ihr im Winter nicht bis nach Fort Garry durch. Ihr müßt erst einmal wiederhergestellt sein. Sonst kann Lépine nichts mit euch anfangen.»

Etwas später spazierte Emile mit Benny zum Fluß. «Ich werde dir deine neue Heimat zeigen, Bürschlein.»

Die Bezeichnung «Fluß» verdiente das Wasser hier eigentlich noch nicht. Es war zwar reißend, aber nicht breit und nur ein paar Handbreiten tief. Am Ufer lagen zwei Kanus. Emile erklärte dem Jungen, daß man mit diesen Booten aus Birkenrinde den Souris erst nach der Schneeschmelze befahren könnte. Auch dann sei es gefährlich, weil die Steinblöcke, die jetzt allenthalben aus dem Wasser ragten, tiefer lägen, und sich an solchen Blöcken Stromschnellen bildeten.

Benny bewunderte die Heck- und Bugbemalung der Kanus. Sie bestand aus geometrischen Mustern, und Emile verkündete stolz, er habe sie selbst aufgetragen. Dann gingen sie zu den Ställen, wo neben den Ochsen auch ein halbes Dutzend Kühe standen. Nachdem sie alles begutachtet hatten, stiegen sie zum Corral hinauf.

«Die Zaunpfähle müssen mal wieder erneuert werden ...», murmelte Emile und wandte sich schmunzelnd an Benny: «Wo wir jetzt so viele Männer auf der Station sind, werden wir es wohl schaffen, die Zäune zu reparieren? Und die Disteln köpfen wir auch gleich mit.»

Benny hatte nichts dagegen einzuwenden. Und dann kam er nicht aus dem Staunen heraus. Solche Pferde hatte er noch nie gesehen. Rötlichbraun gefleckt auf weißer Decke die einen, andere mit schwarzer oder dunkelgrauer Hinterhand und noch andere, die aussahen wie Apfelschimmel, nur daß die dunklen Flecken dieser Tiere sich größer als gewöhnlich von der hellen Decke abhoben. Zehn Pferde standen an der Tränke.

Emile erzählte, daß die Pferde Appalousa seien. Die Assiniboine züchteten sie, um sie zu verkaufen. Emile sagte das, ohne zu erröten. Aber wie anders sollte er dem Kind die Herkunft der Pferde erklären? Er konnte doch nicht die Wahrheit sagen, die darin bestand, daß die Assiniboine es unter ihrer Würde angesehen hätten, Reittiere zu züchten, wenn man mit Pferderaub mehr Ruhm und Ansehen erlangen konnte.

Um weiteren Fragen aus dem Weg zu gehen, meinte Emile, nun sei es Zeit zum Abendessen. Von hier aus blickte man geradenwegs auf die Front des Wohnhauses, wo soeben Tschintschapé auf der Veranda erschien, um diejenigen zu Tisch zu rufen, die noch draußen waren.

Nach dem Essen redeten die Männer bei Tabak und Rum über die Ereignisse im Territorium. Nachdem die Landvermessungen mit Mord, Vertreibung und Brandstiftungen durchgesetzt worden waren, mußte das Comité National des Métis zusammentreten, um Maßnahmen zu beschließen. Darüber waren sich alle einig.

Wieder mußte Emile die Ungeduld der Sayer-Brüder zügeln. Seiner Ansicht nach stand die entscheidende Auseinandersetzung erst im Frühjahr bevor. Seine Argumente entbehrten nicht der Logik. Im Herbst rüsteten die Métis zur großen Bisonjagd. Nur wenn sie erfolgreich durchgeführt wurde, verfügten die Nordwestler über ausreichende Fleischvorräte, um die Nahrung zu sichern und über genügend Häute, um sich mit Munition und eventuell mit moderneren Gewehren zu versorgen.

Pierre und Baptiste hingegen meinten, daß der Kampf im Winter ausgetragen werden müsse, weil die Nordwestler im Tiefschnee den Engländern überlegen seien und weil es im Frühjahr schwerhalten würde, die Farmer von der Bestellung ihres Bodens abzuhalten.

Natürlich hatten auch diese Ansichten etwas für sich. Doch sie wurden von Charity vom Tisch gefegt, die hereingekommen war und ein Weilchen zugehört hatte. «Will euch was sagen, Männer: Keiner wird Büffel jagen. Und im Frühjahr gibt es kein Land zu bestellen, weil kein Land mehr da ist, und niemand, der es bearbeiten könnte. Ihr solltet nicht diskutieren, sondern Kugeln gießen. Denn sie werden auch hier aufkreuzen. Sie fühlen sich mächtig stark, und sie werden auch ins Indianerland kommen...»

Bedächtig wiegte Emile den Kopf. Ehe er jedoch nochmals seine Ansichten darlegen konnte, wurde er von Benny unterbrochen, der den Männern Gute Nacht wünschen sollte. «Onkel Emile, warum ist mein großer Freund Tomahawk nicht hier?»

Diese Frage rief unterschiedliche Reaktionen hervor. Emile senkte den Kopf. Pierre und Baptiste schauten wißbegierig auf Emile. Charity brummte etwas vor sich hin. Tschintschapé, die mit Mabel hereingekommen war, fuhr sich verstohlen über die Augen, und Mabel bekam rote Flecken im Gesicht.

Emile zog Benny an sich. «Ja, mein Kleiner, warum ist Tomahawk in diesen schlimmen Zeiten nicht daheim? Das frage ich auch manchmal. Aber vielleicht kommt er bald. Und vielleicht bringt er einige Krieger der Suksisjoketuks mit? Das wäre gut. Wenn er wüßte, daß du hier bist, würde er sich gewiß beeilen. Und wenn er kommt, dann bekommst du einen guten Bogen, und ich zeige dir, wie man Pfeile dafür schnitzt. Und nun träum etwas Schönes.»

Er wartete, bis Benny mit Mabel gegangen war, dann sprach er ernst und eindringlich weiter. «Ich glaube, Madame McLellan hat uns eine gute Lektion erteilt. Reden wir nicht um die Dinge herum, sondern bringen wir das Schießzeug in Ordnung. Ich werde die Kugelformen und das Blei hervorsuchen. Die Frauen werden Patronenpfropfen binden. Voilà! Das Magazin erwartet uns!»

Charity McLellans Prognosen sollten sich bestätigen. Die Flüchtlinge saßen in Fort Garry und warteten auf Louis Riel, daß er das Comité National des Métis zusammenrufe. Eine beträchtliche Anzahl der waffenfähigen Männer hatte sich jedoch Ambroise Lépines Combattanten angeschlossen. Da Riel noch immer nicht eintraf, beschloß Lépine mit den Angeworbenen unverzüglich zum Winnipegsee aufzubrechen, um sie auszubilden.

Seine Anwesenheit am See war dringend notwendig geworden, denn Kundschafter hatten ihm berichtet, um sein Trainingscamp schlichen Saulteaux-Indianer herum, die sich von den Firsters in den Spelunken freihalten ließen. Hinzu kam die Nachricht, der berüchtigte Raufbold Thomas Scott habe einen Trupp Gleichgesinnter um sich geschart, und diese Leute träfen sich verdächtig oft mit den Saulteaux.

Aber auch Doc Schulz blieb nicht untätig. Kaum hatte er erfahren, Ambroise Lépine habe Fort Garry verlassen, fühlte er sich bemüßigt, selbst zur Tat zu schreiten und seinen Intimus Scott anzustacheln, das Ausbildungscamp der Combattanten auszuheben.

An einem Sonntag im Indianersommer, der rotleuchtende Ahorn kündigte schon den nahen Herbst an, ließ Thomas Scott dann seine Mannen an Christian Schulz vorbeidefilieren und verkündete großmäulig, am Nachmittag wolle er zurück sein, und seine Leute würden unter der Last der Bastardskalpe kaum noch laufen können.

Der Doctor versprach eine rauschende Siegesfeier und fachte damit den Kampfeseifer der in Kompaniestärke abmarschierenden Firsters zusätzlich an.

Der Auszug der Scottschen Expedition wurde auch vom Gouverneur Mactavish beobachtet, der umgehend Captain Dunhill herbeizitierte. Dunhill beruhigte den alten Mann dahingehend, die Firsters würden zu einer Übung ausziehen. Zweifelnd fragte Mactavish: «Und Sie sind sicher, Captain, diese Rowdys belästigen die Métis nicht? Mir wäre wohler, wenn Ihre Truppe die Kerle nicht aus den Augen ließe.»

«Wenn Sie es wünschen, Sir, reite ich mit meinen Männern hinter den Firsters her, obwohl Doc Schulz ausdrücklich die Garantie für ein Wohlverhalten seiner Leute übernommen hat. Ich möchte Sie jedoch darauf aufmerksam machen, Sir, was für ein wüstes Geschrei Doc Schulz morgen in seinem Blatt anstimmt, wenn die Firsters quasi unter Polizeiüberwachung gestellt sind.»

Mactavish seufzte und strich sein schlohweißes Haar glatt. Leise sagte er: «Da mögen Sie recht haben, Captain. Schulz wird mit seiner Zeitung dann auch noch die letzten loyalen

Kanadier rebellisch machen. Und Unruhe haben wir schon mehr als genug in der Stadt und im Territorium. Wenn Sie also meinen, Schulz garantiere, daß seine Truppe sich ordentlich verhält, dann lassen Sie die Kerle in Gottes Namen ihres Weges ziehen.»

Dunhill beeilte sich, zur Polizeikaserne zu kommen. Er wußte, wie gern sich Billings der Expedition angeschlossen hätte. Der Sergeant war vom Haß auf die Métis und Indianer wie besessen. Wahrscheinlich hatte seine Selbstherrlichkeit bei der Landvermessung einen Knacks bekommen. Nach Berichten sollten sich ja einige Farmer gewaltig zur Wehr gesetzt haben. Dunhill gönnte dem Sergeanten einen kleinen Dämpfer. Aber nicht deswegen hatte er ihm die Teilnahme an dem Scottschen Unternehmen strikt untersagt. Der Captain billigte den Firsters keine große Chance zu. Und wenn dem Sergeanten bei der Sache etwas passierte, gab es Trouble mit Colonel Dennis. Es hatte schon Ärger wegen dem unglückseligen Konstabler Learny gegeben. Nein, zwei tote Ranger würde ihm der Colonel schwerlich verzeihen. Und es hätte noch gefehlt, daß er dem Verlangen Mactavishs nachgegeben und die Ranger in einen aussichtslosen Kampf mitgeschickt hätte.

Captain Dunhill hielt es daher für das beste, wenn die Ranger heute in der Unterkunft blieben und nicht die Nase in das Treiben draußen steckten. Er befahl: «Rum fassen!» Der Koch wurde angewiesen, ein gutes Mahl zuzubereiten.

Nachdem er seine Befehle gegeben hatte, war Dunhill beruhigt. Mochte Doc Schulz nun seinetwegen in der Stadt verrückt spielen. Denn daß der Igel noch eine Solonummer abziehen würde, stand für Dunhill fest, als er gesehen hatte, wie die Leibgarde des Doctors – dreißig verwegene, baumlange Schlagetots – mit Schulz nach dem Gottesdienst zum Flußufer ins Kneipenviertel getrottet war. Die vom Schnaps erhitzten Gesichter, Waffengefuchtel und rohe Flüche verhießen den Métis am Fluß nichts Gutes. Captain Dunhill indes wollte nichts sehen und hören.

In der Tat hielt Christian Schulz die Zeit für gekommen, nun auch sein Scherflein zur Unterwerfung der «katholischen Bastarde» beizusteuern. Einen Vorwand fand er. Die Métis hatten ihre Frühmesse schon beendet, als die Anglikaner sich erst für ihren Gottesdienst ankleideten. Seit jeher war es Brauch der Métis, sich nach der Messe ihren Vergnügungen zuzuwenden. Und so hielt es ein gutes Dutzend Métis nicht für sündhaft, sich in der «Vier Bären Inn» den Sonntagvormittag mit Schnaps zu versüßen.

Doc Schulz dachte anders darüber. In dem Bewußtsein, Lépine weit ab vom Schuß zu haben, beschloß er, an den Feiertagsschändern ein Exempel zu statuieren. Er führte seine Getreuen zur «Vier Bären Inn», wo er ihnen das verwerfliche Verhalten der Métis so bildhaft erklärte, daß sie im heiligen Zorn die Inn stürmten. Mit Brachialgewalt, unter Zuhilfenahme von Stuhl- und Tischbeinen machten sie sich an das Bekehrungswerk. Nach wenigen Minuten krochen oder schleppten sich die schwer blessierten Métis ins Freie, verfolgt vom Triumphgeschrei der kanadischen Gottesstreiter.

Schulz, als gläubiger Anhänger der anglikanischen Kirche, setzte seinen Fuß nicht über die Schwelle des Gasthauses. Auch hielt er es für unter seiner Würde, selbst in das Kampfgeschehen einzugreifen. Seine Waffe war nicht die Faust, sondern das Wort. Zufrieden ging er heim.

Der streitbaren Mannschaft in der Schenke freilich war der Kampfeseifer noch nicht erlahmt. Mangels anderer Feinde nahmen sie den Wirt aufs Korn. Seiner Frau war es gelungen, über den Hof zu entkommen. Scarlowe wurde mit etlichen Ohrfeigen darüber belehrt, daß er sich von einer Tracht Prügel nur durch den Anstich eines Fasses Bier und einer größeren Whiskyspende freikaufen könnte. Dennoch blieb ihm weiteres Ungemach nicht erspart, mußte er doch nun die «Helden» bedienen, die es sich in der verheerten Kneipe wohl sein ließen.

Um Doc Schulzens Sonntagszufriedenheit wäre es schlechter bestellt gewesen, hätte er geahnt, daß das Expeditionscorps unter Thomas Scott nicht mehr existierte. Die davongekommenen Firsters rannten, so schnell ihre Füße sie nur tragen konnten, in heilloser Flucht nach Fort Garry zurück. Einige verschwanden auf Nimmerwiedersehen im Busch, drei Firsters wurden begraben und Thomas Scott selbst verriet Doc Schulzens Pläne, nachdem Lépine etwas nachgeholfen hatte.

Kurz – die so siegessicher am frühen Morgen aufgebrochene Streitmacht war nach knapp drei Stunden in einen Hinterhalt der Combattanten geraten und jämmerlich verdroschen worden. Ein paar ganz tapfere Firsters, die sich nicht damit abfinden wollten, daß sie von Bastarden ohne viel Federlesens überwältigt worden waren, machten die Bekanntschaft mit den Schießkünsten der Métis. Wie gesagt, drei von ihnen konnten darüber dann nichts mehr berichten, einige trugen böse Wunden davon und der Rest floh.

Diejenigen Firsters, die Fort Garry als einzige Rettung ansahen, holten auf ihrem eiligen Rückzug eine solch ansehnliche Zeit heraus, daß sie am frühen Nachmittag bereits hinter den Mauern der Stadt erschienen. Und so kam Doc Schulz dann doch um seine Sonntagsruhe, wähnte er doch, nun müßten auch bald die Combattanten auftauchen.

Es gelüstete ihn keineswegs, Lépine in die Hände zu fallen. Und so verließ zu einer Zeit, während der andere Leute gewöhnlich ihren Tee trinken, der Wortführer der Canada Party Fort Garry, um seine kostbare Person über den Lake of the Woods, auf der alten Voyageursroute nach Osten in die Provinz Ontario, in Sicherheit zu bringen. Er hatte sich weder bei dem Dominionsvertreter Doughall noch bei dem Gouverneur verabschiedet. Ebensowenig war es ihm in den Sinn gekommen, Captain Dunhill in seine Fluchtpläne einzuweihen oder sich gar bei seinen Firsters abzumelden. Auf eine große Reisegesellschaft verzichtete Christian Schulz. In seiner Begleitung befand sich lediglich ein kanadischer Waldläufer, dessen Erfahrung sich Schulz ein ansehnliches Sümmchen kosten ließ.

Unter diesen Umständen war es nur natürlich, daß sich die Firsters aus dem Scottschen Gefolge kurz nach ihrem Eintreffen in Fort Garry wie Waisen vorkamen, worauf sie sich ebenfalls aus der Stadt entfernten, die ihnen nun kein sicherer Hort mehr dünkte.

Innerhalb weniger Stunden war Fort Garry frei von den Canada Firsters, ohne daß es zum Kampf gekommen war. Das heißt, noch hielten Schulz' Leibwächter einen Stützpunkt besetzt, die «Vier Bären Inn». Dort trank ein Teil der tapferen Kämpfer wacker weiter. Es war aber nur der kleinere Teil, denn die meisten hatten vor dem überreichlich fließenden Whisky kapituliert und schnarchten unter umgestürzten Tischen, hinter der Theke oder wo immer sie vom Schnaps gefällt worden waren.

Als nun Ambroise Lépine an der Spitze seiner Combattanten in Fort Garry einritt, bildete sich sofort ein kleiner Menschenauflauf. Nur allmählich konnte Lépine von den wild gestikulierenden und heftig schimpfenden Einwohnern erfahren, was in der Stadt vorgefallen war. Er rief seinen Stellvertreter Gabriel Dumont. «Du bringst die Gefangenen in das ehemalige Magazin der Hudson Bay Company. Das ist geräumig und besitzt solide vergitterte Fenster. Sperr den Galgenstrick Scott in ein Catabouche. Der Lumpenkerl darf uns nicht entwischen.»

Dumont, ein untersetzter Bursche von zigeunerhaftem Aussehen, lachte wild auf. «Vorher lasse ich die Coquins aber ein bißchen Spießruten laufen. Die Nachbarn werden so manche Rechnung begleichen wollen, mon commandant.»

«Daß du dich unterstehst, Bruder! Sorge dafür, daß ihnen kein Haar gekrümmt wird, sonst kommt uns Louis Riel auf den Kopf!»

Nicht übermäßig begeistert, fügte sich Dumont.

Ambroise Lépine wählte ein Dutzend gestandener Büffeljäger aus seiner Truppe und eilte mit ihnen zur «Vier Bären Inn». Dort wurden die Combattanten von lallenden Kanadiern freudig begrüßt, denn die Raufbolde glaubten in ihrer Trunkenheit zuerst, ihre siegreich vom Winnipegsee zurückgekehrten Kumpane vor sich zu haben.

Mit einiger Mühe fand Lépine den eingeschüchterten Wirt. Nachdem Ben, dem vor Wut, Kränkung und Furcht die Tränen über das feiste Gesicht liefen, geschildert hatte, was geschehen war, wurde er von Lépine aufgefordert, seinen Schaden und seine Verluste einzuschätzen. Ein Verlangen, das den armen Scarlowe augenblicklich aufmunterte. Die Summe, die er dann nannte, trug ihm einen ironischen Seitenblick Lépines ein. Doch dann nickte der Combattantenführer. Seinen Männern erteilte er den Befehl, die Trunkenbolde in die rauhe Wirklichkeit zurückzurufen. Mit freigiebig verteilten Maulschellen und viel kaltem Wasser gelang das Ernüchterungswerk soweit, daß die meisten Firsters ihr Bargeld bei Scarlowe abliefern konnten und anschließend, schwankend und taumelnd, den Schankraum notdürftig aufräumten.

Wenn ein Ereignis die Gemüter der Einwohner einer Stadt wie Fort Garry derart in Wallung brachte, wie der Einfall der Firsters in Scarlowes Schenke, so mußte es zwangsläufig auch der Obrigkeit zu Ohren kommen. Freilich hätte sich der Gouverneur am liebsten taub gestellt, als man ihm über Exzesse der Leibgarde des Doctor Schulz berichtete. Er hoffte, daß – wider bessere Erfahrungen – alles nur Gerede sei. Bis die Ehefrau Scarlowes ihn um Hilfe anflehte. Nun mußte er sich zu einem Entschluß durchringen. Er versprach ihr, Polizisten zur «Vier Bären Inn» zu schicken.

Captain Dunhill fühlte sich allerdings schon zu sehr als Untergebener Colonel Dennis, als daß er auf Weisung des Gouverneurs sofort gehandelt hätte. Mactavish mußte sich aufs Bitten verlegen, ehe er den Captain dazu brachte, etwas zu unternehmen, was rechtens noch immer dessen Pflicht war. Und auch dann ließ er die Ranger erst antreten, als ihm zugetragen wurde, in der Schotten-Inn habe sich das Blatt gewendet und nun bezögen die Kanadier Keile.

Der Captain traf in dem Augenblick vor der Schenke ein, als die Combattanten die Firsters mit kräftigen Fußtritten auf die Straße beförderten. Eine ansehnliche Menschenmenge überschüttete sie mit Hohngeschrei.

Einige Ranger, ihnen voran Sergeant Billings, knöpften hastig ihre Revolvertaschen auf. Ihren Tatendrang stoppte Dunhill mit einem barschen Befehl: «Hände von den Waffen! Ich werde hineingehen und verhandeln.»

Er bemerkte, wie wenig Lust die Ranger verspürten, seine Anordnungen auszuführen. Billings schob die Waffe einfach nicht zurück, und ein paar seiner Kameraden traten gleich ihm mit widerborstigen Mienen unschlüssig auf der Stelle.

Der Captain donnerte von neuem los. «Sergeant! Nehmen Sie vier Mann und sperren Sie die Firsters in die Arrestzellen. Da sind sie sicher vor dem Mob. Die anderen Männer warten, bis ich wieder herauskomme. Und keinen Trouble mit den Bastarden. Das ist ein Befehl!»

Als Billings sich umblickte, mußte er feststellen, daß Dunhills Anweisung vernünftig war. Den höhnenden und spottenden Einwohnern hatten sich inzwischen immer mehr Combattanten zugesellt, die, ihre schweren Büffelbüchsen lässig unter die Arme geklemmt, das sich ihnen bietende Schauspiel sichtlich genossen. Den Rangern gegenüberstehend, brachten sie einige Witzeleien an, die eher gutmütig, denn feindselig klangen. Aber – und das leuchtete auch dem letzten Ranger ein – noch begnügten sie sich mit spöttischen Redensarten.

Fluchend machten sich Billings und vier Ranger an die undankbare Aufgabe, unter den Augen der von ihnen so verachteten Mestizen, die blamabel rausgeworfenen Weißen einzusammeln.

Dunhill betrat, die Hände auf dem Rücken verschränkt, den Schankraum. Er wollte sich ganz als Herr der Lage zeigen. Doch in seinem Innern begann bereits der Ärger hochzusteigen. Er hatte gehofft, der Anführer der Combattanten würde ihm entgegenkommen. Doch weit gefehlt, Lépine schlenderte, als hätte er den Captain gar nicht bemerkt, zur Theke. So mußte ihm Dunhill auch noch hinterherlaufen.

Hochrot im Gesicht und vor Kränkung zitternd, zischte der

Captain: «Lépine, jetzt haben Sie sich eine Suppe eingebrockt, die Sie bis zur Neige auslöffeln müssen: Weiße mißhandeln und den Mob draußen zur Lynchjustiz aufreizen. Hätte Sie für klüger gehalten.»

Ambroise Lépine grinste. «Sie wollen die Gesetzlichkeit wiederherstellen?» Der Hüne langte über die Theke und zog einen betrunkenen Firster am Kragen über den Schanktisch. Er öffnete die Faust, und die Schnapsleiche glitt vor Dunhill zu Boden.

Der Captain schnappte nach Luft. Seine Stimme überschlug sich fast. «Ich sehe hier nur Banditen, die sich das Recht zur Selbstjustiz anmaßen.»

Ganz dicht rückte Lépine Dunhill an den Leib. Sein Bauch quetschte den anderen förmlich gegen die Holzleiste des Tisches. «Sie fragen nach dem Recht zur Selbstjustiz? Ich hoffe nicht, daß Sie plötzlich blind und taub geworden sind. Wer ist denn gegen die ungesetzlichen Landvermessungen im Territorium eingeschritten? Weshalb haben Sie nicht den Überfall der milice bizarre auf mein Lager unterbunden? Wie haben Sie den armen Ben Scarlowe vor den Schlägern und Trunkenbolden hier geschützt? Ja, wir greifen zur Selbstjustiz, wenn uns anders kein Recht zuteil wird. Noch einen guten Rat: Verschwinden Sie mit Ihren Polizisten von hier. Meine Combattanten sind am Ende ihrer Geduld.»

Dunhills Gesichtsfarbe wechselte schneller als die Hauttönung eines Chamäleons. Ein Blick nach draußen machte ihm sehr deutlich klar, was ihn erwartete, wenn er sich hier noch länger groß aufspielte. Zähneknirschend und mit hervortretenden Wangenknochen erwies er dem Kräfteverhältnis seine Reverenz. Nicht jedoch, ohne Revanche für seinen ruhmlosen Rückzug anzukündigen. Was nun wiederum das Grinsen auf Lépines Gesicht zurückzauberte.

Vor der Tür fand Dunhill keine Ranger mehr vor. Sie hatten offensichtlich ihre Haut in Sicherheit gebracht, ohne einen diesbezüglichen Befehl ihres Kommandeurs abzuwarten. Nur ein paar torkelnde Firsters wurden noch immer von der Menge gehänselt. Dunhill fluchte lästerlich, als er, das Spottgelächter der Métis in den Ohren, von dannen wankte.

In der Kaserne saßen die Ranger herum und ließen die Ohren hängen. Billings stotterte beim Erscheinen Dunhills verbiestert eine Meldung zusammen. Der Captain winkte ab. Er wollte zu Mactavish. Mit einem Mal fand er den alten Gouverneur gar nicht so senil, wie noch vor kurzem. Gewiß würde Mactavish ihn loben, weil er einen Zusammenstoß mit den Combattanten vermieden hatte. Nach der Niederlage lechzte Dunhill geradezu nach einem Lob, denn er fühlte sich zutiefst verletzt und gedemütigt.

Plötzlich schlug er sich gegen die Stirn. Wieso war Lépine in Fort Garry? Scotts Radautruppe hatte demnach am Winnipegsee Hiebe bezogen? Wie sonst kam Lépine in die Stadt? Dunhill riß den Gaul herum. Nicht Mactavish, sondern Doc Schulz mußte er unverzüglich aufsuchen!

Doch als er zur Druckerei kam, fand er das Nest verlassen vor. Gekniffen hatte also der saubere Gentleman! Wenn der Doc aber getürmt war, wußte er bereits Bescheid. Alle wußten anscheinend über das Scottsche Fiasko Bescheid, nur er, Dunhill, nicht.

Den Weg zum Gouverneur konnte er sich sparen. Im Geiste hörte er dessen sanfte Ironie: Wie – mein erfahrener Captain läßt sich von dem obskuren Abenteurer Schulz hereinlegen? Mit Ruhm haben Sie sich nicht bekleckert, als Sie beflissen meine Polizisten zu Ranger drillten ...

Dunhill wußte genau, die milden Vorwürfe des Gouverneurs würden seine ohnehin schon verwundete Seele noch mehr martern. Der einzige, der ihn wieder aufrichten konnte, war Colonel Dennis. Doch der saß in Pembina in den Staaten. Warum sollte er sich nicht auch auf den Weg über die Grenze machen? Kurz entschlossen ritt Captain Dunhill zum Quartier zurück, um seine Männer zu alarmieren.

Eine Stunde später verschwand Captain Dunhill samt Ranger genau so sang- und klanglos aus Fort Garry, wie Christian Schulz. Allerdings wählte er die entgegengesetzte

Richtung. Nach Westen über den Assiniboine River, um später nach Süden abzubiegen. Dunhill hätte gern seinen Spürhund Tomahawk als Pfadfinder bei sich gehabt. Doch dann sagte er sich, er selbst sowie Sergeant Billings verfügten über einige Kenntnisse der bereitbaren Routen. Die Heißsporne Billings und Tomahawk hätten mit ihren Katzbalgereien nur Unruhe unter die Ranger gebracht. Sofern es bei Katzbalgereien geblieben wäre.

Als Ambroise Lépine erfuhr, daß die bewaffnete Macht der Kanadier ausgerissen sei, lachte er so vergnügt, daß sein gewaltiger Bauch auf und ab schwappte. Allerdings überließ er sich nicht lange der Heiterkeit. Es gab viel zu tun. Von einem Besuch bei Mactavish nahm er jedoch Abstand. Das sollte Louis Riel tun, der mit all diesen englischen Obrigkeiten besser zu Rande kam als ein Büffeljäger. Auch Mister Doughall ging er aus dem Weg, diesen Mann wollte er ebenfalls für Riels diplomatisches Geschick aufsparen.

Ambroise rief Gabriel Dumont zu sich. Dem verschmitzten Büffeljäger erklärte er kurz und bündig: «Mon chér, deine Faulenzerei hat ein Ende. Geh auf die Straße, und du wirst über Flüchtlinge stolpern. Diese Menschen benötigen ein Obdach.»

Dumont grinste. «Und wir, mon commandant, wollen das Obdach beschaffen, habe ich recht?»

«Durchaus, durchaus!»

Dumont wiegte den Kopf hin und her und meinte vorsichtig: «Alle Häuser kommen in Frage, die von den anglais verlassen wurden. Die Druckerei, das Haus von monsieur le docteur, die caserne . . .»

«Non, non, non, Gabriel! Nicht die caserne. Die werden wir noch benötigen. Aber die anderen Gebäude der Ausreißer. Ich denke da an ein schönes Haus, durch dessen Tür unsereiner niemals gehen durfte . . .»

«Daran denk ich immerzu! Wir werden also die armen Teufel aus dem Territorium im ‹Lord Selkirk› einquartieren?»

«Na, und? Ist das Hotel für sie nicht gerade gut genug? Was zögern wir noch? Ein Zimmer werden wir für Louis Riel reservieren lassen.»

Ausgelassen sprang Dumont neben Ambroise einher. Das war ein Auftrag nach seinem Geschmack. Was sie jetzt vorhatten, grenzte im Nordwesten an Rebellion, wenn nicht gar an Revolution.

Der Besitzer des «Lord Selkirk» war ein schmächtiges Männlein mit dem spitzen Gesicht einer Ratte. Er hatte seinen Portier angewiesen, niemanden hereinzulassen, der nicht von weißer Hautfarbe war. Es gehörte zum Ruf des «Lord Selkirk», daß hier nur die kanadische «Creme» logierte. Niemals wäre es dem Hotelier in den Sinn gekommen, daß die beiden Métis, die jetzt den weiten Platz überquerten, sein Etablissement betreten könnten. Erst das aufgeregte Geschnatter seines Portiers ließ ihn seinen Irrtum ahnen.

Er lief in die Empfangshalle, um eben noch zu sehen, wie Dumont dem Portier die Ohren lang zog und sagte: «Willst du jämmerlicher Wicht endlich deinen Chef rufen?»

Lépine kniff die Augen zusammen und befahl Dumont: «Laß den Lakai zufrieden, Gabriel! Wenn mich nicht alles täuscht, haben wir den maître persönlich vor uns.» Er nahm seine Büffelbüchse und tat, als gäbe es nichts Wichtigeres, als deren Pflege. Für Dumont ein Zeichen, die Verhandlungen zu führen.

Auch Gabriel nahm die Büchse von der Schulter und prüfte, ob sie geladen war.

Der rattengesichtige Gastronom wurde bei dieser stummen Demonstration der beiden Métis abwechselnd rot und blaß. Er glaubte offenbar, sein letztes Stündchen habe geschlagen, als Dumont mit dem Handballen den Büchsenlauf polierte und lässig sagte: «Aber, Monsieur! Sie wollen holen die Polizei? Gehen Sie zur Kaserne. Sie werden sehen: nix Polizei. Nix Firsters! Wir sind jetzt Polizei.» Überraschend hielt er dem zutiefst erschrockenen Hotelier sein Schießeisen vor die Brust. «Wer wohnt im Hotel?»

Das Männlein geriet ins Stottern. «Im Augenblick nur Mister Doughall von der Dominionsregierung.»

«O là là! Schlechte Zeiten. Schlechte Geschäfte für Sie, Monsieur.»

Schmunzelnd warf Lépine ein: «Sag ihm, daß wir für ein volles Haus sorgen werden.»

Dumont griente. «Monsieur, Sie sollen Freude haben. Jedes chambre wird belegt. Neben Monsieur Doughall halten Sie bitte frei ein Appartement für Louis Riel. Kann sein, er kommt heute, kann sein, er kommt morgen. Sonst werden Sie geben Unterkunft den Flüchtlingen aus Territorium, compris?»

Das Rattengesicht wurde aschfahl. Er flüsterte heiser: «Aber, Gentlemen! Was wird Mister Doughall dazu sagen? Und Mister Riel wird doch auch lieber gebildete und kultivierte Hotelgäste um sich haben.»

Lépine gab Dumont einen Wink, der das Männchen mit Schwung auf den Rezeptionstisch setzte. Lépine trat an ihn heran. «Was der Dominionsvertreter sagt, ist für mich merde. Louis Riel aber wird sich freuen, mit seinen Landsleuten unter einem Dach zu wohnen. Und damit wir uns verstehen: Wir bitten nicht um Quartier, dieses Hotel ist beschlagnahmt! Für Kost und Logis kommen Sie auf, Verehrtester! Und nun händigen Sie uns die Zimmerschlüssel aus.»

Das Männlein wieselte hinter den Tisch und übergab die Schlüssel. Dabei aber betete es insgeheim, daß die Firsters recht bald wiederkämen und dem Spuk ein Ende bereiteten.

Weder Ambroise Lépine noch Gabriel Dumont ahnten, daß sie mit der Beschlagnahme des Hotels «Lord Selkirk» den Aufstand der Nordwestler begonnen hatten. Alles andere, die Vertreibung der Farmer durch die Landvermesser, die Schießerei am Winnipegsee oder die Schlägerei in der «Vier Bären Inn», hätten durch Verhandlungen beigelegt werden können, oder zumindest hätte es nicht unbedingt einer bewaffneten Intervention der Kanadier bedurft, um die Dinge zu regeln. Aber nun hatten sich die Métis am Heiligsten der Engländer vergriffen, an ihrem Besitz. Das konnte nur mit Waffengewalt geahndet werden.

Spätere Geschichtsschreiber würden die Machtübernahme durch das Comité National des Métis als den Beginn der sogenannten Red-River-Rebellion bezeichnen. Den ersten praktischen Schritt dazu aber hatten Ambroise Lépine und Gabriel Dumont getan.

Von nun an nahm der Aufstand der Métis und ihrer Nachbarn größere Formen an. Von nun an aber begannen auch die Kanadier ernsthaft, die Gegenmaßnahmen einzuleiten.

Unberührt von all der Unruhe und dem Aufruhr im Nordwesten führten die Assiniboine ihr Nomadenleben. Sie glaubten sich sicher unter dem Schutz der großen guten Mutter, wie sie die Queen nannten. Was wußten sie vom Landverkauf der Hudson Bay Company an die kanadische Regierung? Was bedeutete für sie schon die Gründung des Dominions of Canada? Für sie hatte sich mit all dem nichts an ihren Lebensgewohnheiten geändert. Sie jagten die Bisons, die Hirsche und die Bergschafe. Damit war ihre Nahrung gesichert. Ihre jungen Männer zogen nach den Jagden aus, um von den Blackfeets, den Dakotas und den Crows Frauen und Pferde zu rauben. Seit altersher waren diese indianischen Stämme ihre Feinde, so wie die Crees am Saskatchewan ihre Freunde und Handelspartner waren.

In den Ausläufern der Rocky Mountains, nördlich des South Saskatchewan River, schlugen die Suksisjoketuks ihre Tipis auf. Sie hatten eine ertragreiche Bisonjagd hinter sich. Es gab Fleisch in Hülle und Fülle, und Häuptling Nape Peta war der Ansicht, daß es Zeit sei für ein paar Festlichkeiten. Als ihm Späher meldeten, sein Takoja, sein Enkel, nähere sich dem Lager, war der Alte völlig aus dem Häuschen. Er befahl seinen Frauen, ein Tipi für Tomahawk aufzustellen und mit den besten Fellen und Geräten einzurichten. Insgeheim hoffte Nape Peta, Tomahawk würde, wenn schon nicht für immer, so doch für lange Zeit im Camp bleiben. Der Häuptling rief Heham Luta zu sich und fragte, ob er dem Spürhund entgegenreiten wolle.

Heham Luta ließ sich das nicht zweimal sagen. Noch bevor die Sonne im Zenit stand, lenkten die Wölfe ihre Ponys die Hügel hinab.

Seitdem Tomahawk das Jagdgebiet der Suksisjoketuks erreicht hatte, bewegte er sich mit angespannter Aufmerksamkeit vorwärts. Nicht nur, weil jeder Stein und jeder Strauch Erinnerungen in ihm wach riefen, sondern weil er Nape Peta beweisen wollte, daß er nichts von den Fähigkeiten eines Kriegers eingebüßt hatte.

Ihm waren die Späher der Suksis nicht entgangen, und er konnte sich leicht zusammenreimen, daß man seine Ankunft im Camp gemeldet und ihm eine Abordnung entgegenschikken würde. Nun wollte er ausprobieren, ob er die Krieger überraschen konnte. Ein Felsvorsprung bot Aussicht nach allen Seiten. Die dahinter liegenden Blöcke aber eigneten sich vorzüglich als Versteck. Allzu lange brauchte er nicht warten. Vom gegenüber liegenden Berghang sah er Reiter talwärts traben. Als sie näher kamen, erkannte er die Wolfsbande und an ihrer Spitze Heham Luta.

Vor dem Felsvorsprung verhielten die Suksis ihre Ponys. Heham Luta musterte aufmerksam das Felsmassiv. Tomahawk lachte still vor sich hin, denn immer öfter schickte Heham Luta seine Blicke zu dem Versteck des Spürhundes hinauf, der dem Anführer der Wölfe seine Anerkennung nicht versagen konnte. Heham Luta hatte auf Anhieb die beste Stelle für einen Hinterhalt ausgemacht.

Tomahawk stand auf und winkte. Kurz danach konnten sich die Blutsbrüder ihrer Wiedersehensfreude hingeben. Im Camp mußte Tomahawk dem Großvater seine Aufwartung machen. Nape Peta konnte nur schwer seinen Stolz auf den stattlichen Enkel verbergen.

Nach allerlei unverbindlichem Gerede kam Tomahawk auf den Zweck seines Besuches zu sprechen. Ungläubig wiegte

Nape Peta sein Haupt hin und her. «Du sagst, kein Engländer wird die Suksisjoketuks tadeln, wenn sie die Montanamänner aus ihrem Schlupfwinkel vertreiben?»

«Nein, Captain Dunhill hat betont, er würde dafür geradestehen.»

«Nun gut, wir werden das Orakel befragen, und wenn es Erfolg verspricht, sollen die Wölfe den Kriegspfad beschreiten. Ich habe gesprochen!»

Am anderen Morgen warf Heham Luta einen ovalen Erdwall von Schrittlänge und Fußhöhe auf. Da hinein ließ Nape Peta vier an den Spitzen gefärbte Holzstäbchen fallen. Die rote Holzkuppe zeigte nach Süden, der Richtung, in der die amerikanischen Eindringlinge zu suchen waren. Ein gutes Omen! Heham Luta schleuderte seine Streitaxt in einen alten Baumstamm. Dabei umtanzte er den Pfahl. Immer mehr Krieger folgten seinem Beispiel, bis die gesamte Mannschaft des Wolfsbundes ihre Bereitschaft zum Kriegszug bekundet hatte.

Nun traf ein jeder für sich seine Vorbereitungen zu dem Unternehmen. Bei Sonnenaufgang des nächsten Morgens konnte Tomahawk dreißig Suksisjoketuks den Quellen des Saskatchewan entgegenführen.

Nach einer knappen Woche standen die Wolfskrieger vor den überraschten Amerikanern, die gar nicht erst an Gegenwehr dachten.

Tomahawk ließ ihnen ihre Messer, ein Gewehr und die Pferde. Alles andere wurde von den Indianern als Beute angesehen. Die schweren Gäule riefen zwar die Begehrlichkeit der Krieger hervor, Tomahawk aber wußte, ohne Reittiere waren die Amerikaner in der Wildnis verloren. Ihm lag nichts an deren Tod, wichtiger schien, daß sie in Zukunft das Nordwestgebiet mieden.

Bevor sie abzogen, berührte jeder Indianer sie mit dem krummen Coupstab. In den Augen der Suksis waren sie damit so gut wie tot. Die Briganten ihrerseits, so sehr sie auch ihren Waffen und Vorräten nachtrauern mochten, waren froh, so glimpflich davonzukommen. Sie nahmen, ohne zu murren, den Pfad zur Grenze unter die Füße, wohl wissend, daß sie in den Assiniboine anhängliche Begleiter hatten, auch noch auf dem Gebiet der Vereinigten Staaten, denn ein Teil von Montana gehörte zu deren Jagdgründen. Erst als die Amerikaner das Stammesgebiet endgültig verlassen hatten, kehrten die Wölfe beutebeladen zu den heimatlichen Tipis zurück.

Nun hielt Nape Peta nichts mehr zurück, ein Fest zu geben. Den Höhepunkt der Feierlichkeiten bildete ein Gelage aus den erbeuteten Whiskybeständen. Er schmeckte zwar abscheulich, denn es war minderwertiger, rotgefärbter Fusel, dennoch tat das der Fröhlichkeit keinen Abbruch.

Als Tomahawk dem Großvater verkündete, er würde den Winter über bei den Suksisjoketuks bleiben, war der Alte glücklich. Aber auch er hatte für den Enkel eine Aufgabe. Tomahawk mußte vor dem Rat der weisen Männer erscheinen. Nape Peta gab bekannt: «Hört, was ich zu sagen habe. Wenn im kommenden Sommer die Tage am längsten sind und die Zeit gekommen ist, sich bei dem Donnervogel für das Kriegs- und Jagdglück zu bedanken, werden die Krieger des Bundes der Wölfe nicht am großen Tanz teilnehmen.»

Mit verwundertem Geraune nahm man diese Mitteilung zur Kenntnis. Eine Handbewegung Nape Petas gebot Schweigen. «Die Suksisjoketuks werden zur Zeit der Herbstjagd ihre Zelte in Montana aufschlagen. Der Stammesrat der Assiniboine hat zu einer Beratung eingeladen. Alle Assiniboine sollen erscheinen. Vorher aber soll Tomahawk alle Cousins zusammenrufen, die mit den Assiniboine verwandt sind. Es trifft sich gut, daß er nach der Schneeschmelze seine Mutter Tschintschapé aufsuchen will, so kann er die Einladung bekanntgeben. Die Krieger der Wölfe aber sollen zum nördlichen Saskatchewan reiten, um den Crees unsere Grüße zu überbringen. Wir werden den Crees eine Ponyherde mitnehmen und von ihnen Pulver und Blei erhalten. Die Wölfe sollen gemeinsam mit Tomahawk aufbrechen.»

Jetzt ließ sich Zustimmung vernehmen. Aber der Alte hatte

noch mehr auf dem Herzen. «Ich habe gehört, die Engländer haben Streit mit den Cousins. Die Assiniboine lieben ihre Cousins, sie wollen aber auch in Freundschaft mit den Engländern leben, deshalb wollen sich die Krieger der Suksisjoketuks aus diesem Streit heraushalten. Dennoch kann es gefährlich sein, wenn die Wölfe ihre Squaws und Kinder zum Saskatchewan mitnehmen. Laßt uns beraten, wie wir es halten wollen.»

Nun nahm einer der würdigen Alten nach dem anderen das Wort. Die Angelegenheit wurde von allen Seiten beleuchtet, und schließlich einigte man sich.

Nape Peta trat feierlich in die Mitte des Ratszeltes. «Will Tomahawk die Wölfe zum Souris River führen?»

Tomahawk bejahte.

Daraufhin sagte der Großvater: «Dann sollen die Frauen der Wölfe ihre Tipis bei Emiles Station aufschlagen und dort auf die Rückkehr der Krieger warten. Ich habe gesprochen!»

Mit dem letzten Satz gab Nape Peta zu verstehen, daß die Beratung abgeschlossen war und ihr Ergebnis jetzt durch die Zeremonie des Pfeiferauchens besiegelt würde.

Tomahawk konnte das alles nur recht sein. In Gesellschaft reiste es sich angenehmer. Und vielleicht blieb ihm Zeit für einen Abstecher zur McLellan-Farm, wo er Benny und Mabel besuchen konnte, ehe er sich mit Captain Dunhill traf.

Heham Luta, das anerkannte Oberhaupt des Wolfsbundes, hatte Tomahawk nicht ohne Absicht in die Rolle des Anführers lanciert. Der Spürhund als Besitzer einer Waffe wie dem Brass Boy mußte der Kriegshäuptling der Wölfe sein. Jawohl, der Kriegshäuptling! Denn im Gegensatz zu Nape Peta glaubte Heham Luta nicht daran, es könnte gelingen, die Assiniboine aus dem Streit zwischen Kanadiern und Métis herauszuhalten.

Doch diese Ansicht behielt er wohlweislich für sich. Er vertraute sich nicht einmal seinem Blutsbruder Tomahawk an. Er fragte ihn lediglich nach Louis Riel aus, denn er hatte manches über den Métisanwalt gehört.

Louis Riel war mit dem Red-River-Dampfer in Fort Garry angekommen. Er hatte auch begriffen, daß sich die Menschenmenge zu seinem Empfang am Kai versammelt hatte. Doch der junge Anwalt mochte nichts weniger, als die Rolle eines Volkstribuns übernehmen. Er war nach Fort Garry gekommen, um mit seinen juristischen Kenntnissen den Nordwestlern gegen die Kanadier beizustehen. Und nur aus diesem Grund hatte er den Vorsitz im Comité National des Métis übernommen. Nach beendeter Mission wollte er unverzüglich nach Batoche zurückfahren und sich wieder seinen Studien widmen, denn eines Tages gedachte er, in Ottawa die Sache der Métis im Parlament zu vertreten. Wie weit die Dinge in Fort Garry bereits gediehen waren, wußte er nicht.

Er hatte gehofft, Ambroise Lépine würde ihn vom Dampfer abholen. Als er den Freund aber nicht sah, stand er wie verloren in der Menge, denn niemand erkannte ihn. Was nicht verwunderlich war, hatte er doch seit Jahren Fort Garry nicht mehr betreten.

Louis Riel wirkte in seinem grauen Anzug auch nicht eben auffällig. Hinzu kam, daß er nicht wie ein Métis aussah. In seinen Adern floß nur wenig Indianerblut. Das wellige, braune Haar, die blasse Gesichtsfarbe und der gepflegte braune Bakkenbart ließen eher einen französischen oder englischen Bürger vermuten. Verstärkt wurde seine Unauffälligkeit noch durch sein schüchternes Auftreten.

Er fragte niemanden nach Lépine, obwohl der Name des Combattantenführers in den Gesprächen der Menschen eine gewichtige Rolle zu spielen schien. Wie denn auch Louis Riel aus den Reden der Frauen und Männer viel Zorn und Haß auf die Kanadier heraushörte. Es mußte Böses vorgefallen sein, wenn sich die sonst so friedlichen und heiteren Métis gereizt gaben.

Endlich entdeckte er den strubbeligen Lockenkopf Lépines. Der Hüne teilte mit seinen Pranken die Menge, und wie er so daherruderte, mußte Louis unwillkürlich an einen Schiffsbug denken, der die Wogen durchschneidet.

Selbstverständlich hatte Ambroise den jungen Anwalt bemerkt, und der Schwarzbart dachte gar nicht daran, die Menschen ringsum im Unklaren darüber zu lassen. Sein Baß überdröhnte das Gemurmel der aufgeregten Leute: «Willkommen in Fort Garry, Louis Riel! Herzlich willkommen!»

Aller Aufmerksamkeit wandte sich nun Riel zu. Hochrufe stiegen auf: «Es lebe der freie Nordwesten! Raus mit den Engländern aus Assiniboia! Hoch Louis Riel!»

Was Louis Riel hatte vermeiden wollen, war nun eingetreten. Er wußte, daß nicht die ganze Begeisterung ihm galt. Das Andenken an seinen Vater lebte in den Herzen der Métis weiter, und sie sahen in dem Sohn den Vollender des Werkes. Für diese schlichten Menschen hier war er nicht der Jurist, sondern der Volksführer. Und im stillen sagte sich Louis Riel, daß der Büffeljäger Lépine daran ein gerüttelt Maß Schuld trug. Der hatte sicher schon seit Tagen überall verkündet, daß Riel einem Vertreter des Dominions die «List of Rights» für den Nordwesten vorlegen wollte.

Im Augenblick wußte er nicht, ob er sich auf das Wiedersehen mit Lépine freuen oder ob er dem väterlichen Freund grollen sollte. Doch es blieb keine Zeit zum Überlegen. Statt einer Begrüßungsrede faßte Ambroise den jungen Mann um die Hüften und hob ihn hoch, so daß Riel nun von jedem gesehen wurde. Stürmisch forderten die Métis eine Ansprache. Riel wollte verlegen abwehren. Doch Lépine erwies sich als Herr der Lage. Er setzte den verdutzten Louis Riel auf seine Schulter und flüsterte ihm zu: «Sprich zu den Menschen, mon ami! Irgendwas! Sie haben ein paar gute Worte bitter nötig!»

Mit einem Schlag fiel alle Schüchternheit von Louis Riel ab. Vor ihm standen seine Landsleute. Er forderte sie auf, von ihren Sorgen und Nöten zu sprechen.

Die Menge schien nur darauf gewartet zu haben, denn nun prasselten die Anklagen auf ihn ein. Geduldig hörte Louis Riel zu. Nur ab und zu fragte er Lépine schnell und leise nach Details.

Nach geraumer Zeit gebot er Ruhe. Er nahm das Wort, und seine Stimme klang nicht mehr sanft und freundlich, sondern sie schallte metallen und bestimmt über den Platz. Dabei schien er vergessen zu haben, daß er auf eines Mannes Schultern saß, er wandte sich mal nach links, mal nach rechts und sprach mit Temperament und stark gestikulierend. Er zog ein Blatt Papier hervor.

«Hier haben wir unsere Forderungen an die Dominionsregierung zusammengetragen. Dies ist die ‹Liste des Rechtes›, meine Freunde. Noch heute werde ich sie dem Vertreter der Dominionsregierung und dem Gouverneur im Rathaus vortragen. Ich bitte euch, kommt alle zu dieser Beratung. Wir werden ihnen klar machen, daß wir keine Feindschaft mit dem Dominion wollen. Ja, wir würden sogar einem Anschluß an Kanada zustimmen, wenn die Regierung uns rechtzeitig in allen Angelegenheiten des Nordwestterritoriums konsultiert, wenn man unseren Gemeinbesitz an Grund und Boden, unser Heuprivileg und unsere Jagdrechte nicht antastet. Die Kanadier sollen uns das Recht auf unsere Sprache und auf unsere Religion gewähren, so wie wir das Ihrige respektieren.

Die Regierung in Ottawa muß allen ihre Farmen zurückgeben und sie für die Zerstörungen, die Landvermesser und Firsters angerichtet haben, entschädigen. Schließlich muß die Regierung dem schändlichen Treiben der Canada Party und der Canada Firsters ein Ende bereiten. Wir können uns hier im Nordwesten ohne Vormundschaft durch die Dominionsregierung selbst verwalten. Brüder und Nachbarn, die freie Nation der Métis ruft ihre englischsprechenden Brüder, die Red-River-Schotten, und die Indianer auf, sich dem Kampf für Gerechtigkeit und für ein souveränes Assiniboia anzuschließen.

Heute nachmittag werden wir im Rathaus von Fort Garry über unsere Zukunft entscheiden. Akzeptieren die Kanadier unsere achtzehn Forderungen, wird keine Wolke der Zwietracht mehr zwischen ihnen und uns sein. Drangsalieren sie uns jedoch weiter, so wehren wir uns, wie unsere Väter.

Dann werden wir die Kanadier aus dem Nordwesten vertreiben. Und nur diejenigen dürfen uns als Gäste besuchen, die unsere Sitten und Gebräuche und unsere Würde achten.»

Einen Augenblick lang blieb es still. Dann jauchzten die Menschen ihre Zustimmung. Plötzlich flatterten weiße Fahnen mit der violetten Lilie im Wind. Aufreizende Weisen erklangen, von Fiedlern und Harmonikaspielern angestimmt. Die Métis besaßen keine eigene Hymne, deshalb sangen sie alte französische Soldatenlieder.

Sie sangen die Lieder inbrünstig wie feierliche Revolutionsmärsche und stampften dem Sitz des Gouverneurs entgegen. Sie sahen verwegen und abenteuerlich aus in ihren hausgewebten Tuchanzügen, den groben Mokassins an den Füßen, den Fellkappen und Quastmützen auf den Köpfen und den schreiend bunten Schärpen um die Hüften. Aber ihre Augen leuchteten vor unbändigem Freiheitswillen, und das machte die Gesichter schön und verlieh ihnen Würde.

Louis Riel stand wieder auf der Erde. Er sah Ambroise Lépine an, und als der nickte, schritt er scharf voran, sich an die Spitze des Zuges setzend. Er dachte nicht daran, daß er seit dem frühen Morgen kein Stück Brot, keinen Becher Kaffee genossen hatte. Er hatte sein Vorhaben vergessen, sich erst einmal im Hotel zu erfrischen.

Neben ihm tauchte Ambroise auf. Wie immer, wenn er erregt war, lachte er ungebärdig laut. «Da werden der Gouverneur und sein hundsföttiger englischer Gast aber Augen machen, wenn wir schon so früh kommen. Die Besprechung sollte doch nicht vor nachmittags stattfinden.»

«Du hast recht, ich wollte erst später mit dem Abgesandten aus Ottawa sprechen. Aber nun geht es wohl nicht mehr anders. Wo sind deine Combattanten, Freund?»

«Vor dem Rathaus. Sie halten dort Wache, damit dem Gouverneur Mactavish und unseren Gefangenen nichts geschieht. Du siehst selbst, wie aufgebracht die Menschen sind. Ein unbedachtes Wort kann jetzt viel Unheil anrichten. Noch dazu, wo dieser Monsieur Doughall von der Dominionsregierung in Fort Garry den Engländern den Rücken stärken will.»

Auf Riels Gesicht zeichnete sich Verwunderung ab. Vorsichtig tastete er sich mit einer Frage vor. «Du sprichst von Gefangenen? Etwa Kanadier?»

Lépine hörte aus den Worten die Besorgnis heraus. Riels Verhandlungsposition durfte nicht erschwert werden. Schnell berichtete Lépine vom Überfall der Firsters auf sein Lager und vom Wüten der Kanadier in Scarlowes Schenke.

Nun, da Louis Riel über die Vorgänge der letzten Tage unterrichtet war, fühlte er sich erleichtert. Trotzdem sprang ihn ein Gedanke an, der ihn nicht mehr losließ: War es nicht falsch, sich dem spontanen Aufbruch der Métis anzuschließen? Es konnte zu Schießereien mit den Kanadiern kommen, und er wußte, wie schnell eine heißspornige Menschenmenge vor gezieltem Salvenfeuer auseinanderstob. In solch einem Falle würden die Kanadier erst gar nicht zu Verhandlungen bereit sein. In Fort Garry hatte man die Macht doch bereits in den Händen. Es gab keinen günstigeren Zeitpunkt für Verhandlungen. Nichts durfte jetzt voreilig verdorben werden.

Inzwischen waren sie auf dem Platz vor dem Gouverneurssitz angelangt. Dicht an dicht standen die Nordwestler. Sie schauten stumm zum Balkon des palastartigen Gebäudes hinauf. Kein böser Ruf, keine zornige Stimme wurde laut. Sie wußten sich im Recht, und das gab ihnen die Geduld, zu warten, bis der Gouverneur herauskam.

Mister Doughall befand sich bei Gouverneur Mactavish. Eigentlich hatte er abwarten wollen, bis er gebeten wurde, sich mit Louis Riel zu treffen. Aber die Beschlagnahme des Hotels «Lord Selkirk» hatte ihn zur Eile gezwungen. Eine geharnischte Beschwerde wollte er dem Gouverneur vortragen.

Mactavish hörte sich dann auch geduldig an, was der Gentleman aus Ottawa von sich gab. Ihn verwunderte das alles nicht. Ähnliches hatte er befürchtet. Als Doughall seinem

Klagelied nichts mehr hinzufügen konnte, fragte er gelassen: «Gehe ich recht in der Annahme, daß Sie über das Vorgehen dieser sogenannten Canada Party, des Doctor Schulz und über die Rüpeleien seiner Firsters informiert sind, Mister Doughall?»

«Ja, Sir, in etwa schon. Und ich billige keinesfalls das Auftreten des Doctors und seines Anhangs. Aber das geht wohl zu weit, daß Farbige ein Hotel beschlagnahmen und es mit schmutzigen Wilden vollstopfen.»

«So, Sie billigen also nicht, was die Canada Party angerichtet hat? Dann darf ich Ihre Aufmerksamkeit vielleicht darauf lenken, wie viele Betroffene vom brutalen Einsatz der Firsters sofort ein Dach über dem Kopf benötigen.» Mactavish seufzte kummervoll auf. «Es wäre mir auch lieber gewesen, dieser Lépine hätte nicht so eigenmächtig gehandelt und sich vertrauensvoll an mich gewandt. Irgendwie hätte ich die Flüchtlinge schon untergebracht. Nun müssen wir die Dinge erst einmal so belassen, wie sie sind.»

Doughalls Haltung wurde stocksteif. Seine Augen verloren die ständige Melancholie und glitzerten böse. «Sir, Sie scheinen zu vergessen, daß Sie einen Vertreter der Regierung des Dominions of Canada vor sich haben. Ich verlange von Ihnen, daß Sie sofort Ihre Polizei zum ‹Lord Selkirk› beordern. Ihr Captain Dunhill hat umgehend das Pack dort auszuquartieren, dem Besitzer zu seinem Recht zu verhelfen und den Räuberhauptmann Lépine zu verhaften!»

Ironisch blickte Mactavish sein Gegenüber an und sprach sehr bedächtig weiter. «Aber, aber, Verehrtester, keinen Augenblick vergesse ich, daß Sie ein Vertreter des Dominions sind. Ich weiß um die Schwierigkeiten, die Sie mir höheren Ortes bereiten können. Nur, sehen Sie, verehrter Mister Doughall, ich bin im Dienst für die Königin alt geworden, ich ersehne geradezu meine Pensionierung.»

Als Doughall etwas einwenden wollte, bat Mactavish, ihn noch einen Moment anzuhören, und er fuhr fort, wobei ein gewisser Sarkasmus in seine Stimme kam. «Also für Drohungen bin ich kaum das geeignete Objekt. Im Gegenteil, wenn ich meinen Abschied nehme, wird mein letzter Bericht nicht nur nach Ottawa gehen, auch das Kabinett Ihrer Majestät wird gleichlautend informiert. Sie wissen ebensogut wie ich, daß die Außenpolitik Kanadas immer noch in London bestimmt wird. Und ebenso wissen Sie, daß Assiniboia noch nicht zu Kanada gehört. Ich sage das, damit Klarheit über unserer beider Stellung zueinander herrscht. Was nun Ihren Wunsch nach einem Einsatz der Polizei betrifft, so muß ich Ihnen leider die betrübliche Mitteilung machen, daß es in Fort Garry keine kanadische Polizei mehr gibt.»

«Keine Polizei mehr gibt . . .», echote Doughall. «Wie habe ich das zu verstehen?»

«So wie ich es gesagt habe», antwortete Mactavish ungerührt. «Ausgerissen, getürmt, wie alle diese kanadischen Patrioten. Ich kann Ihrem Wunsch also gar nicht nachkommen, es sei denn, Lépines Combattanten fügen sich meinen Weisungen . . .»

Doughall war einem Schlaganfall nahe. Er ächzte mühsam. «Das wird Sie teuer zu stehen kommen, Gouverneur! Ihre Polizei sucht das Weite, und Sie wollen an ihrer Stelle die Rebellen einsetzen. Nach diesen Nachrichten fühle ich mich nicht mehr an die Weisung des Premiers gebunden, den Leuten draußen Zugeständnisse zu machen. Keine Forderung der Farbigen werde ich akzeptieren. Mehr noch, ich werde gar nicht erst mit diesem Riel verhandeln!»

Der Gouverneur antwortete nicht gleich auf Doughalls Worte. Er legte die Hand hinters Ohr und horchte angestrengt nach draußen. Auch Doughall spitzte die Ohren. Deutlich waren Gesang und das Stampfen von Marschierenden zu vernehmen.

Mactavish öffnete das Fenster, das auf den Balkon hinaus führte. Er sah die Menschenmenge auf den Platz strömen, und er sah Louis Riel und Ambroise Lépine an der Spitze. Er winkte Doughall, näher zu treten. «Sie wollen nicht verhandeln, Sir? Ich fürchte, Sie werden es müssen.»

Bestürzt sah Doughall die Männer und Frauen, die Kopf an Kopf standen. Das eingetretene Schweigen hatte für ihn etwas Stumm-Bedrohliches an sich. Blaß wich er zurück und stammelte: «Ich werde hinuntergehen.»

Mactavish geleitete ihn in die große Empfangshalle. Herein kamen Louis Riel, Ambroise Lépine und fast alle in Fort Garry anwesenden Mitglieder des Comité National des Métis.

Als Doughall Lépine gewahrte, flüsterte er erschreckt: «Dieser Schlagetot ist Louis Riel?»

Der Gouverneur machte ihn auf seinen Irrtum aufmerksam und bat ihn, soviel diplomatisches Geschick wie möglich an den Tag zu legen.

Louis Riel entschuldigte sich, weil er nicht zur verabredeten Zeit gekommen sei, doch wie die Dinge lägen, dulde nun nichts mehr eine Minute Aufschub. Das Volk habe ein Recht darauf, daß seine Angelegenheiten sofort geregelt würden. Dann legte er die in der «List of Rights» enthaltenen Forderungen dar.

Zum Erstaunen des Gouverneurs versprach Doughall die Anerkennung aller Forderungen durch Premier Macdonald. Mactavish wußte genau, wie wenig Doughall zu solchem Entgegenkommen berechtigt war. Entweder handelte er aus unbegründeter Angst um seine Person, oder er plante bereits in diesem Augenblick den Betrug an den Nordwestlern.

Mactavish kam den Beweggründen des Regierungssprechers sehr nahe. Tatsächlich fürchtete Doughall, die Métis, deren Äußeres ihn schon ängstigte, könnten ihn festsetzen und als Geisel für weitere Verhandlungen mit Ottawa benutzen. Doughall wußte aber auch, daß er nur Vollmachten für geringe Zugeständnisse besaß, auch wenn er gern das Wort «weitgehendst» verwendete. Premier Macdonald würde sofort, wenn er nur erst den Widerstand im Parlament überwunden hatte, mit eiserner Strenge gegen die Mischlinge vorgehen. Wenn Doughall jetzt die «List of Rights» anerkannte, so nur, um Zeit zu gewinnen. Spätestens im Frühjahr mußte Colonel Dennis eine schlagkräftige Miliz auf die Beine gestellt haben.

Im Augenblick aber hatte er zu heucheln. «Ihre Forderungen sind sehr vernünftig und auch maßvoll. Ich glaube, im Namen von Premierminister Macdonald zu sprechen, wenn ich einige der anwesenden Gentlemen, die dann gewiß zu einer Regierung Assiniboias gehören, nach Ottawa einlade. Dort werden wir alles, was jetzt besprochen wurde, vertraglich regeln. Nun aber möchte ich die Gelegenheit benutzen, mich bei unserem verehrten Gouverneur zu bedanken, weil er, trotz seiner angegriffenen Gesundheit, sein Bestes für das Territorium gegeben hat. Ich bitte Gott um die Gnade, der Gouverneur möge auch weiterhin die Kraft haben, in bewährter Weise diesem Gemeinwesen vorzustehen und der Regierung, die Sie, Gentlemen, bilden werden, mit Rat und Tat zur Seite zu stehen.»

Louis Riel hatte nicht geglaubt, daß der Dominionsvertreter die Forderungen der Nordwestler so schnell akzeptieren würde. All seine Klugheit ließ ihn in diesem Augenblick im Stich. Er vertraute völlig den Worten Doughalls. Stirnrunzelnd betrachtete er Ambroise Lépine, der die Augen zusammenkniff und einwarf: «Schön und gut, Monsieur, aber was wird aus den Farmern, die von Haus und Hof vertrieben wurden?»

Doughall, ebenfalls zum Französischen übergehend, erwiderte: «Aber, Monsieur Lépine, das ist Aufgabe des Gouverneurs.» Er wandte sich an Mactavish und forderte ihn auf, seine Worte zu unterstützen.

Der Gouverneur jedoch, vertraut mit politischen Finessen und Intrigen, hatte Doughall sofort durchschaut. Wenn er ihn nicht als Lügner bloßstellte, dann nur aus fest eingewurzelter Loyalität gegenüber der Dominionsregierung, die für ihn noch immer ein Vollzugsorgan der königlich-britischen Regierung war. Doch ließ er sich deswegen noch lange nicht vor den Karren der Doughalls und Macdonalds spannen.

Er räusperte sich. «Wißt ihr, Leute, ich bin ein alter, kranker Mann. Was da auf mich zukommen könnte, wird zuviel für mich sein. Hört meinen Rat: Mir sind durch mein Amt die Hände gebunden, um das zu verwirklichen, was nötig ist.

Auch verfüge ich über keine Machtmittel mehr. Ich werde also den Teufel tun und mich weiter als Gouverneur abplagen. Louis Riel, Sie sind ein gescheiter Mann. Ambroise Lépine, Sie haben eine gute Truppe geschaffen, die wohl Ordnung und Gesetz durchsetzen kann. Ferner habt ihr im Comité National des Métis ein ausgezeichnetes Parlament, das die Interessen der Landsleute vertreten wird. Geht also in Gottes Namen hin und nehmt die Macht in Assiniboia in eure eigenen Hände. Mein Vertrauen habt ihr. Ich hoffe, Gott und die Königin werden mir verzeihen, wenn ich nicht mehr regieren will, aber ich fühle mich zu elend dazu.»

Nun, das war ziemlich deutlich gewesen. Doughall zischte: «Sir, Sie haben der Rebellion Vorschub geleistet.» Und mit süßsaurem Lächeln sprach er zu Louis Riel: «Well, Gentlemen, folgen Sie dem Rat unseres verehrten Mister Mactavish. Lassen Sie Ihr Comité zusammentreten und wählen Sie einen Präsidenten. Geben Sie ein Beispiel christlicher Gesinnung, schenken Sie den Verhafteten, die ja auch aus Liebe zu Kanada gehandelt haben, die Freiheit und geben Sie den weißen Geschäftsleuten ihr Eigentum zurück. In diesem Sinne darf ich Ihnen Glück und Gottes Segen für Ihr Werk wünschen.»

Mactavish hatte wohl vernommen, daß Doughall seinen Rücktritt akzeptierte, indem er nicht mehr vom Gouverneur, sondern vom verehrten Mister sprach. Ihm sollte es recht sein. Er war müde. Gespannt wartete er auf Riels Reaktion.

Louis Riel jedoch, wiewohl froh über das außerordentliche Entgegenkommen des Dominionsvertreters, war alles andere als glücklich über die Wendung, die die Dinge nun genommen hatten. Ihm schwante, daß ihn das Comité National bei einer Regierungsbildung zum Präsidenten wählen würde. Und er durfte nicht abschlagen. Das hätte er als Verrat betrachtet. Nahm er die Bürde aber auf sich, dann war es vorbei mit dem Studium in der Zurückgezogenheit Batoches, dann adieu mit allen seinen persönlichen Plänen. Er würde wohl oder übel geraume Zeit in Fort Garry bleiben müssen.

Nachdem er jedoch bemerkte, wie vertrauensvoll sich

die Métis ihm jetzt zuwandten, fiel seine Entscheidung sehr schnell.

«Bilden wir eine Regierung! Das Comité wird morgen tagen. Sie, Monsieur Doughall, können die Namensliste der Regierungsmitglieder der Republik Assiniboia gleich mit nach Ottawa nehmen. Auch die Delegation für den Besuch im Frühjahr werden wir wählen. Berichten Sie Premier Macdonald, die Regierung Assiniboias wird solange im Amt bleiben, bis ein uns genehmer Gouverneur von Ottawa kommt. Wir hoffen auf einen Mann von der Weisheit und Herzensgüte unseres jetzigen Gouverneurs Mactavish.

Versichern Sie Macdonald, Ordnung und Gesetz werden in Assiniboia wiederhergestellt. Leider kommen wir nicht umhin, beschlagnahmtes Eigentum fanatischer Anhänger der Canada Party entschädigungslos einzubehalten. Zuviel wurde unseren Nachbarn angetan, das auf eine bescheidene Wiedergutmachung drängt.

Als Zeichen unseres guten Willens werden wir aber noch heute die gefangenen Firsters freilassen, wenn sie versprechen, sich jeder feindseligen Haltung gegenüber einer zukünftigen Regierung der Métis zu enthalten. Es war mir eine Ehre, Messieurs, mit Ihnen zu verhandeln.»

Abrupt drehte Louis Riel sich um und forderte die Métis in der Halle auf, die guten Nachrichten in der Stadt zu verbreiten. Die Sitzung des Comité National des Métis berief er für den frühen Abend ins Rathaus ein.

Dann aber meldeten sich doch seine leiblichen Bedürfnisse, und er fragte Lépine, wo man essen und trinken könne. Auch wolle er sich einen Zuber kalten Wassers über das Genick schütten.

Ambroise sagte, er hätte ein Zimmer im «Lord Selkirk» reservieren lassen. Doch Louis wehrte ab. «Non, non, dort bringst du die Flüchtlinge unter. Es wird eine Zeit dauern, bis sie alle auf ihre Farmen zurückkehren können. Laß uns zur ‹Vier Bären Inn› gehen. Wir haben noch einiges zu besprechen.»

Eine Stunde später saß Louis Riel, gebadet und gesättigt an einem der Tische in Scarlowes Schenke Lépine und Gabriel Dumont gegenüber. Riel grübelte und grübelte. Ambroise ließ ihn gewähren. Dumont hingegen rutschte ungeduldig auf seinem Stuhl hin und her. Schließlich hielt er es nicht mehr aus. «Was ist mit dir, Louis? Starrst vor dich hin und sagst kein Wort.»

Louis schreckte aus seinen Gedanken auf und lächelte entschuldigend. «Ich suche vergebens einen alten Freund, der mir ans Herz gewachsen ist. Lange hab ich ihn nicht mehr gesehen. Die ganze Reise von Batoche herunter hab ich mich auf das Wiedersehen mit ihm gefreut. Eigentlich müßte er bei deinen Combattanten sein, Ambroise?»

Lépine legte die Hände über den Bauch, lehnte sich im Stuhl zurück und meinte gemütlich: «Hältst du es nicht für besser, mon ami, uns mal zu verraten, wen du so sehnlich erwartest hast?»

«Jacques Destouelle, den Enkel Nape Petas, den Sohn Emile Destouelles.»

Gabriel Dumont lachte trocken auf und spie braunen Tabaksaft auf den Fußboden. Was ihm einen Tritt Lépines einbrachte.

Ambroise druckste ein Weilchen herum, ehe er sich bequemte, Louis Riel Rede und Antwort zu stehen. Er fühlte sich nicht ganz schuldlos an Tomahawks abruptem Aufbruch in die Berge. Andererseits war der Bursche alt und gescheit genug, um zu durchschauen, welches Spiel die Engländer mit ihm trieben. Also antwortete er vorsichtig. «Jacques Destouelle meinst du. Tja, der ist ein gefragter Scout der Engländer geworden. Er muß jetzt oben im Felsengebirge sein. Wie es heißt, soll er Briganten aufspüren. Da hat er natürlich keine Zeit, sich um die Nöte der Métis zu kümmern.»

«Woher weißt du das?»

«Er war vor kurzem hier und hat es mir selbst gesagt.»

«Er war hier? Und da hast du ihn nicht für die Combattanten rekrutiert? Dieser Polizeioffizier Dunhill soll doch ein Freund der Métis sein, gewiß hätte er Jacques beurlaubt.»

Jetzt konnte Dumont nicht mehr an sich halten. «Mon dieu, Dunhill ein Freund der Métis! Dann bin ich ein illegitimer Sohn des Bischofs von Quebec. Und was Tomahawk angeht, so laß dir von Ambroise erzählen, wie arrogant der geantwortet hat, als die Rede auf die Combattanten kam. Ich selbst war nicht dabei, aber Ben Scarlowe hat alles mit angehört, er hat mir erzählt, wie Tomahawk mit Geld um sich geworfen und wie er mit einem neuen, teuren carabine geprotzt hat, den ihm Dunhill geschenkt hätte. Wofür? Ich denke, Tomahawk ist ein Coquin, ein Verräter.»

Kaum hatte er geendet, als er schmerzlich zusammenzuckte, Lépine hatte unter dem Tisch wieder zugetreten, diesmal aber mit mehr Verve.

Ambroise registrierte besorgt, wie über Louis Riels Gesicht ein Schatten fiel. Deshalb mischte er sich hastig ein. «Non, non, ganz so wird es nicht sein. Es stimmt, er hat es abgelehnt, mit den Combattanten zu reiten. Er hat anscheinend noch nicht begriffen, daß die englische Gefahr größer ist, als die der Briganten. Ja, er hat auch ein gutes Schießeisen vorgezeigt und gesagt, es wäre ein Geschenk Dunhills. Aber ich glaube, ich habe ihm zu hart zugesetzt, als ich ihn für die Combattanten werben wollte. Geduld wäre am Platz gewesen. Vielleicht hätte er sich dann ...»

Louis unterbrach ihn. «Eine kostbare Waffe ist ihm geschenkt worden? Und du glaubst, er hat sich von den Engländern kaufen lassen?»

Unsicher erwiderte Lépine: «Ich weiß es nicht. Aber verbürgen kann ich mich nicht mehr dafür, ob Emile Destouelle einen braven Sohn hat.»

Leise murmelte Riel: «Was soll ich davon halten, mein kleiner Jacques?» Doch dann stand er energisch auf. «Gehen wir zur Beratung des Comité National!»

Wie Louis Riel es vorausgesehen hatte, wurde er zum Präsidenten der Regierung des Nordwestens gewählt. Das

Comité rief die Republik Assiniboia aus. Die Verteidigung des jungen Staatsgebildes wurde Ambroise Lépine anvertraut. Gleichzeitig wurde beschlossen, Louis Riel, Ambroise Lépine und Gabriel Dumont sollten nach der Schneeschmelze nach Ottawa reisen, um mit dem Premierminister Kanadas zu verhandeln. Von der Haltung Macdonalds sollte es abhängen, ob sich Assiniboia dem Dominion of Canada anschließen würde oder nicht.

Erste Amtshandlung der neuen Regierung war die Begnadigung der gefangenen Firsters. Die Dunkelheit war noch nicht über Fort Garry hereingebrochen, da hatten alle Kumpane Thomas Scotts sich mit Handschlag verpflichtet, der Republik gegenüber Loyalität walten zu lassen. Scott selbst erklärte, jeder, der noch einmal die Hand gegen einen Métis oder Schotten erhebe, sei in seinen Augen ein Hundsfott.

Während die anderen ehemaligen Gefangenen danach trachteten, Fort Garry so schnell wie möglich zu verlassen, trieb sich Scott jedoch im «Lord Selkirk» umher und betrank sich auf Kosten des Hoteliers. Der Besitzer des Etablissements hatte von Doughall erfahren, er könne vorläufig nicht mit einer Aufhebung der Beschlagnahme rechnen. In diesem Punkt seien Riel und Lépine nicht umzustimmen gewesen. Es mußte sich für den Hotelier also so darstellen, als hinge die Rückgabe seines Eigentums nur vom guten oder bösen Willen der beiden Métisführer ab. Woraus er den Schluß zog, gäbe es Riel und Lépine nicht mehr, bekäme er unverzüglich sein Hotel wieder.

Der biedere Geschäftsmann gedachte, dem Schicksal auf die Beine zu helfen und deswegen bewirtete er Thomas Scott freigiebig. Dann, als Scott seinen Rausch ausgeschlafen hatte, wurde ihm vom Wirt die Rechnung in Form eines Coltrevolvers präsentiert. Es bedurfte nur weniger Worte des Männchens, um Scott aufzuklären, was von ihm verlangt wurde.

Nicht sehr begeistert nahm Scott den Auftrag an, der ihm erst erträglich erschien, als nicht nur die Tilgung seiner Trinkschulden in Aussicht gestellt wurde, sondern auch etliche Dollars zusätzlich. Keine Kanadischen Dollars, sondern US-

Dollars. Gewissermaßen Startkapital in die Staaten nach getaner Arbeit.

Drei Tage strich er durch die Gassen von Fort Garry, ohne seinem Ziel näher zu kommen. Es gelang ihm nicht, Riel und Lépine gemeinsam zu erwischen. Doch als er schon alle Hoffnung aufgeben wollte, bemerkte er am Abend des dritten Tages, wie sich beide zur «Vier Bären Inn» begaben. Im Schutze der Dunkelheit schlich sich Scott an die Schenke heran. Durch ein Fenster sah er Louis Riel am Tisch sitzen. Neben dem Präsidenten entdeckte Scott eine breite Gestalt, die seiner Meinung nach nur Lépine sein konnte.

Mit zitternder Hand bog er den Hahn der Waffe zurück. Er nahm sich nicht die Mühe zu zielen, der Rücken vor ihm machte es unnötig. Er drückte ab, und er sah, wie der Mann vom Stuhl kippte. Noch einmal schoß er. Doch diesmal erkannte er, daß er nicht richtig getroffen hatte. Zwar mußte er Louis Riel mit einem Streifschuß erwischt haben, mehr jedoch nicht, denn er sah noch, wie Riel aufsprang, die Hand an die Wange preßte und sich über den Tischgefährten warf.

Hastig suchten Scotts Augen den Métisführer. Dieses Mal wollte er einen ordentlichen Schuß anbringen. Er hob die Waffe genau in dem Augenblick, als Riels Kopf wieder auftauchte. Doch ehe Scott abdrücken konnte, fühlte er einen stechenden Schmerz im Genick. Dann wurde es dunkel um ihn.

Als Thomas Scott wieder zu sich kam, konnte er vor Kopfschmerzen nicht richtig denken. Er spürte nur, daß er gefesselt auf den Dielen der Schenke lag. Nach und nach konnte er die Dinge um sich herum erkennen. Vor ihm saß mit blutverschmiertem Gesicht Louis Riel. Daneben stand Ambroise Lépine. Nicht weit davon entfernt, auf einem Tisch sitzend, richtete Gabriel Dumont seine Büffelbüchse auf ihn.

Dumonts Waffe wies als Besonderheit einen schweren, ungefügen Kolben auf. Damit hatte der Bastard ihm wohl eins über den Schädel gezogen. Aber wieso stand Lépine da?

Er hatte doch genau gesehen, wie das Blut aus dessen Rücken gespritzt war. Nicht ohne Mühe drehte er den Kopf zur Seite. Dort lag still und stumm die faßdicke Gestalt Ben Scarlowes.

Scott schloß die Augen. Also dessen breites Kreuz hatte er vor sich gehabt. Wie konnte er sich nur so irren? Nicht einmal jetzt gestand sich Scott ein, daß ihn ganz erbärmliche Angst und brennende Rachsucht zur Hast getrieben und so die Verwechslung begünstigt hatten.

Riel und Lépine fragten Scott ein um das andere Mal, warum er habe morden wollen. Doch Thomas Scott, der sein Leben verspielt wußte, antwortete nicht mehr. Am anderen Vormittag tagte ein vom Comité National des Métis einberufenes Tribunal. Doch auch vor den Richtern blieb Scott verstockt und gab den Anstifter nicht preis.

Zur selben Stunde, als Thomas Scott wegen Mordes an dem Schotten Ben Scarlowe und des Mordversuchs an dem Präsidenten der Republik Assiniboia zum Tod durch Erschießen verurteilt wurde, erlag Gouverneur Mactavish einer Herzattacke. Und in dem Augenblick, als Ambroise Lépine vor dem Südtor Fort Garrys das Urteil vollstreckte, verließ eine geschlossene Kutsche die Stadt. Vor dem Exekutionsplatz – die Erschießung Scotts fand vor den versammelten Combattanten statt – hielt die Kutsche einen Moment. Doughall blickte hinter dem Fenstervorhang auf den Sarg, der eben verschlossen wurde und murmelte befriedigt: «Ihr Narren! Diese Leiche wird euch teuer zu stehen kommen. Jetzt kann ich in Ottawa über Gewalttaten der Rebellen berichten, ohne sie erfinden zu müssen.»

Er ließ den Vorhang herunter und wandte sich an den angstschlotternden Hotelier. «Nun, Mister Smith, was habe ich Ihnen gesagt: Die Bastarde legen Ihren Scott ohne viel Federlesens um. Er hatte gar keine Gelegenheit, Sie mit hineinzuziehen. Aber deswegen sind Sie nicht raus aus der Sache. Sie werden in der Hauptstadt wohl oder übel über die Willkür der Rebellen aussagen müssen.»

Der Hotelier hob die Hände. Sein Gesicht, seine Haltung drückten Furcht und Ablehnung aus.

Doughall beruhigte ihn. «Natürlich sollen Sie nichts über Ihre fulminante Dummheit, den Scott zum Attentat angestiftet zu haben, verlauten lassen. Aber daß die Rebellen Ihr Hotel besetzt haben, daß sie über die patriotischen Kanadier hergefallen sind und wie sie nun noch diese gräßliche Bluttat an dem armen Scott begangen haben, dafür sind Sie der geeignete Augenzeuge. Wir haben eine lange Reise vor uns und somit Zeit genug, Ihre Aussagen bis ins Detail herzurichten. Aber überlegen Sie gut. Sollte es doch irgendwie herauskommen, daß Scott in Ihrem Auftrag gehandelt hat, werden Riel und Lépine nicht versäumen, es dem Premier unter die Nase zu reiben. sie wollen doch Ihr schönes Hotel wiederhaben, mein Bester?»

Ergeben nickte der Hotelier. Er wollte so schnell als möglich aus dem Machtbereich der Métis herauskommen. «Sie können sich auf mich verlassen, Sir, aber bitte, bewegen Sie den Kutscher zur Eile.»

Verächtlich schaute Doughall auf das greinende Männchen. Doch ließ er die Kutsche unverzüglich weiterfahren.

Auf vielfältigen Wegen gelangte die Nachricht von der Ausrufung der Republik Assiniboia bis in die entferntesten Landesteile und über die Grenze hinaus.

Noch bevor Boten die Provinz Ontario erreichten, hatten Louis Riel und seine Vertrauten die Dominionsregierung von den Vorgängen am Red River telegraphisch unterrichtet. Sie baten Premier Macdonald, das Métiskabinett von Assiniboia als provisorische Regierung anzusehen. Auch teilten sie das Ableben des Gouverneurs Mactavish mit. Sie versicherten, der verstorbene Gouverneur würde ein Begräbnis erhalten, wie es seiner Persönlichkeit und seiner Stellung zukäme.

Diese Nachricht stürzte den Premierminister Macdonald in Schwierigkeiten. Noch lag ihm kein Bericht seines Abgesandten Doughall vor, und doch schienen einige Entscheidungen in Fort Garry bereits gefallen. In dieser Situation blieb ihm nichts weiter übrig, als vorsichtig zwischen der Mehrheit im

Parlament, die den Dingen im Nordwesten kein übermäßiges Interesse entgegenbrachte, und der radikalen Canada Party zu lavieren. Wäre es nur um die francokanadischen Mestizen, die Métis, gegangen, hätte sich Macdonald vielleicht für sofortige harte Gegenmaßnahmen entschieden. Aber er selbst, wenngleich kein Nachfahre der Selkirkschen Siedler, war wie viele seiner Landsleute schottischer Abstammung, und die Red-River-Schotten machten gemeinsame Sache mit den Franco- und Anglomestizen. Tief im Herzen fühlte sich Macdonald noch immer als Schotte.

Noch ein weiterer Grund ließ den Premier zaudern. Sein militärischer Berater, Colonel Crofton, hatte ihm die Lage erläutert: «Die Métis sind auf Grund ihrer Kenntnis des Landes für jeden weißen Soldaten schwierige Gegner. Solange ihre Jäger über die Prärie ziehen, können sie sich selbst versorgen. Aber auch wenn sie eine gute Sommerjagd verzeichnen konnten, wird ihnen die Herbstjagd nicht viel bringen. Die Aufstellung ihrer Combattantenhundertschaften bindet zu viele Büffeljäger. Auch dürften die Farmer zuerst einmal ihre verwüsteten Gehöfte aufbauen wollen. Die Existenzgrundlage der Masse der Mestizen ist aber die Bisonjagd. Fehlt es ihnen an Fleisch und Häuten, so stellt sich bald Nahrungsmangel ein. Außerdem wird es ihnen an Waffen und Munition fehlen, denn nur mit Büffelhäuten könnten sie ihre Armierung bezahlen. Die Zeit wird also für uns arbeiten. Warten wir den Winter ab, und wir haben alle Trümpfe in der Hand. Unterdessen aber kann man die öffentliche Empörung über die Mischlingsrevolte im Nordwesten ein wenig schüren. Ein gewisser Doctor Christian Schulz hat um eine Zeitungslizenz nachgesucht. Dieser Mann ist aus dem Rebellenterritorium im letzten Augenblick geflohen. Man sollte ihm die Lizenz erteilen.»

Macdonald hatte aus dem Vortrag Croftons nur herausgehört, daß er eine Entscheidung über Assiniboia noch aufschieben könne, deshalb wies er an, Doc Schulz jede Hilfe zu gewähren.

Gänzlich anders als die Regierung in Ottawa reagierten

Colonel Dennis und Captain Dunhill auf die Bildung der Métisrepublik. Für sie war der Zeitpunkt des Handelns gekommen. Mehr als tausend Köpfe zählte inzwischen die Miliz. Dennis kabelte umgehend nach Ottawa, seine Truppen würden zum Kampf bereitstehen.

Doch die Antwort der Regierung vermochte den Colonel nicht zu befriedigen. Zwar wurde, wie er vorausgesagt hatte, die Miliz als kanadische militärische Einheit anerkannt, die ihre Befehle von der Dominionsregierung erhalten würde, aber der erste Befehl besagte: Abwarten! Sich noch nicht zur offenen Schlacht stellen! Hingegen waren Plänkeleien und Beunruhigung der Combattanten ausdrücklich erwünscht.

Nach einer Besprechung mit Captain Dunhill befahl der Colonel, etwa dreihundert Milizen sollten sofort die Grenze überschreiten und sich in Portage la Prairie festsetzen. Von hier aus sollten sie in kleinen Gruppen ständig Lépines Combattanten angreifen, sich aber nicht in größere Gefechte einlassen.

Diese Maßnahme hatte Dunhill seinem Vorgesetzten empfohlen, denn der landeskundige Captain hatte ebenfalls die Achillesferse der Métis erkannt. Solange die Combattanten sich mit den Milizen des Colonel herumschlagen mußten, blieb die Situation für die Farmer in Assiniboia unsicher, und vor allem mußte Lépine seine Büffeljäger in Scharmützeln umherhetzen, statt sie für die Jagd freizugeben.

Captain Dunhill und seine Ranger aber wurden zur Bisonjagd herangezogen. Wobei es weniger um eine Jagd ging, als vielmehr um eine sinnlose Massenschlächterei, um die Büffel aus den Jagdgebieten der Métis und Schotten zu vertreiben. Mit diesen Mitteln gedachte der Colonel den Kampf gegen die Aufständischen zu beginnen. Dabei hoffte er, die Indianer von den Mestizen trennen zu können, sie vielleicht sogar zu Feindseligkeiten gegen die Republik aufzustacheln.

Jubel und Freude löste die Bildung der provisorischen Regierung auf Emile Destouelles Station aus. Emile konnte nur mit Mühe den eiligen Aufbruch der Sayer-Brüder verhindern, die sich unbedingt den Combattanten anschließen wollten. Baptistes Wunde war noch nicht soweit ausgeheilt, daß er ohne Schaden den langen Marsch an den Red River ausgehalten hätte. Das war auch der Grund, weshalb sich niemand von der Station nach den bekannten Stellplätzen für die große Herbstjagd begab. Emile tröstete seine Hausgenossen damit, daß die anderen Jäger genügend Fleisch und Felle mitbringen würden.

Doch daraus wurde nichts. Einzelne Jäger berichteten über ein sonderbares Verhalten der Büffel. Anstatt wie üblich von North Saskatchewan geradenwegs nach Süden zum Souris River zu wandern, sei die große Herde diesmal nach Westen ausgewichen und zöge nun am Rande des Felsengebirges entlang. Auch hätten sie, so erzählten die Jäger, haufenweise Büffelkadaver in der Prärie gefunden. Anscheinend waren kleine Gruppen von der großen Herde abgesprengt und von irgendwelchen Schurken ohne erkennbaren Sinn abgeschossen worden. Die alljährliche große Herbstjagd hätte aus diesen Gründen nicht einmal den Fleischbedarf der Nordwestler für einige Wochen decken können.

Das hörte sich freilich schlimm an. Aber Emile sah noch keinen Grund zur Beunruhigung, zumindest was den Fleischvorrat anging. Auf der Station gab es genug Schweine, die man schlachten konnte. Zudem ließ die Wanderroute der großen Bisonherde darauf schließen, daß die Indianer eine erfolgreiche Jagd haben würden, und von deren Überfluß gelangte stets ein Teil in Emiles Vorratskammern.

Nur Charity McLellan brummte vor sich hin, als sie davon hörte: «Habe ich doch gesagt, keiner wird Büffel jagen, wenn die Mannsbilder alleweil in den Krieg ziehen.» Dann seufzte sie tief auf. «Wer soll unsere abgebrannte Farm wieder aufbauen?»

Emile schwenkte Charity lachend im Kreis herum. «Wir alle gehen mit, Madame McLellan. Warten Sie nur, bald kommt mein Sohn, und dann, eins, zwei, drei, steht Ihr Haus wieder da.»

Charity sah ihn zweifelnd an. «So, Ihr Sohn wird uns helfen? Schätze aber, er wird noch auf sich warten lassen, denn wenn die Büffel zu den Indianern trecken, wird er mit ihnen jagen. Das kostet Zeit. Und dann werden sie sich den Bauch voll Büffelsteaks schlagen, und das kostet noch mehr Zeit. Sobald wird er wohl nicht auftauchen.»

Wie immter trafen Charity McLellans Worte ins Schwarze. Für die Assiniboine und vor allem für die Suksisjoketuks brach durch die geänderte Wanderroute der großen Bisonherde eine üppige Zeit an. Tagelang dauerte die Jagd. Die Jäger brauchten nicht einmal weit in die Ebenen hineinzureiten. Die Tiere liefen ihnen sozusagen fast vor die Tipis. Dadurch wurde die Arbeit für die Squaws leichter, denn die Männer beschränkten ihre Tätigkeit nur auf die Jagd. Die Bisons zu enthäuten und zu zerlegen war Weiberarbeit, ebenso der Transport der Jagdbeute zum heimatlichen Lager. Freilich erforderte die Büffeljagd Kraft, Geschick und Mut, dennoch stand der Aufwand der harten Arbeit der Frauen in keinem Verhältnis zu dem der Männer. Die Jäger schossen einige fette Kühe aus der Herde heraus, und danach saßen sie pfeiferauchend vor den Zelten und verlangten ständig, daß ihre Schüsseln mit frischem Fleisch gefüllt wurden.

Tomahawk und Heham Luta bildeten keine Ausnahme. Auch sie trieben ihre Pferde in die Büffelherde und suchten sich gute Tiere aus. Jetzt konnte Tomahawk einmal zeigen, was der Brass Boy hergab, während Heham Luta die Wurflanze als Jagdwaffe bevorzugte. Und doch unterschieden sich die beiden von den anderen Jägern, sie dehnten ihre Jagdstreifzüge weiter aus. Tomahawk aus reiner Lust am Umherstrolchen und Heham Luta, der zwei Frauen und etliche Kinder zu versorgen hatte, um seinem Familienglück für einige Tage zu entrinnen.

Dabei trafen sie eines schönen Herbsttages auf eine Métisschar. Eine kleine Gruppe nur, die über einen Karren und ein Tipi verfügte. Die Métis klärten die Cousins darüber auf, weshalb den Indianern heuer das Jagdglück so hold war.

Kein großes Geheimnis oder Wunder hatte die Bisons an den Rand des Gebirges geführt, sondern fremde Jäger hatten die Herde von ihrem jahrhundertealten Weg abgedrängt, und der Aufstand am Red River hatte die Mehrzahl der Métis von der großen Herbstjagd ferngehalten.

Hier nun erfuhr Tomahawk, was sich in Fort Garry zugetragen hatte. Trauer empfand er über den Tod Ben Scarlowes, Freude darüber, daß die Métis eine eigene Regierung gebildet hatten, deren Präsident sein Schulfreund Louis Riel war. Betrübt nahm er zur Kenntnis, Captain Dunhill habe sich außer Landes begeben. Nun konnte er nicht mehr seine Dankesschuld für den wunderbaren Brass Boy abstatten. Dennoch wollte er zum verabredeten Zeitpunkt zum Souris River reiten. Schließlich hatte er ja auch einen Auftrag Nape Petas auszuführen.

Als Tomahawk hörte, das Anwesen seines Vaters sei zwar durch die Wirren nicht in Mitleidenschaft gezogen, aber Flüchtlinge hätten dort Unterkunft gefunden, war er froh und stolz zugleich. Froh, weil er seine Eltern in Sicherheit wußte und stolz, daß Flüchtlinge die Hilfe seiner Familie in Anspruch nahmen. Wer diese Flüchtlinge waren, wußten die Métisjäger allerdings nicht genau. Im übrigen waren sie der Ansicht, nun, da die Métis die Macht in Assiniboia ausübten, würden die Zuflucht suchenden bald in ihre heimatlichen Gefilde zurückkehren, denn es würde eine Zeit des Friedens und der Gerechtigkeit geben. Eine lange, lange Zeit. Ein Standpunkt, den Tomahawk ohne Einschränkung teilte.

Bestärkt wurde er in seiner Ansicht vom Großvater, der überschwenglich ewigen Frieden zwischen Indianern, Métis und Engländern weissagte.

Nape Peta war gewiß ein gerechter Friedenshäuptling der Suksisjoketuks und sicher ein liebevoller Großvater seines Enkels und ganz bestimmt ein guter Mensch. Als Prophet jedoch erwies er sich keinesfalls als Leuchte. Wie sollte er auch! Was konnte das Oberhaupt nomadisierender Indianer von den verzwickten Dingen wissen, die die Entwicklung eines so riesigen Landes wie Kanada vorantrieben oder hemmten? Was wußte Nape Peta von den handfesten ökonomischen Interessen der kanadischen und britischen Kapitalgesellschaften am Nordwestterritorium? Was von dem politischen Intrigenspiel in Ottawa? Und was von den Ränken militärischer Ehrgeizlinge wie Colonel Dennis und Captain Dunhill?

Wo wäre dem Suksisjoketukhäuptling ein Vorwurf zu machen, daß er die Zukunft falsch voraussagte? Ahnten doch noch nicht einmal alle unmittelbar Beteiligten wie Louis Riel, Ambroise Lépine oder auf der Gegenseite Captain Dunhill, was genau hinter den Kulissen der großen Bühne, die sich Kanada nannte, geschah.

Vorerst stand vor aller Augen der sofortige Erfolg. Die provisorische Regierung hatte Ordnung geschaffen, und über diese Ordnung wollte Ambroise Lépine mit eiserner Hand wachen. Aber gerade diese Ordnung war bereits zu Beginn des Winters durch Colonel Dennis' Miliz und Captain Dunhills Ranger mehr als untergraben.

Als die Regierung der Métis mit der Tatsache der unergiebigen Büffeljagd und der daraus resultierenden leeren Magazine und Vorratskammern konfrontiert wurde, konnte sie nur darauf hoffen, im Frühjahr die Combattantenarmee auflösen zu können und im Juni bei der großen Jagd die Verluste wieder wettzumachen.

Aber dazu brauchten die Nordwestler Frieden. Der jedoch zeichnete sich noch nicht ab. Wohl hatte Macdonald die Regierung in Fort Garry inzwischen anerkannt und auch seine Bereitschaft zu Verhandlungen bekundet, mehr noch, er hatte im Parlament nach heftigen Debatten durchgesetzt, daß alle achtzehn Punkte der «List of Rights» gebilligt wurden und daß nach einem Anschluß Assiniboias an Kanada das Nordwestterritorium nicht als Kolonie, sondern als gleichberechtigte Provinz Manitoba in das Dominion aufgenommen werden sollte. Insgeheim jedoch setzte der kanadische Premier

Experten ans Werk. Sie sollten in eine sogenannte Manitoba-Akte Zusätze einarbeiten, die die Métis um die Früchte ihres Sieges bringen würden.

Auch ließ Macdonald es zu, daß Doc Christian Schulz in Vortragsreisen durch das Dominion die öffentliche Stimmung zuungunsten der Métis beeinflußte. Schulz wurde bei seinen Vorträgen von dem ehemaligen Hotelier Smith unterstützt. Beide Gentlemen konnten nicht genug über den Blutdurst und die Räubereien der «jesuitenhörigen Bastarde» reden. Sie erzählten den biederen Bürgern in Ottawa, Montreal und Toronto, wie grausam der Patriot Thomas Scott gefoltert worden sei und mit welcher raffgierigen Brutalität den weißen Kanadiern ihr Eigentum gestohlen würde.

Mit der Zeit hatten Schulz und Smith Erfolg. Die Stimmung der Bevölkerung schlug um. Immer stärker wurde von der Regierung ein energisches Vorgehen gegen die «Rebellen» gefordert.

Aber auch mit Taten geizten die Vertreter der Annexion des Nordwestens nicht. Colonel Dennis erprobte seine Milizen im Süden Assiniboias.

Ausgerechnet zum Weihnachtsfest startete Dennis einen, wie er es nannte, Sondercoup. Zu seinen Milizen machte er noch einige Dutzend Saulteaux-Indianer mobil, und mit dieser Streitmacht von fast vierhundert Gewehren überfiel er am zweiten Weihnachtstag Fort Dufferin unterhalb von Fort Garry. Dort metzelte man die zwanzigköpfige Besatzung nieder und glaubte im Siegesrausch, nach Fort Garry vorstoßen zu können.

Kaum war Louis Riel über das Massaker von Fort Dufferin unterrichtet worden, als er Ambroise Lépine zu sich rief. Noch nie hatte Ambroise den jungen Präsidenten so erregt gesehen. Er lief im Zimmer auf und ab und rief ein über das andere Mal: «Warum dieses Blutbad? Was sind das nur für Leute, die so etwas anrichten? Sag mir, mon ami, will man uns unbedingt in einen bösen Krieg hineinziehen? Was schlägst du vor?»

Lépine kniff seine Augen zusammen. «Das Lumpengesindel ist von Portage la Prairie heraufgekommen. Das haben mir Späher berichtet. Dort sitzen sie wie die Läuse im Pelz eines Gebirgstrappers. Wie es aussieht, wollen sie ihren Ausflug nach Fort Dufferin bis hierher ausdehnen. Es reicht nicht, sie abzufangen, wir müssen sie auch in Portage la Prairie ausräuchern.»

Louis rang seine Hände. «Dann wird wieder viel Blut fließen.»

Noch enger wurden Lépines Augen. «Wohl, wohl! Aber noch mehr und noch länger wird der Tod umgehen, wenn wir die Bande in der Portage sitzen lassen. Wir können uns keinen langen Krieg leisten, Louis. Gib den Befehl zum Angriff!»

Louis Riel zog eine Landkarte zu Rate. Aber soviel er sie auch studierte, es gab keinen anderen Ausweg als den, den Lépine aufgezeigt hatte. Schweren Herzens unterschrieb Riel die Order für die Combattanten.

Lépine stieß seinen dicken Zeigefinger auf einen Punkt der Karte. «Hier in Stone Fort wird Gabriel den Kampf aufnehmen. Ich werde inzwischen mit der Hauptmacht auf die Portage zustoßen. Warten wir noch ein paar Tage. Neuer Schnee wird fallen. Er wird die anglais begraben. Adieu, mon président!»

Stone Fort war eine kleine ehemalige Handelsstation der Hudson Bay Company, keine zwanzig Meilen südlich von Fort Garry gelegen. Einen Tag nach der Unterredung zwischen Riel und Lépine besetzten Gabriel Dumonts Scharfschützen die sechs Blockhütten der Station. Mit den waffenfähigen Männern der Siedlung konnte Dumont auf die Feuerkraft von etwa einhundert Gewehren rechnen. Zahlenmäßig waren die Combattanten also den Milizen unterlegen. Dafür aber legten sie ihre Treffsicherheit, die Deckung der Blockhäuser und die Überraschung in die Waagschale.

Und während Dumonts Büffeljäger sich zum Empfang der Milizen in Stone Fort einrichteten, huschten drei Hundertschaften der Combattanten auf Schneeschuhen durch die tiefverschneiten Wälder und über zugefrorene Flüsse hinunter zur Portage la Prairie.

Die Milizen brachen bei Neuschnee von Fort Dufferin auf. Alles Gepäck führten sie auf Schlitten mit sich. Nur die Saulteaux ritten auf ihren struppigen Ponys, ungeachtet der Wetterbedingungen. Allerdings machte der Saulteauxanführer den Kommandanten der Miliz, einen draufgängerischen Amerikaner namens Heasters, darauf aufmerksam, daß das Gekläff der Hunde den Métis den Anmarsch der Miliz verraten könnte. Doch Heasters lachte den Indianer aus. «Sollen sie nur hören, daß wir kommen! Um so schneller reißen sie aus.»

Doch der Indianer blieb unbeeindruckt. «Wagenmenschen laufen nicht davon. Zuviel Schnee, zu viele Hunde, zuviel Lärm. Wagenmenschen starke Krieger im Schnee.»

Höhnisch antwortete Heasters: «Schätze, ihr habt Angst vor euren braunfelligen Verwandten! Verschwindet, wenn euch um eure verlausten Skalpe bange ist. In Fort Dufferin seid ihr mutig gewesen. Aber da stand uns bloß eine Handvoll Feinde gegenüber. Los, gebt schon Fersengeld, ihr stinkenden Coyoten!»

Tief gekränkt wandten die Saulteaux ihre Pferde.

Der Haufen kanadischer Miliz aber hetzte die Schlittenhunde vorwärts.

Stone Fort lag wie ausgestorben zwischen den Wäldern. Als die Schlittengespanne auf dem Trail, der aus festgestampftem Schnee bestand und deswegen kein Ausweichen zuließ, stoppten und die Milizen von den Schlitten sprangen, setzte gezieltes Feuer aus den Hüttenfenstern ein. Heasters, der einen Säbel schwang, wollte seine Männer zum Sturm auf die Blockhäuser anfeuern. Doch Dumonts Kugel ließ ihn sich überschlagen. Die Kanadier versuchten, die Schlitten als Deckung zu benutzen, doch auch das mißlang.

Die jaulenden Hunde flitzten schneller davon, als wenn sie mit Peitschen angetrieben worden wären. Schutzlos verbluteten die Milizen im Kugelhagel. Es war offensichtlich,

Dumont war nicht gewillt, Pardon zu geben. Er nahm gründlich Rache. Hier war kein Louis Riel, der zur Mäßigung aufrufen konnte, und auch Ambroise Lépine war fern. Also hatte Gabriel Dumont freie Hand. Er sah gelassen zu, wie die Kanadier, einer nach dem anderen in den Schnee sanken.

Die Niederlage der Miliz war gründlich. Nur wenigen Kanadiern gelang es zu fliehen. Da sie aber die Richtung nach Portage la Prairie einschlugen, wurde der größte Teil von ihnen im Tiefschnee von Lépines Männern abgefangen.

Lépine hatte die wenigen in der Portage verbliebenen Kanadier im Schutz wirbelnder Schneeflocken überrascht und innerhalb einer halben Stunde besiegt. Dann wendeten die Combattanten die Schneeschuhe und schnitten den zurückhastenden Milizen den Weg ab. Die Erbitterung unter Lépines Männern war groß, hatten sie doch ihre bestialisch ermordeten Landsleute in Fort Dufferin gesehen. Was Wunder, wenn auch sie nicht Gnade walten ließen.

Wie Lépine es Louis Riel vorausgesagt, wurden die Schneefelder am Red River zum Leichenfeld für die Milizen. Manch einer, der sich vom Landbonus in die Reihen der Miliz hatte werben lassen, sah nicht einmal mehr das Land, das er erobern sollte. Wem immer es noch gelang, zur Waffe zu greifen, wehrte sich mit dem Mut der Verzweiflung. Längst hatten sie erkannt, daß die Métis keine Gefangenen machten. Zwar hatten die Milizen die besseren Gewehre, doch die nützten ihnen wenig, sie konnten nur Zufallstreffer anbringen. Die Combattanten hingegen hatten Zeit. Sie lehnten ihre schweren Büffelbüchsen an die Baumstämme, die ihnen überdies noch Schutz vor dem Feuer ihrer Feinde gaben. Und erst wenn sie ihren Mann genau im Visier hatten, drückten die Métis ab.

Als der Januarabend das Land am Red River mit Dunkelheit überzog, war die Entscheidungsschlacht zwischen Portage la Prairie und Stone Fort bereits Geschichte. Und nun erst waren die Métis bereit, einzelnen verwundeten Feinden Pardon zu gewähren und ihnen zu helfen. Neunzig Kanadier und Amerikaner hatten den Marsch auf Fort Garry mit dem Leben bezahlt. Aber auch sechzehn Combattanten verröchelten in den Schneewüsten am Red River. Und nochmal so viele Männer auf beiden Seiten mußten im Spital von Fort Garry verarztet werden. Darunter auch Gabriel Dumont, dem eine Kugel das rechte Knie zerschmettert hatte. Für einen Büffeljäger ein schlimmes Los.

Als die Reste seiner ausgesandten Streitmacht in Pembina eintrafen, bekam Colonel Dennis einen Tobsuchtsanfall. Zwei Tage war er für niemanden zu sprechen, und erst am Ende des Monats war er imstande, sich wieder seiner Miliz zu widmen. Anstatt sich aber das Ausmaß seiner Niederlage einzugestehen, begann er neue Ränke zu spinnen. Diesmal wollte er jedoch dem verhaßten Feind den Kopf mit einem Streich abschlagen. Dazu brauchte er zweierlei: Die Genehmigung der Dominionsregierung und ein ausgesuchtes Kommando, das seine Pläne verwirklichen konnte.

Dennis ging systematisch vor. Nichts sollte dieses Mal durch Hast gefährdet werden. Er schickte gleich drei Boten nach Ottawa, damit man dort sein Vorhaben absegnete. Einer von ihnen sollte auch bei der Canada Party vorsprechen, damit Doc Schulz die nötige Begleitmusik für Dennis' Aktion anstimmen konnte.

Zur selben Zeit etwa beobachtete der Colonel, welche Fortschritte Captain Dunhill bei der Ausbildung der Ranger machte. Als die Ergebnisse zu seiner Zufriedenheit ausfielen, weihte er Dunhill in seine Pläne ein.

Was der Captain da allerdings zu hören bekam, stimmte ihn freilich nicht gerade heiter. Das Unternehmen, von dem der Colonel sprach, konnte den Skalp kosten. Er sträubte sich demgemäß auch erst einmal, ehe er auf das Ansinnen des Colonels einging.

«Natürlich ist alles, was Sie vorschlagen, äußerst wichtig, Sir. Aber weshalb dieser Aufwand an Kraft unsererseits? Wir müssen nicht nur über die Grenze, durch das Gebiet der Rebellen, sondern wir müssen auch an ihre Führer herankommen. Ehe wir aber so weit sind, ist unsere physische Kraft bereits verbraucht. Hinzu kommt, daß die Bastarde kaum einen meiner Männer in die Nähe ihrer Häuptlinge gelangen lassen. Wenn die reguläre Kavallerie von Fort Qu'Appelle aus einen Handstreich gegen Fort Garry unternähme, wäre das meiner Ansicht nach erfolgversprechender.»

Dennis musterte seinen Untergebenen mit bösem Blick. «Was glauben Sie, warum ich diese Rangertruppe geschaffen habe? Um Ihnen Beförderungschancen in Aussicht zu stellen? Beileibe nicht, mein Bester! Die Ranger sind bereit zu halten für Kommandounternehmen, die keine andere Truppe ausführen kann und auch nicht darf. Schon gar nicht die Regulären. Wenn es Sie aber nach dem Posten des guten Effington gelüstet, bitte – noch heute werde ich einen entsprechenden Vorschlag dem Kriegsministerium unterbreiten.»

Nun erschrak Dunhill höllisch. Nein, eine Versetzung nach Qu'Appelle war das letzte, was er sich wünschte. Er beeilte sich, dem aufgebrachten Colonel seine Ergebenheit zu versichern.

«Wollte ich auch gehofft haben, daß da etwas Ihren Denkapparat blockiert. Und nun wollen wir Tacheles reden, wie die Juden zu sagen pflegen. Also – die Armee bleibt unter allen Umständen aus dem Spiel! Was wir hier besprechen, ist streng geheim. Weitere Einzelheiten gebe ich Ihnen bekannt, sowie Ottawa die Startflagge schwenkt. Jetzt aber kann ich Ihnen schon sagen: Bedienen Sie sich bei dem Unternehmen Ihres Spürhundes Jacques Destouelle und seiner indianischen Verwandten. Auf diese Weise kommen Sie an Riel und Lépine heran.»

Die beiden Männer, die in Dennis' und Dunhills Gesprächen so eine enorm wichtige Rolle spielten, hielten ebenfalls Kriegsrat ab. Vor ihnen stand die Frage: Wie geht es weiter?

Zwar waren sich Riel und Lépine darüber einig, daß die Kanadier in diesem Winter keine Waffengänge mehr wagen würden. Wie aber sollte es im Frühjahr gelingen, Gefahren von

Assiniboia abzuwehren? Sorgenvoll berichtete Lépine: «Wir haben ihnen viele carabine abgenommen. Aber wir haben keine Munition dafür. Die Combattanten können außerdem nicht mit den neuen amerikanischen Gewehren umgehen. Es fehlt jemand, der sie daran ausbildet.»

Louis Riel unterbrach Lépine. «Sollten wir nicht doch meinen Freund Jacques bitten, diese Aufgabe zu übernehmen? Hat er nicht Büchsenmacher gelernt? Besitzt er nicht selber solch ein neues Gewehr?»

«Schon, schon, Louis. Der Gedanke ist gar nicht so schlecht. Aber, wird er wollen? Und dann die Zeit, mon président! Vor der Schneeschmelze kommt Tomahawk nicht aus den Bergen herunter. Und selbst wenn er dann zusagt, haben wir Zeitverlust. Meine Jungs haben in Stone Fort und vor Portage in ihrer Schießwut nicht mit Munition gegeizt. Es fehlt uns auch für unsere Schießeisen an Pulver und Blei.»

«Bös, bös», murmelte Louis. «Weil die große Herbstjagd ausgefallen ist, haben wir weder Bisonhäute noch Fleisch, um in Montana Pulver und Blei zu kaufen.»

«Schlimmer, viel schlimmer! Wir haben nicht einmal genug Fleisch für unsere Familien, geschweige denn für den Verkauf. Nun warten alle auf die kommende Jagd im Juni. Daraus wird aber nichts, wenn wir das letzte bißchen Pulver in Geplänkeln mit Firsters oder anderen Banditen verbrauchen. Und noch etwas: Die Leute, die Farmen hatten, wollen zurück wegen der Frühjahrsbestellung. Die Trapper sind nach Norden gezogen. Ich kann sie verstehen, im Winter sind die Felle wertvoll.»

«Soll das heißen, deine Combattantentruppe besteht nur noch aus Büffeljägern?»

«So ungefähr!»

Louis Riel stand auf und trat dicht vor Ambroise. «Ohne Umschweife, mon camarade, was ist zu tun?»

Ambroise legte Louis den Arm um die Schulter und sagte leise: «Hier am Red River wird Ruhe sein. Die Prügel haben sich die Engländer gemerkt. Aber in Fort Qu'Appelle sitzt ein englisches Bataillon auf unserem Territorium. Wir wissen nicht, wie sich die Kavallerie verhält. Wenn sie der Dominionsregierung den Gehorsam verweigert und mit den Firsters gemeinsame Sache macht, bringt das für alle im Gebiet des Saskatchewan Gefahr. Wir sollten die Combattanten in Fort Garry auflösen und das Comité National des Métis unverzüglich nach Batoche schicken. Ist nicht Batoche die Hauptstadt der Métis? Warum sollte sie es nicht für die gesamte Republik Assiniboia sein?»

Louis Riel nickte. «Wir haben den gleichen Gedanken. Das Comité sollte nach Batoche gehen. Die Männer könnten sich wieder der Jagd zuwenden. Eine kleine Gruppe bleibt zur Sicherheit des Comités bestehen. Du hast recht, Batoche wird die Hauptstadt der Republik Assiniboia oder Manitoba. Namen sind jetzt nicht so wichtig.»

Eine Anfrage bei Macdonald ergab, daß der Premier mit dem Umzug des Comité National des Métis nach Batoche einverstanden war. Er beteuerte zudem, noch im Mai werde eine Polizeieinheit von mehreren hundert Mann die Sicherheit der Bevölkerung am Red River gewährleisten. Alles schien sich zum Guten zu entwickeln. Die Zusage Macdonalds kam Riel gelegen. Kanadische Polizeikräfte in Fort Garry bei Respektierung der Republik Assiniboia konnten die Combattantenhundertschaften überflüssig machen. In diesem Sinne sprach er noch einmal mit Ambroise Lépine.

«Es ist soweit, mein guter Ambroise. Du gehst mit dem Comité und den Combattanten nach Batoche. Dort behältst du nur eine Hundertschaft unter Waffen.»

Lépine sah ihn erstaunt an. «Kommst du nicht mit?»

«Nein, ich werde hier warten, bis ein neuer Gouverneur und die versprochenen Polizisten eintreffen.»

«Und wenn die Engländer ihr Wort brechen? Wer soll dich dann beschützen?»

Nun lächelte Riel überlegen. «Es sind nicht irgendwelche Engländer, deren Wort wir haben, sondern der Premierminister des Dominion of Canada hat gesprochen. Deine Sorgen sind unbegründet. Ich bitte dich, unverzüglich nach Batoche aufzubrechen. Mehr noch: Mach deinen Einfluß bei den Crees geltend. Sie sind ungebärdig, und Le Grande Ourse ist mehr ein Kriegshäuptling als ein Sachem seines Stammes. Es wäre nicht gut, wenn die Crees jetzt den Kriegspfad beschreiten würden. Zuviel steht für Assiniboia auf dem Spiel.»

Lépine wiegte seinen Kopf hin und her. «Wohl ist mir nicht, dich hier allein in Fort Garry zu wissen. Ich bin dann weit ab vom Schuß.»

«Allein? Ich allein in Fort Garry unter Métis und Schotten? Bald wird Gabriel gesund sein. Wer sollte sich an mir vergreifen? Genug der Diskussion! Morgen reitest du mit deinen Männern los. Das ist ein Befehl!»

Es stand deutlich auf Lépines Gesicht geschrieben, wie wenig er mit der Meinung des Präsidenten übereinstimmte. Aber er fügte sich.

Reichlich mit Nahrung versehen, wurden die Suksisjoketuks von den Unbilden des Winters kaum bedrängt. Sie feierten, aßen, tranken und tanzten. Hin und wieder brach ein kleiner Trupp auf, um Pelztiere zu jagen, ein Mehr an Aufwand für den Unterhalt des Stammes hielten sie angesichts der ertragreichen Büffeljagd des Herbstes für unnötig. Erst als sich der Frühling ankündigte, überwanden die Suksis die Winterträgheit.

Der März hatte noch einmal Frost und Schnee gebracht, doch keine vier Wochen später war die Kraft des Winters endgültig gebrochen. Als die Eisdecken auf den Seen und Flüssen barsten und die Wildbäche von den Bergen herab in die Ebenen sprangen, trieben etwa dreißig Männer des Wolfsbundes ihre Pferde durch das Schmelzwasser des South Saskatchewan River. Ihnen folgten die Squaws mit den Travois, worauf sie Tipis und Kochgeräte transportierten. Die ganz kleinen Kinder wippten in ihren Traggestellen auf dem Rücken der Mütter. Die etwas größeren klammerten sich an den Rücken der Männer auf den Pferden, und die Halbwüchsigen ritten schon ihre eigenen Ponys.

An der Spitze des Zuges lenkten Heham Luta und Tomahawk ihre Tiere die Uferböschung hinauf. Von nun an wurde die Reise zu einem reinen Vergnügen. Die Berge lagen hinter ihnen, größere Ströme waren nicht mehr zu überqueren, und die wellige Prärie war das ideale Terrain für berittene Wanderer.

Dennoch lag ihr Reiseziel etliche Tagesritte entfernt. Tomahawk riet zu beschleunigtem Tempo. Er wollte, wenn die letzten Schneereste der täglich wärmer scheinenden Sonne gewichen waren, am Souris River sein.

Endlich, an einem der ersten Maitage, sah er den Rauch aus den Essen der väterlichen Station vor sich. Vier Wolfskrieger und Heham Luta wählte er als Begleiter aus. Sie wollten voranreiten und einen günstigen Lagerplatz aussuchen.

Kaum hatten sie den Souris durchritten, stutzte Tomahawk. Vor der Scheune stand ein schwerer Planwagen. Davor stand eine ältere Frau, die in einer Holzwanne Wäsche wusch. Tomahawk erkannte Charity McLellan. War die Alte aber hier, mußte Mabel nicht weit sein. Von plötzlicher Freude angetrieben, drückte Tomahawk dem Grauen die Fersen in die Flanken. Seine Kumpane eiferten ihm nach. Daß aber Heham Luta gellend «hiyoupo», den Hetzschrei der Assiniboine ausstieß, mußte wohl des Guten zuviel gewesen sein. Charity schreckte am Waschzuber hoch, sah die Reiter auf sich zu galoppieren, und mußte wohl an einen Überfall feindlicher Indianer glauben.

Noch während sie Alarmrufe ausstieß, riß sie den Waschzuber hoch. Sein Inhalt schwappte den am nahesten Herangekommenen entgegen. Das aber war Tomahawk. Die Brühe troff an ihm nur so herunter und Charity bemerkte ihren Irrtum. Doch ehe sie Tomahawk begrüßen konnte, kam Mabel hinter dem Wagen hervor und richtete eine lange Flinte auf den vermeintlichen Angreifer.

Emile, Baptiste und Pierre erschienen auf der Bildfläche. Was sich ihren Augen darbot, regte weniger ihren Kampfeswillen als ihre Lachlust an. Das Gelächter der Métis rief nun auch Tschintschapé und Benny ins Freie. Tschintschapé stürzte auf Tomahawk zu und umarmte ihren Sohn. Benny jubelte vor Freude, den großen Freund zu sehen, Mabel aber stand blutübergossen mit gesenkter Waffe vor dem Ankömmling.

Tomahawk genoß alle Arten der Begrüßung. Sanft schob er seine Mutter beiseite und machte vor Charity einen Kratzfuß. «Meine Verehrung, Madame McLellan. Sie haben mir einen großen Wunsch erfüllt. Nichts brauchte ich jetzt dringender, als ein heißes Bad. Wir sind nämlich seit Wochen schon unterwegs.»

Charity wurde ganz verlegen. Ehe sie jemand hindern konnte, stürzte sie sich auf Heham Luta, der ebenfalls vom Pferd gestiegen war. «Na dann, herzlich willkommen! Wie Sie mich hier sehen, bin ich die Wittib McLellan. Da Sie ja wohl ein Freund von dem jungen Stromer, den ich fast verbrüht hätte, sind, denke ich, wir werden auch die Friedenspfeife rauchen. Schätze, Sie werden sich mit den Familien häuslich einrichten. Habt ja alles bei, wie ich sehe. Brav, brav, junger Mann! Können nicht genug Rifles beisammen haben in diesen bösen Zeiten. Sehe auch Kinder in Ihrem Gefolge. Die werden meine Hilfe nicht ausschlagen ...»

Nun verstand aber Heham Luta nur wenig Englisch, und da Charity während ihrer Rede die mürrische Miene beibehielt, ahnte er nicht, welcher Freundschaftsbund ihm eben vorgeschlagen wurde. Auch trug zu einer freundlichen Auslegung der Worte wenig der Umstand bei, daß Charity das Waschrührholz immer noch in den Händen hielt. Heham Luta, der gerade erst die seltsame Begrüßung seines Freundes durch die weiße Frau erlebt hatte, glaubte deshalb, nun käme die Reihe an ihn. Was Wunder, daß er schlicht und einfach ausriß.

Erneut stiegen Lachsalven hoch. Charity schüttelte verwundert den Kopf. «Das hat man nun davon, wenn man sich mit diesen Landstreichern einläßt. Gehe ich eben zu den Squaws, die werden ein herzliches Wort zu schätzen wissen.» Und siehe da, ohne daß die eine die Sprache der anderen verstand, waren die Frauen sich bald einig, denn Charity legte sofort Hand an beim Entladen der Travois.

Tomahawk, Benny auf dem Arm, hatte nur Augen für Mabel, die ein paar verlegene Begrüßungsworte für ihn fand.

Endlich sorgte Emile dafür, daß der Heimkehr des Sohnes und dem Besuch der Cousins die entsprechende Würde zuteil wurde. Er war nun ganz der Hausherr und fand neben dem Corral einen geeigneten Platz für die Tipis. Baptiste und Pierre bekamen den Auftrag, ein Schwein zu schlachten und Tschintschapé und Mabel sollten alles für ein festliches Mahl herrichten. Als wieder Ordnung in sein Hauswesen eingekehrt war, nahm Emile den Sohn am Arm und sagte, er wolle ihm das Grundstück zeigen. Tomahawk wußte, es war nur ein Vorwand, um mit ihm einige Dinge unter vier Augen zu besprechen.

Der Spürhund brachte Benny zu den Suksisjoketukskindern. Ein größerer Junge überreichte Benny Bogen, Köcher und Pfeile. Die Indianerkinder quietschten vor Vergnügen, als sie dem kleinen Weißen beibrachten, wie man damit umging. Benny war also gut aufgehoben, und Tomahawk konnte sich dem Vater widmen.

Sie schlenderten hinunter zum Fluß. Dort wußte Emile des Sohnes Lieblingsplatz. An einer uralten Weide ließen sie sich nieder. Emile zog den Tabaksbeutel hervor und beide stopften sich die Pfeifen. Eine Weile schwiegen sie und blickten nur dem Rauch nach. Tomahawk wartete, bis der Vater begann.

Emile fragte erst einmal nach persönlichen Dingen, nach dem Wohlergehen des Großvaters und wie es dem Sohn in jüngster Zeit ergangen war. Schließlich erkundigte er sich nach Tomahawks Plänen.

Nun wurde es für den Spürhund Zeit, die Einladung zum Council zu überbringen. Emiles Augen leuchteten auf. Das war ganz verständlich, denn eine Einladung dieser Art war nicht einfach die Bitte um Teilnahme, sondern auch eine Auszeichnung. Sie bewies, in welch hohen Ehren die Destouelles bei den Assiniboine standen.

Als Tomahawk erwähnte, er wolle sich hier mit Captain Dunhill treffen, verschwand der frohe Schein aus Emiles Gesicht. Er fragte kurz: «Wann will der Capitaine kommen?»

Tomahawk zuckte die Achseln. «Verabredet war es in diesen Tagen. Aber ich hörte, Capitaine Dunhill ist außer Landes gegangen. Er wird also kaum kommen. Warum fragst du so zornig, Vater?»

Emile paffte erregt. «Du hast die Familie McLellans vorhin begrüßen können. Was glaubst du, warum sie hier sind?»

«Auf einen Nachbarschaftsbesuch oder weil sie Handel treiben, denk ich.» Ein Blick in das Gesicht des Vaters ließ Tomahawk seinen Irrtum ahnen. Seine Frage kam daher auch sehr zögernd. «Sind die McLellans Flüchtlinge, die bei dir Schutz gesucht haben?»

«Du hast in den Bergen davon gehört?»

«Ja, Büffeljäger berichteten darüber. Aber ich wußte nicht, wer die Flüchtlinge sind. Also Arthur und seine Familie?»

Emile lachte grimmig auf. «Es sind nicht Arthur und Familie, es ist nur die Familie. Landvermesser haben sie vertrieben, und Arthur wurde ermordet. Auch Pierre und Baptiste wurde das Land geraubt. Sie waren mit Arthur unterwegs, um einem anglais zu helfen, den eine Schlange gebissen hatte, da wurden sie aus dem Hinterhalt beschossen. Kannst du dich an den kleinen Gaston erinnern? Er ist dabei auch ums Leben gekommen!»

«Mon dieu! Warum habe ich das nicht früher erfahren? Sofort wäre ich an den Souris gekommen und hätte die Landvermesser gejagt. Capitaine Dunhills gesamte Truppe hätte die Mörder verfolgt...»

Emile fiel fast die Pfeife aus dem Mund. Ungläubig starrte er den Sohn an, und erst langsam gewann er seine Fassung zurück. «Jacques, du hast wirklich nicht gewußt, was die Landvermesser und die Polizisten deines Capitaine angerichtet haben?»

Kaum hatte Emile diese Frage gestellt, als er mit Befremden die Veränderung auf Tomahawks Gesicht wahrnahm. «Der Capitaine hat mir ausdrücklich versichert, die Polizisten würden die Nordwestler vor den Landvermessern beschützen. Non, so irren kann sich Capitaine Dunhill nicht.»

Sinnend schaute Emile auf das Wasser. Es schien, als interessiere ihn nichts mehr, als das Gegurgel und Gestrudel der schmutzigbraunen Flut. Aber seine Gedanken beschäftigten sich angestrengt mit dem, was Tomahawk gesagt hatte. Vielleicht hatte der Junge recht, und auch der Capitaine wußte nichts vom Treiben seiner Leute. Emile spie ins Wasser und sagte: «Auch ein Capitaine kann sich irren, mein Kleiner!»

Dann forderte er Tomahawk auf, zum Wohnhaus zurückzukehren, die Frauen würden die Tafel gedeckt haben. «Wir haben viele Tage, um uns über alles auszusprechen.» Im Grunde war er froh, daß aus dem Treffen mit Dunhill vorerst nichts werden würde. So hatte er den Herumtreiber etwas länger zu Hause. Und vielleicht würde ihn die hübsche Mabel noch länger festhalten können ...

Tomahawk indes war betroffen von dem, was ihm der Vater berichtet hatte. Er begann sich schuldig zu fühlen. Hätte er nicht diesen Billings durchschauen müssen? Er kannte ihn doch als Schuft! Und hätte ihm das Verhalten der Landvermesser nicht zu denken geben müssen? Jetzt begriff er mit einem Mal, daß ihn Learny damals am Fluß hatte warnen wollen. Er hätte, hätte, hätte ... Wie nun Mabel unbefangen gegenübertreten? Durfte er unbeschwert mit Benny umhertollen und dabei Madame McLellan und den Sayers in die Augen blicken? Wenn Captain Dunhill eintreffen würde, konnte man Sergeant Billings vor den Augen der Geschädigten wenigstens bestrafen.

Zunächst aber wurde nun zu Ehren der Gäste mit dem Festschmaus begonnen. Vor dem Wohnhaus hatten die Sayers Tafeln und Bänke aus armdicken Ästen und Brettern errichtet. Tschintschapé hatte mit Mabel Hirschschinken, Büffelrücken und etliche Hühner zubereitet. Was der Fluß an Fischen zu bieten hatte, war auf dem Tisch vorhanden. Maisbrot, Buchweizenkuchen und Pudding, Äpfel und Birnen. Die ersten Stücke des geschlachteten Schweines dampften in irdenen Schüsseln. Und damit keiner der Gäste sich den Magen verdarb, brachte Emile Kruken seines selbstgebrannten Apfelschnapses herbei.

Alles aß, trank und wurde froh und fröhlicher. Der aufgelokkerten Stimmung konnte sich selbst der in sich gekehrte Tomahawk nicht gänzlich entziehen. Wie sollte er auch weiterhin verbiestert vor sich hinstarren, wenn ihm ausgerechnet Mabel die besten Stücke der Speisen vorlegte? Vom zunächst leisen Dank und ein paar höflichen Redensarten bis zu freundlichen Neckereien war kein weiter Weg. Es war Mabel anzumerken, daß sie ihre Zuneigung nur mühsam verbergen konnte.

Emile holte aus den unergründlichen Tiefen seines Magazines ein Bandoneon und eine Fiedel hervor, um sie Baptiste und Pierre in die Hand zu drücken. «Voilà– die Instrumente sind da. Wo bleibt die Musik?»

Das ließen sich die Brüder nicht zweimal sagen. Bald schallten lustige Weisen durch die hereinbrechende Nacht. Niemanden hielt es auf seinem Sitz. Selbst die strenge Charity McLellan schmunzelte und flüsterte ihrer Schwiegertochter zu: «Geh schon! Kannst nicht ewig Witwe bleiben. Hol ihn dir zum Tanz. Arthur würde es glatt befehlen.»

Mabel glühte vor Freude und sprang vor Tomahawk hin, wobei sie ihm ihr Schultertuch um den Nacken schlang.

Tschintschapé sah, was vor sich ging und setzte sich zu Charity. Und als sie ihr den Arm um die Schultern legte, zeigte sich, daß sich die Mütter aller Völker gleichen: Sie heulten beide vor Rührung. Bis es Emile zu viel wurde. Er zog die beiden Frauen von der Bank hoch und schwenkte sie im Reigen.

Nach dem Fest folgten Tage harter Arbeit. Die Suksisjoketuks hatten ihr Lager aufgeschlagen, ein Pfeifenzelt und eine Schwitzhütte aufgebaut, und die Destouelles und die Sayers brachten das letzte der Frühjahrsbestellung hinter sich. Heham Luta tat ein übriges und richtete für die Kinder Wettkämpfe im Bogenschießen und Reiten aus. An diesen Spielen durfte zu seinem großen Entzücken auch Benny teilnehmen. Tomahawk unterrichtete den Buben jeden Tag ein Stündchen in den Künsten indianischer Jagd.

Abends saß man zusammen und ließ sich Emiles Apfelschnaps munden. Mabel und Tomahawk kamen sich immer näher. Es schien, als hätten die Bewohner der Station vergessen, was an Ereignissen das Land ringsum in Erregung versetzt hatte. Das änderte sich eines Abends, als ein Métis vom Red River sein Pferd vor Emiles Station zügelte.

Der Besucher brachte Neuigkeiten aus Fort Garry mit. Er berichtete nicht nur, was sich in den letzten Wochen zugetragen hatte, er legte überdies einen Packen zwar nicht mehr druckfrischer, für die Leute am Souris River aber noch höchst aktueller Zeitungen auf Emiles Ladentisch.

Die Zeitungen waren vom Comité National des Métis in französischer und englischer Sprache herausgegeben. Außer Mabel McLellan war nur noch Tomahawk in der Lage, die Blätter zu lesen. Und so befand sich der Spürhund in der Situation, seinen Hausgenossen die Nachrichten vorzulesen. Das nahm mehrere Abende in Anspruch. Dennoch kam jeder zur Vorlesestunde. Die Nachrichten hatten es in sich!

Da gab es Schlagzeilen wie: Regierung des Dominion of Canada erkennt die Provisorische Regierung des Nordwestens an. – Achtzehn Forderungen der «List of Rights» in der «Manitoba-Act» enthalten. – Parlament in Ottawa billigt «Manitoba-Act». Doch die verwirrendsten Nachrichten lauteten: Provisorische Regierung unter Louis Riel hat Fort Garry verlassen. – Provisorische Regierung und Comité National des Métis erklären Batoche zur Hauptstadt der Republik Assiniboia. – Neuer Gouverneur in Fort Garry eingesetzt. – Zwölfhundert Polizisten und Milizen des Dominion of Canada in Fort Garry einmarschiert!

Als Tomahawk diese letzten Texte vorgelesen hatte, saßen die Männer kurz vor Sonnenuntergang auf der Veranda des

Wohnhauses. Sie schärften Beile und Äxte, weil sie am kommenden Tage das Corralgatter ausbessern wollten.

Kaum hatte Tomahawk die Zeitung beiseitegelegt, als sich Baptiste räusperte. «Steht da wirklich, Louis und Ambroise sind in Batoche? Das soll die Hauptstadt unserer Republik werden? Und Fort Garry ist von den Combattanten aufgegeben und wieder den Engländern überlassen worden? Mon dieu, was soll da aus uns werden?»

Statt einer Antwort hielt Emile eine Gegenfrage bereit: «Was ist gegen Batoche einzuwenden? War es nicht seit alten Zeiten die Stadt der Métis?»

«Eine Stadt nennst du diese village miserable», höhnte Baptiste.

In diesem Moment schaltete sich sein Bruder ein. «Du bist doch noch nie in Batoche gewesen. Kennst gar nicht den Ort, den du ein elendes Dorf nennst.»

Baptiste fiel nichts besseres ein, als Pierre daran zu erinnern, daß der ebenfalls noch niemals Batoche gesehen habe. Dadurch geriet der Disput der Brüder ins Lächerliche. In der Tat waren von den Männern auf der Veranda nur Emile und Tomahawk in Batoche gewesen. Und die Destouelles kamen ihrerseits nicht umhin, dem Einwand von Baptiste eine gewisse Berechtigung zuzusprechen.

Batoche lag ein paar Meilen östlich vom Zusammenfluß des Süd- und Nord-Saskatchewan. Es besteht aus knapp zwei Dutzend massiven Häusern, wovon das Rathaus allerdings ein dreistöckiges Steingebäude war. Die übrigen Behausungen waren primitive, in die Uferhänge hineingetriebene Blockhütten, schon fast mehr Höhlen denn Hütten und eine große Anzahl Tipis. Der Kern der «Stadt» erhob sich auf einem halbinselförmigen Hügel, um den sich der Saskatchewan in weitem Bogen schlang.

Aber gerade diese Landzungenform und die steilen, wenn auch nicht hohen Hügel ringsum, machten Batoche für jeden Angreifer zu einer schwer erstürmbaren Festung. Daran dachte Tomahawk, als er Pierre bat, Heham Luta zu rufen, der sei auch schon mehrmals in Batoche gewesen und könne bestimmt ein Wort mitreden. Bis dahin solle man sich des Streites enthalten.

Pierre stand auf. «Ein guter Gedanke. Ich will sowieso einmal zu den Cousins hinüber, dort herrscht solch eine merkwürdige Unruhe ...»

Kaum hatte sich Pierre entfernt, nörgelte Baptiste weiter. «Ich bleibe dabei: Niemals durften die Combattanten Fort Garry verlassen.»

Emile blieb ruhig. «Das Comité und die Regierung werden sich etwas gedacht haben dabei. Dort draußen am Saskatchewan können sie besser die Staatsgeschäfte leiten. Bald kommen wieder Handel und Wandel in Gang, und im nächsten Herbst wird es wieder eine große Bisonjagd geben. Sollen die anglais ruhig für Ordnung im Lande sorgen, die Combattanten können dadurch Pulver und Blei für die Büffeljagd aufsparen.»

Baptiste wurde zornig. «Natürlich, die Miliz und Polizei werden für Ordnung sorgen, damit die Métis sich dick fressen können an Büffelfleisch! Nein, Emile, sie werden bald etwas ganz anderes machen ...»

Allmählich redete sich auch Emile in Rage, doch noch hielt er sich im Zaum. «Na, was werden sie anderes machen, du Schwarzseher?»

Baptiste würdigte Emile keines Blickes, sondern knurrte nur: «contre-révolution!» Er spie Tabaksaft über die Verandabrüstung.

Tomahawk glaubte, die kanadische Polizei verteidigen zu müssen. «Das ist nicht dein Ernst, Onkel Baptiste! Niemals wird sich die kanadische Polizei zu solch einer Schändlichkeit hergeben!»

Baptiste konnte nicht mehr an sich halten. «Ich hab deine Freunde von der police canada erlebt. Wenn du auf ihrer Seite bist, wirst du schon deine Gründe haben, bist nicht umsonst ein Spürhund der Engländer!»

Da war es heraus, das böse Wort! Noch ehe es verklungen war, begriff Baptiste, was er gesagt hatte und blickte schuldbewußt zu Boden. Tomahawk sprang auf, er zitterte an allen Gliedern. Schwerfällig stand Emile auf. Er wußte, so mancher Métis gab diesem Wort eine abfällige Bedeutung in Verbindung mit Tomahawk. Und das, weil der Bursche sich trotz väterlicher Mahnung seit Jahren als Fährtensucher für die kanadische Polizei verdingt hatte.

Baptiste atmete schwer. «Verzeih mir, Tomahawk. Ich weiß schon nicht mehr, was ich denken soll.»

Tomahawk zwang sich zur Ruhe. «Ich habe auch nicht angenommen, du wolltest mich beleidigen, Onkel Baptiste. Ja, ich bin ein Spürhund. Aber nur gegen Briganten und Schnapsschmuggler, und auch das nur, weil ich es will. Als freier Mann. Unlängst erst hab ich es erneut abgelehnt, mich als Scout vereidigen zu lassen. Niemand soll mir etwas befehlen. Deshalb bin ich auch nicht zu den Combattanten gegangen. Eins könnt ihr mir glauben: Capitaine Dunhill ist ein Freund der Métis und bezeichnet sich selbst als Nordwestler. Wenn Sergeant Billings etwas Schlimmes getan hat, wird ihn der Capitaine bestrafen. Ich habe gesprochen!»

Nun, da Tomahawk kundgetan hatte, er würde sich nicht weiter an der Debatte beteiligen, konnten nur Emile und Baptiste das Gespräch fortsetzen. Doch sie wurden dieser Mühe enthoben, denn Pierre und Heham Luta waren gekommen. Pierre war sehr aufgeregt und forderte den Suksis auf, sofort zu berichten. Der aber wartete in Anbetracht, daß Emile der «Häuptling» der Station war, darauf, von dem Vater seines Blutsbruders gefragt zu werden.

Emile, in Gedanken noch immer bei dem Streitgespräch, bot dem Indianer einen Platz auf der Bank an. «Der Anführer des Wolfsbundes kennt den Ort Batoche?»

Heham Luta nickte.

Emile wies auf eine Zeitung. «Louis Riel und Ambroise Lépine haben sich in Batoche niedergelassen. Von dort aus wollen sie Assiniboia regieren. Was sagt mein junger Bruder dazu?»

Heham Luta stopfte sich langsam eine kurze Pfeife, und

erst nach zwei, drei Zügen antwortete er. «Der Krieg zwischen den Engländern und den Wagenmenschen ist noch nicht zu Ende. Der Friedenshäuptling Louis Riel und der Kriegshäuptling Ambroise Lépine sind listige Männer. Ihr Entschluß, nach Batoche zu gehen, zeugt von Weisheit. Dort sind sie sicher. Die Engländer kennen nicht den Pfad nach Batoche. Er führt durch die Jagdgründe der Crees. Sollten sie ihn finden, werden ihre Skalpe vor den Tipis der Crees trocknen.»

Emile hatte mit Heham Luta in dem Idiom der Assiniboine gesprochen. Er dankte ihm für seine Worte und übersetzte sie Baptiste und Pierre, die selbst wenig siouanisch verstanden und schon gar nicht, wenn unverfälschtes Dakota gesprochen wurde. Sie verständigten sich mit Indianern meistens in einem Gemisch aus französischen, englischen und allen indianischen Dialekten des Nordwestens zusammengeklaubten Ausdrükken.

Baptiste sann vor sich hin. Er schien noch nicht überzeugt. Ehe er jedoch seine Zweifel äußern konnte, platzte Pierre, der nicht mehr an sich halten konnte, mit einer Neuigkeit heraus. «Späher der Suksis haben gemeldet, viele Engländer reiten heran. Heham Luta und ich haben sie uns angesehen. Es sind zwanzig Reiter. Alle in neuen, grauen Uniformen, wie ich sie vorher noch nie gesehen habe. Sie werden bald hier auftauchen!»

Befriedigt nahm Pierre zur Kenntnis, daß er nun die Aufmerksamkeit der Männer erregt hatte. Emile knetete seine Finger. Tomahawk versuchte ein paar Mal vergeblich, seine Pfeife in Brand zu setzen und Baptiste knurrte: «Da wird es gut sein, wir holen die Gewehre aus dem Haus. Weshalb sind die Krieger der Suksis nicht gleich mitgekommen? Wenn wir kämpfen, benötigen wir jeden Mann.»

Pierre hob wie abwehrend die Hände. «Erstens ist es noch nicht sicher, ob wir kämpfen müssen. Zweitens würde es jetzt zu lange dauern, auch die Frauen und Kinder der Suksis herüber zu schaffen. Und drittens, sollte es wirklich hier zum Kampf kommen, ist es gut, wenn die Suksis die Reiter umgehen und von hinten angreifen. Ich glaube aber, das wird nicht nötig sein, denn . . .» Hier machte Pierre eine bedeutungsvolle Pause. «Der Trupp wird angeführt von dem allseits verehrten Capitaine Dunhill.»

In Tomahawks Herz zog Freude ein. Dunhill hatte die Verabredung eingehalten! Nun konnte Onkel Baptiste nicht mehr die Zunge wetzen, daß der Capitaine ein Engländer sei wie die anderen.

Auch Emile war nicht beunruhigt. Was hatten sie vor zwanzig Reitern zu befürchten? Ironisch wandte er sich an Baptiste. «Laß das Gewehr im Haus, hol lieber das Bandoneon. Wir werden dem Capitaine eins aufspielen.»

Pierre sagte wie beiläufig: «Ach ja, ehe ich es vergesse: Ein guter Bekannter ist dabei, der rothaarige Sergeant Billings!»

Baptiste stand vom Tisch auf. «Nun, da wollen wir sie mit Musik empfangen! Aber das Gewehr bringe ich mit!»

Die Männer brauchten nicht lange zu warten, bis Hufgedröhn die kanadische Kavalkade ankündigte. Die Ranger zügelten ihre Pferde vor der Veranda. Dunhill legte die Hand grüßend an seine Mütze. «Bon soir! Monsieur Destouelle, wir haben einen langen Ritt hinter uns, und eine kleine Erfrischung würde meinen Männern und mir guttun.»

Dunhill wußte die Leute zu nehmen. Ein Appell an die Gastfreundschaft der Métis sicherte ihm von vornherein einen friedfertigen Empfang. Emile antwortete sofort. «Bon soir, mon capitaine! Dort kommen zwei Männer, die Ihre Pferde versorgen werden. Vom Präriestaub können Sie sich am Brunnen befreien. Der Fluß hat noch Schmelzwasser, ist zu kalt für ein Bad. Zu essen findet sich was, es ist kein armes Haus. Und wenn Sie mir die Ehre geben, meinen Apfelschnaps zu probieren, werde ich das zu schätzen wissen.»

Zwei Wolfskrieger waren herangekommen und halfen nun den Kanadiern, einem Wink Heham Lutas folgend, die Tiere zum Corral zu führen.

Das alles ging sehr schnell, doch Emile hatte den mahnenden Blick wohl bemerkt, den Dunhill dem Sergeanten zuwarf, als die Indianer Hand an die Pferde legten.

Billings selbst schien es allerdings entgangen zu sein, denn als einer der Suksis seinen Gaul zum Corral bringen wollte, fauchte er ihn wütend an: «Pfoten weg! Versorge mein Tier selber, verdammter Pferdedieb!»

Zum Glück verstand der Indianer kein Englisch. Und obwohl Billings die Worte leise hervorgestoßen hatte, waren sie doch von Emile und Dunhill gehört worden. Emile zog nur spöttisch die Augenbrauen hoch, der Captain hingegen lief rot an im Gesicht. Er sprang aus dem Sattel und ging auf Billings zu. Ehe der Sergeant wußte, wie ihm geschah, fühlte er einen Hieb von Dunhills Reitgerte auf der Schulter. «Tut mir leid, aber das muß sein! Habe ich nicht ausdrücklich Zurückhaltung empfohlen? Reißen Sie sich von nun an zusammen, damit unsere Mission nicht vorzeitig gefährdet wird!»

Laut genug, damit ihn Emile auch ja höre, ließ Dunhill nun eine Predigt besonderer Art vom Stapel. «Sergeant Billings! Merken Sie sich mal eins: Alle Plainsindianer stehlen Pferde. Jedoch nicht aus Raubgier, sondern aus sportlichem Ehrgeiz. Niemals aber vergreifen sie sich an den ihrer Obhut übergebenen Tieren von Gästen. Schreiben Sie sich das bitte hinter die Ohren! Noch eine Beleidigung unserer Gastgeber, Mann, und ich lasse Sie anbinden!»

Billings ging mit verkniffenem Gesicht davon, und wieder wäre Emile vor Staunen fast die Pfeife aus dem Mund gefallen. Er war fast bereit, seinem Sohn beizustimmen. Dieser Capitaine war ein so übler Kerl nicht, hätte er sonst seinem Sergeanten die Leviten gelesen? Während die Ranger sich säuberten, trieb Emile seine Hausgenossen an, Speisen und Getränke aufzutischen.

Captain Dunhill hatte inzwischen Tomahawk begrüßt und wohlwollend den Bericht über die Vertreibung der Briganten entgegengenommen. Wie nebenbei fragte er: «Wir haben mal wieder einen großen Ritt vor uns. Dieses Mal geht es um höhere Beträge, als ein paar lausige Schmuggler. Ich hoffe, ich kann wie immer auf Ihre Hilfe zählen?»

Diese Aufforderung verwirrte Tomahawk. Jetzt, wo er auf dem besten Wege war, sein unstetes Leben aufzugeben, wo er sogar daran dachte, eine Familie zu gründen, ausgerechnet jetzt mußte der Captain mit einem neuen Auftrag kommen. Anderseits war er dem Offizier verpflichtet. War nicht noch der Dank für die wundervolle Waffe abzustatten? Wann hätte man je im Nordwesten gehört, ein Métis wäre undankbar? Es blieb ihm wohl keine Wahl, er mußte seine heimlichen Pläne bezüglich Mabel und Benny noch einmal aufschieben. Leise sagte er: «Sie können auf mich zählen, Captain.»

Dunhill schlug ihm freundlich auf die Schulter. «Wußte es, mein Bester. Wohin, erfahren Sie in den kommenden Tagen, vielleicht schon morgen. Wir sind jetzt keine einfachen Konstabler mehr.» Dunhill wies auf seine graue Uniform und den aufgenähten Streifen am linken Ärmel: Militia Defence. «Jetzt befehlige ich Ranger, einen Kommandotrupp. Nun aber wollen wir Ihrer verehrten Mutter unsere Aufwartung machen, Fellow!»

Die Kanadier saßen an der kleineren Tafel. An der längeren freuten sich die Métis und Indianer über das neuerliche Mahl. Captain Dunhill runzelte ein wenig die Stirn, als Emile seinen Apfelschnaps kredenzte. «Ich hoffe, Monsieur Destouelle, Sie verkaufen den Assiniboine keinen Schmuggelrum. Sie wissen doch, es ist verboten, an Indianer Schnaps auszuschenken!»

Emile, in seiner guten Meinung über Dunhill beharrend, faßte die Worte als kleine Frozzelei auf und lachte. «Wo denken Sie hin, mon capitaine. Ich bewirte nur die Cousins mit Selbstgebranntem. Probieren Sie ihn nur, und Sie bekommen eine Ahnung vom Paradies.»

Nachdem er den Hausherrn auf einige gesetzliche Bestimmungen hingewiesen hatte, fand Dunhill keinen Grund, sich nicht selber einen Schluck zu gönnen. Er gab auch seinen Rangern einen Wink, nichts zu verschmähen, was ihnen geboten wurde.

Bald mußte der Captain feststellen, daß Emile allen Grund hatte, die Güte seines Apfelschnapses zu preisen. Eine fröhliche Stimmung kam auf. Die Kanadier ließen sich nicht nötigen. Ihren halblauten gelegentlichen Bemerkungen konnte man jedoch entnehmen, wie sehr sie über die Ausgelassenheit der anderen die Nase rümpften. Indes hinderte sie das nicht, den jungen Squaws und besonders Mabel McLellan manch lüsternen Blick zuzuwerfen. Besonders Sergeant Billings starrte immer wieder zu Mabel hin.

Und dann passierte es! Mabel wollte ins Haus, um nach Benny zu sehen. Ehe sie aber hinein kam, sah sie an der Blockhauswand den Schatten eines Mannes hochwachsen. Billings versuchte, die junge Frau im Schutz der Dunkelheit zu bedrängen. Mabel setzte sich energisch zur Wehr, stachelte damit aber die Begierde des Angetrunkenen noch weiter an. Angstvoll und laut rief Mabel um Hilfe.

Plötzlich wirbelte ein im Mondlicht aufblitzender Tomahawk heran und blieb, nur Millimeter von Billings Ohr entfernt, zitternd im Holz stecken. Mabel konnte entkommen, und ehe der Sergeant sich von seinem Schreck erholt hatte, waren Tomahawk und Dunhill zur Stelle.

Tomahawk zog das Beil aus der Wand und drehte sich zornbebend zu Billings um. «Noch einmal solch eine Lumperei, und meine Axt trifft Ihre Stirn, Sergeant!»

Captain Dunhill rief zwei Ranger und ließ Billings fesseln. Nicht genug damit, stießen die Kanadier ihren Sergeanten in einen Schuppen. Dort drin baute sich der Captain vor Billings auf. «Habe ich nicht angekündigt, was Ihnen passieren wird, wenn Sie Schwierigkeiten machen? Mal abgesehen davon, daß die Geschichte Ihren Skalp hätte kosten können, so begreifen Sie bitte endlich, daß jetzt zuviel auf dem Spiel steht.»

Billings konnte seine Wut kaum niederringen. «Habe zuviel von dem Fusel getrunken, Sir. Werde keinen Trouble mehr machen.»

«Bravo! Dann werden Sie sich morgen früh bei der jungen Frau entschuldigen. Bis dahin muß ich Sie leider einsperren, um den Leuten Genugtuung zu verschaffen. Und von nun an eiserne Disziplin, Sergeant!»

Kaum war der Captain jedoch an der Tür des Schuppens, da ließ ihn ein Aufheulen Billings wieder herumfahren. Der Sergeant bot einen schrecklichen Anblick. Sein Gesicht war hochrot angelaufen, und die Augen drängten förmlich aus ihren Höhlen. Er röchelte mehr als er sprach. «Sir, alles – alles will ich tun, was Sie befehlen ..., nur ..., nur nicht ... diese Demütigung.»

Dunhill verstand augenblicklich. Es mußte für Billings ein entsetzlicher Gedanke sein, vor den Augen der Mischlinge und Indianer von seinem Vorgesetzten bestraft zu werden und sich außerdem noch bei einer Red-River-Schottin entschuldigen zu müssen.

Aber Dunhill konnte dem Sergeanten nichts ersparen, wollte er seinen Auftrag ausführen. Einen winzigen Moment schwankte er zwischen Mitgefühl und Subordinationsdenken. Aber schnell siegte letzteres. Seine Lippen bildeten eine schmale Linie, und seine Augen blickten hart. Er dachte daran, daß es besser gewesen wäre, den jähzornigen Sergeanten nicht an diesem Kommando zu beteiligen.

Eigentlich war er schon durch Billings Verhalten vor zwei Wochen gewarnt worden. Dunhill erinnerte sich sehr gut des Gespräches, das sie nach der Überquerung des Red River geführt hatten. Er hatte Billings gefragt: «Wir reiten zum Saskatchewan, Sergeant, wie fühlen Sie sich?» Billings hatte erwidert: «Wenn für ein Kommando nur ledige Burschen ausgesucht werden, kann man sich schon denken, um was es geht. Mir juckt jetzt schon der Skalp. Und dabei dürfen wir nicht mal die Hilfe der Regulären in Anspruch nehmen. Im Gegenteil, wenn ich recht verstanden habe, sollen sie nicht merken, was wir vorhaben.»

«Ganz recht, mein Bester», hatte Dunhill bestätigt. «Und da Sie sich in den Nordsümpfen nicht zurechtfinden, nicht Weg und Steg kennen, werden wir einen kleinen Abstecher an den Souris River machen, um Ihren speziellen Freund Jacques Destouelle alias Tomahawk zu unserer Landpartie einzuladen. Der findet dort droben allemal den Weg und kennt, soviel ich weiß, Riel persönlich. Na, wie gefällt Ihnen das, Sergeant?»

Billings hatte nur geflucht. «Bei diesem Bastard um Hilfe bitten? Das kann nicht Ihr Ernst sein, Sir!»

Genau an dieser Stelle hätte Dunhill erkennen müssen, wie viele Reibungsflächen zwischen Tomahawk und Billings entstehen würden. Aber anstatt den Sergeanten zurückzuschicken, hatte er ihn gebeten, sich bei der Aktion Zügel anzulegen.

Heute nun erntete Captain Dunhill die Früchte seiner Unentschlossenheit. Doch jetzt konnte er nicht mehr zurück. Brauchte er Tomahawk als Pfadfinder und darüber hinaus noch als einen Mann, der das Vertrauen Louis Riels besaß, so konnte er ebensowenig auf den Draufgänger Billings verzichten, dem er den besonders widerlichen Teil seines Auftrages zugedacht hatte. Eins war in diesem Augenblick nur sicher: Er mußte die beiden ständig beobachten, um den Befehl des Colonels ausführen zu können. Er kannte diesen Befehl noch nicht einmal bis in die letzte Einzelheit. Vor dem Aufbruch hatte ihm Dennis nur einen versiegelten Brief ausgehändigt, mit der Weisung: «In diesem Schreiben sind die Ordern enthalten, die gültig werden, wenn Sie Riel und Lépine in der Hand haben. Erst dann zu öffnen. Und merken Sie sich, der Inhalt des Briefes ist unverschlüsselt, weil wir keine Zeit für die Ausarbeitung eines Codes haben.»

Dunhill hätte Gott und die Welt ob seines Dilemmas verfluchen mögen. Er ging zur Veranda zurück, wo nach dem Vorfall das Fest jäh beendet war. Der Captain stotterte für seinen Sergeanten einige Entschuldigungen heraus, die mit kühler Höflichkeit entgegengenommen wurden. Was er aber dann zufällig von Heham Luta hörte, ließ ihn glauben, Gott hätte sich seiner in der Not doch wieder erbarmt.

Heham Luta besprach nämlich ziemlich offen einige Dinge, die seine Reise zu den Crees betrafen. Dunhill bekam große Ohren. Wenn dieser junge Suksisjoketuk mitspielte, bot sich ihm überraschend eine Lösung seines Problems. Mit Ungeduld wartete er, daß die Indianer zum Lager zurückkehrten. Als es soweit war, sprach er Heham Luta an.

Zuerst verstand die Rote Eule nicht, was der weiße Offizier

von ihm wollte, da sich Dunhill in dem üblichen Idiomgemisch, wie er von Weißen im Umgang mit Indianern bevorzugt wurde, nur mangelhaft ausdrücken konnte. Doch dann begriff Heham Luta: Die Engländer wollten nach Batoche, und der befehligende Offizier wünschte unter dem Schutz der Suksisjoketuks durch das Land der Crees zu reiten.

Heham Luta gab seine Bedenken kund: «Unsere Brüder haben das Kriegsbeil ausgegraben. Kommen wir mit englischen Kriegern in ihr Jagdgebiet, werden sie auch uns für Feinde halten.»

Dunhill biß sich auf die Lippen. Er hatte solch eine offene Ablehnung nicht erwartet. Doch konnte er nicht umhin, die Argumente des Indianers anzuerkennen. Was aber nicht bedeutete, daß er seinen Vorsatz fallen ließ. Er nahm einen neuen Anlauf. «Mein junger roter Bruder spricht Worte, die eines Weisen im Rat der Alten würdig sind. Sein weißer Freund hat dieses auch bedacht. Deshalb möchte er sagen, es werden nur die Hälfte der Soldaten reiten. Außerdem bekommen die Suksisjoketuks für ihre Hilfe neue Gewehre, solche, wie Tomahawk eines besitzt.»

Dieser Schuß traf ins Schwarze. Heham Luta konnte solch einem Angebot nicht widerstehen. Gewehre, mit denen man mehrere Male schießen konnte, ohne laden zu müssen! Welches Ansehen würde er im Stamm genießen, brachte er die Wolfsbande mit solchen Waffen ausgerüstet zurück. Er legte die Hand aufs Herz und sagte: «Wenn der befehligende Offizier nur so viel Krieger mitnimmt, wie Finger an beiden Händen sind, ist er den Suksisjoketuks willkommen. Ich habe gesprochen!»

Na, also! Warum nicht gleich so? Dreißig Rothäute wogen zehn Ranger auf. Mann, Billings, hast du Glück! Die Sonderaufgabe, die du nun bekommst, wird nach deinem Geschmack sein. Ja, da wäre also nur noch mein lieber Spürhund in das Reiseziel einzuweihen. Wird der nicht erschrecken, wenn ich sage, um was es geht? Egal, wissen muß er es. Wird aber gut sein, ihm eine passende fiction unterzujubeln.

Beschäftigt mit diesen Gedanken, schritt Dunhill zügig zum Wohnhaus zurück. Er wollte Tomahawk die Legende servieren, ehe jemand auftauchte, der die Mär, die er so gut erfunden zu haben glaubte, zerstören könnte.

Dunhill hatte insofern die Gunst der Stunde auf seiner Seite, als er Tomahawk auf der Veranda antraf, wo der Spürhund noch eine Pfeife schmauchte. Allerdings mußte der Captain auch die Anwesenheit des alten Destouelle und der Brüder Sayer in Kauf nehmen. Ein Umstand, der ihn bewog, ohne Umschweife seine Geschichte an den Mann zu bringen.

«Messieurs! Ich habe keine Zeit zu verlieren. Wie Sie wissen, ist die Regierung Assiniboias nach Batoche gegangen. Ein schwerwiegender Fehler, denn unterdes haben böswillige Kreise Premierminister Macdonald eingeblasen, Louis Riel und Ambroise Lépine hätten illegal die Macht im Nordwesten an sich gerissen. Daraufhin hat die Dominionsregierung Riel und Lépine zu Rebellen erklärt und ihre Verbannung in den Norden angeordnet.»

Einen Augenblick wartete Dunhill auf die Wirkung seiner Worte. Emile und Tomahawk starrten ihn sprachlos an, Pierre hielt den Kopf gesenkt und schnitzte an einem Stück Holz, als ginge ihn das alles nichts an. Baptiste aber schnaufte schwer und stieß böse hervor: «Habe ich es nicht gesagt, contre-révolution und Verrat gehen um.»

Der Captain nickte und sein Gesicht schien auszudrücken, er teile die Sorgen dieser Männer. Dann fuhr er fort: «Es gibt sichere Anzeichen dafür, daß die reguläre Armee Batoche stürmen will, um Louis Riel und Ambroise Lépine ins Gefängnis zu bringen. Zum Glück gibt es ein paar einflußreiche Leute in Kanada, die Wortbruch verabscheuen und die Schande der Regierung abwaschen möchten. Sie haben mich beauftragt, Louis Riel zu warnen. Dabei, Tomahawk, benötige ich Ihre Hilfe. Sie kennen den Weg nach Batoche, und Louis Riel wird Ihnen vertrauen. Noch vor Morgengrauen werden wir aufbrechen.»

Dunhill wandte sich nun an Emile. «Monsieur Destouelle,

zuvorkommenderweise haben sich die Krieger der Suksisjoketuks bereit erklärt, mich zum Saskatchewan zu begleiten, so daß ich die Hälfte meiner Mannschaft entbehren kann. Ich bitte Sie, meinen Rangern Logis zu gewähren, bis wir von Batoche zurück sind.»

Emile blickte von einem zum anderen. Seinem Sohn sah er an, daß der mit dem Captain reiten würde. Emile hätte nicht sagen können, was seinen Argwohn wachgerufen, aber in Dunhills Worten hatte etwas gelegen, das ihn mißtrauisch stimmte. So äußerte er sich sehr vorsichtig. «Selbstverständlich können Ihre Männer Quartier auf der Station machen, nur – Sie werden verzeihen, Ihre Nachrichten überraschen uns. Wir haben bisher dem Wort der Dominionsregierung vertraut – und nun das?»

Dunhill lächelte, eine kleine Spur zu überheblich, wie Emile fand. «Leider kann ich keine anderen Nachrichten verkünden. Die Gefahr für die führenden Köpfe der Métis ist groß und Eile geboten.»

Doch Emile wurde immer hellhöriger. Er bedauerte, daß ausgerechnet jetzt, wo er Dunhill ein paar verfängliche Fragen stellen wollte, Tomahawk aufstand, um aus dem Haus eine Kruke Apfelschnaps zu holen. Es widerstrebte ihm aber, vor all diesen Männern dem Sohn zu befehlen, sitzenzubleiben. Seine Fragen stellte er dennoch: «Wir haben die Nachricht vernommen, mon capitaine, doch warum wollen Sie nach Batoche? Mein Sohn kann Ihre großherzige Warnung unserem Präsidenten überbringen!»

Dunhill wollte aufbrausen, fing sich jedoch wieder und rang sich ein verbindliches Lächeln ab. «Gewiß haben Sie recht, Monsieur Destouelle, aber es gibt die von mir erwähnten Persönlichkeiten. Die haben mir ein Schreiben ausgehändigt, das besagt, daß ich Vollmachten für offizielle Verhandlungen mit dem verehrten Präsidenten Riel besitze. Ich muß also selbst in Batoche vorsprechen. Natürlich hätte ich irgendeinen Indianerscout verpflichten können, aber ich möchte unbedingt Ihren Sohn dabei haben, der Louis Riel persönlich kennt, und zu dem ich das allergrößte Vertrauen habe. Fragen wir ihn doch selbst.»

In diesem Augenblick hatte Tomahawk die Veranda wieder betreten. Er hatte wohl die letzten Worte des Captains gehört und fühlte sich geschmeichelt. Deshalb rief er, ohne zu überlegen: «Naturellement, mon capitaine, ich bin Ihr Mann!»

Betroffen sah Emile den Sohn an, dessen Augen Entschlossenheit verrieten. Vielleicht hätte er sich in diesem Augenblick mit Dunhills Vorhaben abgefunden. Doch für den Bruchteil einer Sekunde bemerkte er auf Dunhills Gesicht den Ausdruck höhnischen Triumphes. Sofort wurde sein Mißtrauen wieder geschürt. Er stemmte die Fäuste in die Hüften und sagte: «Moment, capitaine! So ohne weiteres wird mein Sohn nicht mit Ihnen reiten können. Das muß erst in der Familie besprochen werden. Sie werden verstehen, es steht viel Arbeit ins Haus. Ich muß Sie um etwas Geduld bitten.»

Dunhill mochte zwar keine Verzögerung, da er sich seiner Sache jedoch sicher wähnte, antwortete er mit einem spöttischen Unterton in der Stimme: «Ich werde es nicht an Geduld fehlen lassen. Doch Sie sehen mich leicht befremdet. Ihr Sohn ist mündig. Bedarf er noch der väterlichen Genehmigung?»

«Es geht nicht darum, ob mein Kleiner mündig ist oder nicht. Métis treffen wichtige Entscheidungen im Familienkreis.»

Emile forderte Tomahawk auf, sich ins Haus zu begeben und deutete den Brüdern Sayer an, ihm zu folgen.

Ärgerlich verfolgte Dunhill, wie die Männer die Veranda verließen. Ehe auch Emile sich zurückziehen konnte, wurde er nochmals von Dunhill angesprochen. «Gehören denn die Nachbarn auch zur Familie? Aber das ist Ihre Angelegenheit. Ich möchte nur an unser bisheriges gutes Einvernehmen erinnern. Daran soll sich doch nichts ändern. Für meine Person bin ich immer zu Entgegenkommen bereit.»

«Wie soll ich das verstehen?»

Überdeutlich zeichnete sich der Spott auf Dunhills Miene ab. «Aber mein Bester, habe ich nicht stillschweigend übersehen, daß Sie den Indianern Schnaps verabreichen, obwohl es verboten ist? Ich hoffe deshalb, auch Sie legen mir keine Hindernisse in den Weg.»

Es dauerte einige Sekunden, bis Emile die unverhüllte Drohung in Dunhills Worten begriff. Doch dann drehte er sich abrupt um und ging ins Haus.

Der Captain aber war wieder einmal zufrieden mit sich. Seine Bemerkung über den Schnapsausschank an die Assiniboine würde den Alten schon gefügig machen. Vergnügt vor sich hinpfeifend, schlenderte er zu dem Schuppen, in dem sich Billings befand.

Captain Dunhill hätte es sicher nicht für möglich gehalten, daß ausgerechnet der so unscheinbar wirkende Baptiste Sayer die Situation im Nordwesten richtig einschätzte.

In der Tat hatten Louis Riel und Ambroise Lépine einen folgenschweren Fehler begangen, als sie den Beschluß faßten, die Combattantenhundertschaften aufzulösen und die Regierung sowie das Comité National nach Batoche zu schicken.

In Ottawa war es Christian Schulz und seinen Parteigängern gelungen, die öffentliche Meinung gegen die «blutdürstigen Mischlingsrebellen» aufzuwiegeln. Die Stimmung schlug vollständig zuungunsten der Métis um, als durchsickerte, an Milizen würden Landbonusse für das Nordwestterritorium ausgegeben. Es waren ihrer zu viele, die in Ontario darauf warteten, endlich am Red River und am Saskatchewan siedeln zu können.

Macdonald wurde jedoch nicht nur von der breiten Masse bedrängt, der «Bastardrevolte» ein Ende zu bereiten. Auch gewichtige Bankkreise, die im großzügigen Weizenanbau und im Eisenbahnbau investierten, stellten sich hinter die Forderungen der Canada Party.

Die Stellung des Premiers im Kabinett und im Parlament wurde unsicherer. Um nicht seinen Sturz zu riskieren, schwenkte er im März auf die Linie der Liquidierung der Republik Assiniboia ein.

Unverzüglich setzte er die in der Manitoba-Act zugesicherten bewaffneten Kräfte in Marsch. Wohl hatte er die Forderung Londons akzeptiert, die reguläre Armee solle das Unternehmen durchführen, insgeheim hatte er aber lediglich durch Kuriere die Kavallerie in Fort Qu'Appelle alarmiert.

Für den Marsch nach Fort Garry war das Kommando an Colonel Dennis übergeben worden. Der wiederum sorgte für eine primäre Rolle der Miliz und erhöhte die Zahl der aufgebotenen Truppen auf zwölfhundert Mann.

Hatte Macdonald noch befohlen, die Regierung Riel abzusetzen und Louis Riel und Ambroise Lépine zu verbannen, ging Dennis einen Schritt darüber hinaus. Eingedenk der Schlappen, die ihm die Métis und Schotten bereitet hatten, sagte er sich nicht zu Unrecht, daß sich die Métis unter der Führung Riels und Lépines erneut sammeln und zum Kampf stellen würden. Also, schlußfolgerte er, müsse man die Köpfe abschlagen. Und zwar mit scharfem Schwertstreich. Nicht mit Verbannungsurteilen. Wozu hatte er die Rangertruppe geschaffen, wenn nicht für geheime Kommandounternehmen solcher Art?

Um auch ganz sicher zu gehen, daß ihm die Métis bei seinen Absichten nicht zuvorkamen, trieb Dennis seine Truppen in Eilmärschen über die schwierige, von Portagen und reißenden Flüssen durchzogene Route. In der Tat gelangten die von ihm geführten Milizen und Polizeitruppen geraume Zeit vor dem vereinbarten Termin nach Fort Garry. Dennoch blieb ihm ein voller Erfolg versagt. Einer der angeworbenen Scouts hörte bei jeder Rast die von Rachsucht triefenden Haßreden der Milizen. Für die Erschießung von Thomas Scott und für die Niederlagen bei Stone Fort und Portage la Prairie wollte man abrechnen.

Der Scout machte sich beizeiten aus dem Staube und erreichte Fort Garry einige Tage vor den Heerscharen des Colonel Dennis. Er konnte Louis Riel warnen.

Riel wollte sich zum Kampf stellen. Aber man riet ihm, unverzüglich nach Batoche aufzubrechen. Auch Gabriel

Dumont verlangte von Riel, Fort Garry zu verlassen, weil er jetzt in Batoche gebraucht würde.

Während Dennis an der Spitze seiner Truppen vom Westen her in Fort Garry einzog, hatte Louis Riel mit einigen Métis, die sich den besonderen Haß der Kanadier zugezogen, die Stadt durch das Südtor verlassen. Mit den Milizen waren die rüdesten Anhänger der Canada Party nach Fort Garry zurückgekehrt. Auch Christian Schulz und der Hotelier Smith.

So also standen die Dinge für Dunhill, dem eins jetzt nicht passieren durfte: daß Tomahawk sich weigerte, mit nach Batoche zu reiten.

Billings saß auf einem Fellstapel. Seine Hände steckten in den Hosentaschen. Die zerschnittenen Fesselstricke lagen auf dem Boden. Einer der Ranger hatte seinen Sergeanten bereits befreit. Dunhill tat, als bemerke er es nicht. Er bot Billings Tabak und Papier an und setzte selbst eine Zigarette in Brand. Nach ein paar Zügen sagte er: «Sie brauchen nicht mehr diese Schottenlady um Verzeihung zu bitten. Aber mit hinaus in die Plains und in den Busch, das schlagen Sie sich aus dem Kopf.»

«Was Sie befehlen, führe ich aus.»

Dunhill nickte zufrieden. «Da kann ich Sie also allein nach Fort Garry zurückschicken? Oder wollen Sie lieber hier auf der Station auf meine Rückkehr warten?»

Billings erblaßte. Beides konnte für ihn den Tod bedeuten. Da er die Menschen nach seinem eigenen Charakter einschätzte, konnte er gar nicht daran zweifeln, daß er, allein in der Gewalt der Métis gelassen, bald mit durchschnittener Kehle in einer Senke liegen würde.

Mit Genugtuung konstatierte Dunhill das Erschrecken Billings. Genau in dieser Verfassung wollte er ihn haben, um ihn mit seinen Plänen vertraut zu machen. «Kein angenehmer Gedanke, diesen Coyoten ausgeliefert zu sein, was? Und der Suksishäuptling ist gewiß auch nicht abgeneigt, einen frischen Skalp an den Gürtel zu stecken.» Dunhill lachte leise. «Aber er wird auf Ihren Schopf verzichten müssen, Sergeant. Er begleitet mich nämlich samt seiner Bande nach Norden. Und deshalb will ich nur acht, höchstens zehn Ranger mitnehmen. Die anderen werden als Gäste des alten Destouelle auf der Station bis zu meiner Rückkehr bleiben. Na, wie finden Sie das? Selbstverständlich unter Ihrem Kommando!»

Dunhill ließ Billings Zeit, die neue Konstellation wenigstens halbwegs zu begreifen. Als er sah, wie der Sergeant wieder Farbe bekam, setzte er hinzu: «Und nun hören Sie gut zu! Sind wir etwa einen halben Tagesritt entfernt, setzen Sie die Bastarde und ihre schottischen Schützlinge auf Nummer Sicher. Niemand von ihnen darf die Station verlassen! Arretieren Sie auch jeden, der während meiner Abwesenheit hier aufkreuzt. Und nun das Wichtigste: Fällt der erste Schnee, und ich bin noch nicht wieder aufgetaucht, haben Sie und Ihre Männer völlig freie Hand. Nur eines muß garantiert sein: Keiner darf überleben! Einschließlich der Frauen und Kinder!»

Deutlich war auf Billings wüstem Gesicht abzulesen, wie sehr ihm dieser Auftrag gefiel. Er erhob sich, salutierte und versicherte Dunhill, dem Befehl Folge zu leisten. Eine Frage konnte er sich aber nicht verkneifen. «Was wird aus dem Spürhund, Sir?»

Dunhill winkte ab. «Lassen Sie das meine Sorge sein. Sie werden ihn nicht wiedersehen.» Dunhill hob die Fesseln wieder auf. «Nun aber noch eine kleine Manipulation. Heben Sie schön die Pfötchen auf den Rücken. Ich binde sie nur pro forma zusammen. Ganz leicht abzustreifen. Aber erst, wenn wir losgeritten sind.»

Während sich im Schuppen Dunhill und Billings über ihr weiteres Vorgehen einigten, wurde im Wohnhaus laut und hitzig beraten. Emile hatte die Frauen angehalten, die Unterkünfte für die ihm aufgedrängten Gäste herzurichten. So blieben die Männer unter sich.

Sie hockten auf den Bänken um einen langen Tisch. Nur Tomahawk stand, auf seine Winchester gestützt, am Kamin. Sein Verhalten allein schon drückte heftigen Widerspruch zu den Ansichten seines Vaters und der Sayers aus.

Emile erklärte offen, er wittere unlautere Absichten des Captains mit seiner Reise nach Batoche. Den Einwand des Sohnes, Dunhills Vorhaben, die Métisführer zu warnen, bestätige dessen Ehrenhaftigkeit, entkräftete er sofort. «Warum begnügt er sich dann nicht damit, dich nach Batoche zu schicken?»

«Der capitaine ist ein bevollmächtigter Vertreter der Dominionsregierung ...»

«Alle diese Vertreter haben bisher nur versucht, uns hinters Licht zu führen.»

Baptiste war derselben Meinung. «Der capitaine will den besten Weg zum Hauptquartier Louis Riels ausspionieren. Dabei darf ihm kein Métis helfen!»

Tomahawk blieb halsstarrig. «Der capitaine ist unser Freund. Habt ihr nicht gesehen, wie er Billings bestraft hat?»

Nun mischte sich Pierre in das Gespräch. «Vielleicht ist Dunhill ein anständiger Mensch, der den Métis nichts Übles antun will. Aber kein Engländer hat etwas in Batoche verloren. Kennen sie erst den Pfad dorthin, dann dauert es nicht lange, und hinter den Rangern kommen die regulären Truppen.»

Nun glaubte Tomahawk, noch einen Trumpf ausspielen zu können. «Die Regulären sitzen in Qu'Appelle. Von dort ist es nicht weit bis nach Batoche. Hätte capitaine Dunhill Böses im Sinn, brauchte er nur auf die Armee zurückzugreifen. Er aber will Schlimmes verhindern, deswegen reitet er selbst. Und ich werde ihn führen, das hab ich versprochen.»

Pierre, ruhig wie immer, bat Tomahawk, es sich noch einmal zu überlegen, ehe Schaden entstehen könne.

Tomahawk hielt Pierre den Brass Boy unter die Nase. «Diese Waffe habe ich bekommen, weil ich immer ehrenhaft gehandelt habe. Soll man mir nachsagen können, ich sei wortbrüchig geworden?»

Emile sprang so abrupt auf, daß die Bank umfiel. Er preßte die Fäuste gegeneinander. «Genug der Komödie! Dein sauberer capitaine hat mir soeben den Schnapsausschank an die

Cousins unter die Nase gerieben. Das war eine Drohung. Ich soll zustimmen, daß du ihn nach Batoche bringst. Ohne dich fehlt ihm der Mut, ins Métisland oder in die Jagdgründe der Crees zu reiten. Er weiß genau, wie kurz seine Reise wäre. Jetzt entscheide ich: Heham Luta wird mit den Rangern reiten. Er wird sie zu den Crees führen. Von da ab werden Heham Luta und der capitaine allein nach Batoche reiten. Brütet der capitaine einen Schurkenstreich aus, werden die Crees seinen Skalp nehmen. Ich habe gesprochen!»

Tomahawk war bei den Worten seines Vaters aschfahl geworden. Mühsam rang er sich seine Worte ab. «Eure Beschuldigungen sind so ungeheuerlich, daß ich nicht glauben kann, ihr habt sie ausgesprochen. Ich schäme mich für euch. Und ich sage jedem: Capitaine Dunhill steht unter meinem Schutz. Ich werde ihn nicht in die Messer der Crees laufen lassen. Jetzt rufe ich den capitaine und er wird euch sagen, daß er notfalls auch mit mir allein reiten wird.» Um auch seinen Entschluß als unabänderlich zu bekräftigen, schloß Tomahawk ebenfalls mit dem üblichen: «Ich habe gesprochen!»

Kaum waren die Worte des Spürhundes verklungen, betrat Captain Dunhill das Wohnhaus. Tomahawk – bestrebt, es den anderen zu beweisen – stellte ihm die angekündigte Frage. Doch Dunhills Geduld war bereits überstrapaziert worden. Er antwortete barsch: «Ohne uniformierte Begleiter würde meine Mission in Batoche inoffiziell erscheinen. Deswegen reitet die Hälfte meiner Mannschaft mit. Dabei bleibt es!» Und an Tomahawk gewandt: «Halten Sie sich zum Morgengrauen bereit! Und keine Ausflüchte mehr, schließlich habe ich Sie gut bezahlt, und Sie erinnern sich bitte daran, was Sie mir in Fort Garry versprochen haben, junger Mann!»

Tomahawk schluckte. Mit dieser Reaktion Dunhills hatte er nicht gerechnet. Und es schien für einen Augenblick, als wollte die bei den Métis tief verwurzelte Ehrfurcht des Sohnes vor dem Vater in ihm die Oberhand gewinnen. Doch da verlor der alte Destouelle die Nerven.

Wie von Sinnen sprang er auf Tomahawk zu und schrie,

Speichel versprühend: «Mon dieu! Unglaublich! Ein Bubenstück, abgesprochen schon in Fort Garry. Und du spielst uns hier noch Theater vor. Ich kann dich nicht mehr meinen Sohn nennen!»

Unwillkürlich wich Tomahawk einen Schritt zurück. Doch Emile raste. Seine Hand fuhr in den Westenausschnitt des Sohnes, und mit einem Ruck hatte er Tomahawks Schärpe hervorgerissen. Vor Zorn bebend schwenkte er das Tuch umher und schrie außer sich: «Geh! Du bist nicht würdig, die Schärpe zu tragen! Ehrlos sollst du sein für immer, du Coquin!»

Alles hatte sich so schnell abgespielt, daß niemand eingreifen konnte. Tomahawk zitterte wie im Schüttelfrost. Er stieß unartikulierte Laute hervor, die niemand verstand.

Baptiste und Pierre waren zutiefst erschrocken, denn Emile hatte etwas Entsetzliches begangen, er hatte den Bannfluch des Métisvolkes auf den Sohn herabgerufen.

Emile wollte schwerfällig weggehen, doch in der Tür erschienen die Frauen. Wohl oder übel mußte Emile den Vorfall erklären. Das aber machte die Demütigung für Tomahawk noch größer. Vor allem, weil nun auch Mabel zugegen war. Freilich dauerte es eine Weile, ehe die McLellan-Frauen begriffen, daß etwas Unglaubliches vor sich gegangen war. Nur Tschintschapé erfaßte sofort die Situation. Sie schluchzte wild und verzweifelt auf. Mabel sandte erschrockene Blicke zwischen Vater und Sohn hin und her und schaute dann Tschintschapé hilfeheischend an, als könne die Mutter das Geschehene rückgängig machen. Doch deren Augen verrieten ihr, wie schwer Emiles Tat wiegen mochte.

Einzig Charity McLellan war nicht gesonnen, nur unbeteiligte Zuschauerin zu sein. Sie faßte Emile am Rock und dröhnte: «Also, das hätt ich nun nicht von Emile Destouelle gedacht, daß er sein eigen Fleisch und Blut verstößt. Der junge Springinsfeld mag ja Fehler haben, aber er ist ein ehrbarer, guter Junge. Ich kenne mich aus mit Mannsbildern.»

Behutsam löste Emile Charitys Finger von seiner Jacke und

bemühte sich, höflich zu bleiben. «Madame, Sie sind mein Gast, und ich schätze Ihre Meinung, aber ich muß Sie bitten, sich hier nicht einzumischen.» Damit verließ er endgültig den Raum.

Jetzt konnte Mabel ihre Tränen nicht mehr zurückhalten. Weinend trat sie an Tomahawk heran und streichelte seine Hände. Der Spürhund zitterte nicht mehr. Er wehrte aber Mabels Geste ab. Nur unendlich traurig schaute er sie und seine Mutter an. Dann gab er sich einen Ruck. Ohne die anderen im Raum weiter zu beachten, wandte er sich an Captain Dunhill, der die Szene mit Spannung beobachtet hatte. «In einer Stunde, Sir, bin ich marschbereit. Gehen wir und bereiten die Suksisjoketuks auf den Aufbruch vor.»

Auf der Veranda holte ihn Dunhill ein. «Wird Ihr Vater Sie nicht gewaltsam an dem Ritt hindern wollen?»

Tomahawk blickte erstaunt auf. Zum ersten Mal dämmerte es ihm, daß der Captain, der soviel von seiner Freundschaft zu den Nordwestlern hermachte, die Mentalität dieser Menschen gar nicht kannte. Solch eine Frage zu stellen! Kein Métis würde einen Métis berühren, dem eben die Schärpe abgenommen worden war. Ein Métis ohne Schärpe war ein Aussätziger, und er wurde so behandelt. Schlimmer noch, er wurde nicht mehr als Mensch gezählt.

Aber in seinen Adern floß auch Indianerblut. Hätte er sich nicht auch als Suksisjoketuk gefühlt, er wäre in den Busch gegangen, hätte keine Nahrung mehr zu sich genommen, und in ein paar Wochen wären von ihm nur noch abgenagte bleiche Knochen im besten Fall übriggeblieben. So jedoch war er auch Anführer des Wolfsbundes und deswegen imstande, sein Versprechen dem Captain gegenüber einzulösen. Daß er sich dabei sterbenselend fühlte, durfte nicht Dunhills Angelegenheit sein.

Überhaupt fand Tomahawk, einige Dinge gingen den Captain wirklich nichts an. So war er überzeugt, Pierre und Baptiste würden hinter den Rangern ebenfalls nach Batoche aufbrechen, um Louis Riel zu informieren. Und Emile geizte gewiß nicht mit guten Pferden für die Brüder, damit sie noch vor den Rangern eintrafen.

Noch immer durchbebte den Spürhund der ihm vom Vater angetane Schimpf. Er lachte bitter auf. «Keine Sorge, Sir! Niemand wird mich zurückhalten.» Es tat ihm dann gut, daß Heham Luta keine Fragen stellte, als er ohne Schärpe vor ihn hintrat. Sicherlich baute der Suksisjoketuk darauf, daß Tomahawk sprechen würde, wenn er die Zeit für gekommen hielt.

Als der Himmel sich im Osten blaß färbte, verließ Dunhills Schar die Station. Der Captain hatte Billings noch einmal seine Befehle eingeschärft. Und weil sich die Wolfskrieger von ihren Frauen und Kindern verabschiedet hatten, ließ es Tomahawk geschehen, daß Mabel und Tschintschapé ihm ein Stück Weges das Geleit gaben. Tschintschapé sagte: «Mein Sohn Tomahawk wird zurückkommen. Dann aber wird er eine Flöte schnitzen und dem Goldhaarmädchen Mabel ein Lied vorspielen.»

Tomahawk schoß das Blut ins Gesicht. Es war Brauch bei den Assiniboine, daß ein junger Bursche um die Auserkorene mittels Flötenspiel zu werben hatte. Zart strich Tomahawk über Tschintschapés grauen Scheitel. «Deine Worte machen mein Herz glücklich. Ich werde zurückkommen und mir die Schärpe erkämpfen. Du aber kannst inzwischen einen guten Weidenbaum aussuchen, dessen Rinde für eine Flöte geeignet ist.»

Wenn nach den aufregenden Tagen und den traurigen Ereignissen auf der Station jemand glücklich war, dann Tschintschapé, als sie Mabel den Arm um die Schulter legte und mit ihr zurückging.

Die Ranger ritten zu zweit aufgerückt. Die Suksisjoketuks ritten nach Indianerart einer hinter dem anderen. Der Kolonne etwa eine halbe Meile voraus trabten Tomahawk und Heham Luta. Sie brauchten ihre Aufgabe, einen Pfad zu suchen, nicht besonders ernst zu nehmen. Sie befanden sich noch in den

Jagdgründen der Assiniboine und kannten jeden Strauch, jeden Baum. Zudem war ihnen der Weg nach Batoche nicht fremd. So hatten sie Muße, sich des schönen Frühlingswetters zu erfreuen, und machten einander aufmerksam auf die Boten des nahenden Sommers. Die Hufe ihrer Pferde scheuchten Heuschrecken auf, Zikaden zirpten, Admirale und andere Schmetterlinge flatterten vor ihnen her. Auch den Kolibri bekamen sie schon zu Gesicht, ein sicheres Zeichen für einen frühen und heißen Sommer.

Die Ranger hingegen hatten weder Augen noch Ohren für den besonderen Zauber dieses Rittes. Für sie war die Prärie eine eintönige Hügellandschaft, hin und wieder nur von kleinen Gehölzen in Talmulden unterbrochen, in denen die Nachtlager aufgeschlagen wurden. Als dann die Baumgruppen allmählich zu Waldstreifen und schließlich zu dichtem Urwald zusammenwuchsen, fluchten sie nur noch.

Es war nun kein ideales Gelände mehr für Berittene, wurden sie doch oft von niedergebrochenen Baumriesen am zügigen Reiten gehindert und mußten ebensooft Tümpel, kleine Seen und Sümpfe umreiten. Hinzu kam, daß die Sonne von Tag zu Tag heißer brannte und Scharen von Moskitos über die Kanadier herfielen, die den Blutsaugern ausgeliefert waren, weil sie sich weigerten, ihre Gesichter und bloßen Körperstellen wie die Indianer mit Bärenfett dagegen zu schützen.

Endlich, nach zwei Wochen, hatte sich die Kavalkade durch den Busch gearbeitet und fand sich am Südufer des Assiniboine River wieder. Tomahawk ließ die Ranger aufschließen und machte Captain Dunhill den Vorschlag, einige Meilen stromaufwärts Rast in dem Handelsfort Ellice einzulegen. Dunhill aber fragte, ob der Fluß an dieser Stelle überquert werden könnte. Als Tomahawk bejahte, befahl der Captain, sofort weiterzureiten.

Als sie das andere Ufer erreicht hatten, sahen sie sich einer Kolonne schwerfälliger Planwagen gegenüber, die sich an einem sanft zum Fluß abfallenden Hügel stauten. Solche Wagen waren in Kanada selten. Doch Dunhill, Tomahawk und Heham Luta hatten dergleichen schon in Amerika gesehen, und sie wußten, was das bedeutete.

Ehe sie aber ihre Meinung über den Treck austauschen konnten, lief ein untersetzter Mann in der Wildlederbekleidung eines Voyageurs herbei. Er stellte sich kurz als der Treckführer vor, der «Heimstätter» zu ihrem Siedlungsgebiet führen sollte. Er wies Dunhill ein Zertifikat vor, das der Captain bereits kannte. Es war einer der Landbonusse, die von der Dominionsregierung an ehemalige Milizen ausgegeben worden waren.

Dunhill sah sich einer vertrackten Situation gegenüber. Die Treckleute waren ehemalige Kameraden, denen er behilflich sein mußte. Andererseits durfte er sich jetzt kein Fehlverhalten leisten, wollte er nicht den Argwohn der Indianer und Tomahawks wecken. Innerlich fluchte er, weil der Treckführer sich laut und lange über die Siedlungsabsichten der Trecker und über die Bedeutung der Bonusse ausließ. Er ahnte nicht, daß sein Spürhund den Inhalt des vorgezeigten Zertifikates mit raschem Blick erfaßt hatte. Und da kam auch schon der Ärger, den Dunhill befürchtete. Der Treckführer wandte sich an Tomahawk, den er für einen Indianer hielt: «Kommt man an dieser Stelle mit dem Wagen über den Fluß? Ist hier eine Furt?»

Der Treckführer sprach in dem an der Grenze üblichen Idiom, so konnten ihn auch die Suksisjoketuks verstehen. Tomahawk sah keinen Grund, dem Manne den Glauben zu zerstören, daß er mit einem Indianer sprach. Auch er bediente sich des Jargons, als er gemächlich antwortete. «Nun, Mister, hier ist eine Furt und noch eine gibt es weiter oben bei Fort Ellice. Aber für Sie kommen beide nicht in Frage.»

Mehr amüsiert als ärgerlich lachte der Treckführer. «Nichts für ungut, Bursche, aber wenn dieser Fluß der Assiniboine River ist, wird für uns jede Furt richtig sein.»

Tomahawk ging nicht auf den leichten Ton ein. «Es ist der Assiniboine River, und er heißt so, weil er durch das Land der Assiniboine fließt. Ein Irrtum also, daß für kanadische

Siedler Fluß und Furt richtig sind.» Tomahawk beschrieb mit der Hand einen Kreis. «Alles Land westlich und südlich von hier gehört den Assiniboine, den Métis und den Schotten. Das Land östlich und nördlich aber den Crees und den Métis. Deshalb, Mister, sind Sie im Irrtum. Sie suchen gewiß einen Fluß in Kanada, in einem Gebiet, das den Kanadiern gehört. Ich habe gesprochen!»

Der kanadische Voyageur setzte den Gewehrkolben auf die Erde, zog den Tabaksbeutel hervor, verteilte Papier und wartete, bis Tomahawk, Heham Luta und Dunhill ihre Zigaretten in Brand gesetzt hatten. Dann, nach einem tiefen Zug, sagte er überraschend friedfertig: «Was du da vorgebracht hast, klingt plausibel, nur», er wies mit dem Daumen über die Schultern zum Treck, «diese braven Leute dahinten werden es nicht so finden. Warum sollten sie es auch, wo sie ein verbrieftes Recht auf Siedlung in den Händen haben. Und ich werde dafür bezahlt, sie in ihr gelobtes Land zu führen. Nun gut, sie könnten sich den Flußübergang mit Gewalt erzwingen. Aber weshalb sagt der Captain nicht mal seine Meinung?»

Dunhill bemerkte den Spott und das Lauern im Tonfall des Mannes und hätte ihn am liebsten über den Haufen geritten. Doch er behielt die Nerven, weil er an seine Aufgabe dachte. Auch fühlte er, wie Tomahawk und Heham Luta auf seine Antwort warteten. Also versuchte er den Weg des geringsten Widerstandes zu gehen. «Soviel mir bekannt ist, gibt es hierzulande keine Homestead Act wie drunten in den Staaten. Ich müßte eigentlich die Überquerung verhindern, Mister. Aber auch ich möchte keinen Trouble. Besprechen Sie sich erstmal mit Ihren Leuten. Recht so?»

Der Treckführer schien Dunhills Situation erkannt zu haben, denn er warf die Rifle über die Schulter. «Okay, kommen Sie in einer Viertelstunde zu den Wagen, dann werden wir weitersehen.»

Während der Treckführer davonschlenderte, beobachtete Tomahawk den Captain. Dessen Verhalten gefiel ihm nicht.

Fragen taten sich auf. Warum hatte Dunhill den Siedlern nicht strikt die Umkehr befohlen?

Als der Captain nach verstrichener Frist zu dem Treck hinüberschritt, zog Heham Luta seinen Blutsbruder beiseite. Die Rote Eule schlug vor, zwei Wolfskrieger sollten sich mit der für die Crees bestimmten Ponyherde aus dem Staub machen. Das ließ sich am besten bewerkstelligen, wenn man die Herde unbemerkt durch einen kleinen Cañon in das Gebiet der Crees trieb. Heham Luta gedachte damit zwei Fliegen zu schlagen: Die wertvollen Ponys nahmen keinen Schaden bei einer eventuellen Auseinandersetzung mit den Siedlern, und die Crees wurden dadurch auf die Notlage ihrer Freunde aufmerksam. Es war sicher, daß vom Zeitpunkt der Pferdeübergabe an die Späher der Crees das Expeditionscorps Dunhills nicht mehr aus den Augen lassen würden.

Zu diesem Plan verlangte Heham Luta nun die Zustimmung Tomahawks, dem es nicht schwerfiel, den Plan gutzuheißen. Er ahnte jedoch, daß sein Blutsbruder noch mehr auf dem Herzen hatte. Und da sprach es Heham Luta auch schon aus. «Du hast noch nie so viele Wagen auf einmal gesehen?»

Tomahawk verneinte, doch ehe er eine weitere Frage stellen konnte, kam Captain Dunhill frohgelaunt auf sie zu. «Heh, Burschen, auf die Gäule! Es geht weiter. Die Trecker geben auf. Los, los, meine Ranger sind schon marschbereit!»

Heham Luta galoppierte zu den Suksis. Tomahawk schwang sich in den Sattel und drängte sein Pferd an Dunhills Seite. Mit der Hand wies er nach vorn, wo sich tatsächlich die schweren Planwagen in Bewegung setzten. Doch anstatt zurück, in die Richtung, aus der sie gekommen waren, schaukelten sie der Furt bei Fort Ellice entgegen.

«Warum kehrt der Treck nicht um? Haben Sie es den Siedlern nicht befohlen, Sir?»

Dunhill warf seinem Spürhund einen raschen Blick zu. «Haben Sie nicht gesehen, wie gut bewaffnet die Leute sind?»

Trocken erwiderte Tomahawk: «Wir sind auch gut bewaffnet, Captain.»

Dunhill, nach den Verhandlungen mit den Siedlern, bei denen er hatte klein beigeben müssen, nun des Gespräches darüber überdrüssig, wehrte unwillig ab. «Well, Tomahawk, wir hätten, hätten ..., aber wir haben eine Aufgabe zu erfüllen, die keinen Zeitverlust duldet.»

Wohl war Tomahawk über Dunhills schroffen Ton erneut betroffen, doch der Hinweis, für Riel und Lépine zu reiten, verfehlte seine Wirkung nicht. Er richtete sich im Sattel auf und rief: «Hiyoupo, Captain! Dann wollen wir den Pferden die Sporen geben!»

Dunhill hatte Mühe, mit Tomahawk auf gleicher Höhe zu bleiben. Nun aber gedachte er, dem Spürhund eine Frage zu stellen, denn zu seinem Befremden sah er, wie sich über einen Hügeleinschnitt eine Staubwolke bildete. Er wollte seinen Monatssold gegen einen Sixpence wetten, wenn hinter den gelbgrauen Schwaden nicht die Ponyherde der Suksisjoketuks in das Tal stob. Es gelang ihm, Tomahawks Grauen einzuholen und den Reiter zu einem leichten Trab zu bewegen. «Wie es aussieht, sind den Suksis die Gäule durchgegangen. Oder irre ich mich?»

Die Frage nach der Ponyherde traf Tomahawk unvermutet. Er überlegte schnell und murmelte schließlich, die Indianer hätten die Tiere aus Angst vor einer Schießerei in Sicherheit gebracht.

Dunhill mußte sich mit der Antwort zufriedengeben oder bei den Suksis selbst nachfragen. Das Letztere war ein aussichtsloses Unterfangen. So begnügte er sich mit der ironischen Bemerkung: «Gescheite Leute, Ihre Cousins!»

Schweigend ritt Tomahawk dem Busch entgegen. Er wollte in der Nähe Heham Lutas sein, der ihn schon ungeduldig erwartete. «Mein Bruder soll wissen, worüber ich nachgedacht habe. Wir dürfen keinem Engländer mehr vertrauen. Die gute alte Mutter jenseits des großen Wassers hat versprochen, ihre Kinder, die Assiniboine, zu beschützen. Du, Bruder, verstehst dich auf die Geheimnisse des sprechenden Papiers, schreibe der guten Mutter, was hier geschieht, und sie wird die schlechten Engländer bestrafen.»

Tomahawk antwortete, daß er dazu den Rat des Präsidenten Louis Riel einholen müsse. Und sicher würde es auch zu einem Gespräch zwischen Dunhill und Riel kommen. Vielleicht sei dann vieles klarer.

Heham Luta blieb mißtrauisch, kam aber in den nächsten Tagen nicht mehr darauf zu sprechen.

Zu der Zeit, als Tomahawk seinem Blutsbruder vorschlug, den Rat Louis Riels abzuwarten, geschahen in Batoche Dinge, die das Geschehen nachhaltig beeinflussen sollten.

Gabriel Dumonts Jäger führten drei Offiziere der regulären kanadischen Armee zu Ambroise Lépine. Einer der Offiziere trug eine weiße Flagge, die ihn als Parlamentär kennzeichnete. Der vorsichtige Dumont hatte den Dreien die Augen verbinden lassen und erst im Blockhaus Lépines wurden ihnen die Binden entfernt.

Die drei Leutnants kamen von Fort Qu'Appelle im Auftrag Major Effingtons und hatten einen Brief für Louis Riel und Ambroise Lépine zu überbringen.

Lépine bewirtete die Offiziere, dachte aber nicht im entferntesten daran, die Schreiben ohne Louis Riel zur Kenntnis zu nehmen. Bald darauf traf Riel ein, und die Briefe wurden geöffnet. Ihr Inhalt besagte nicht mehr und nicht weniger, als daß Louis Riel und Ambroise Lépine von der Regierung des Dominion of Canada zu Rebellen erklärt und des Landes verwiesen worden seien. Da sich beide bisher nicht dem Verbannungsurteil unterworfen hätten, würden sie nun aufgefordert, sich Major Effington in Fort Qu'Appelle zu stellen, der sie nach Alaska geleiten würde.

Riel hatte mit leiser Stimme vorgelesen, ließ, als er geendet hatte, die Briefe sinken und blickte zu seinen Gefährten. Lépine lachte dröhnend auf und schlug sich auf die Schenkel. Dumont jedoch stand langsam auf und humpelte, so schnell es sein zerschossenes Knie zuließ, auf die Parlamentäre zu. Sein Gesicht war von Haß und Wut verzerrt. Ehe es jemand verhindern konnte, schlug er dem größten der Kanadier die

Faust unter das Kinn. Der Mann fiel lautlos um. Gabriel zischte mit Schaum vor dem Mund: «Ihr Kanaillen!»

Lépine riß den Rasenden zurück, und als der auch auf seinen Kameraden einschlug, hob ihn der schwarzbärtige Hüne einfach auf, trug ihn durch den Raum, um ihn bei Louis Riel abzusetzen. Erst Riel gelang es, den Büffeljäger zu beruhigen. Dann entschuldigte er sich bei den Kanadiern für den Zwischenfall. Er gab ihnen die Briefe zurück.

«Gentlemen, Sie werden sicher aus Batoche herausgebracht. Sie werden verstehen, daß wir Ihnen noch einmal die Augen verbinden. Mehr wird Ihnen nicht geschehen. Ihrem Major richten Sie bitte aus, kein Métis untersteht kanadischer Gerichtsbarkeit. Ebensowenig hat es weder die kanadische Regierung noch ihre Armee zu kümmern, welches Amt von wem in der freien Republik des Nordwestens eingenommen wird. Darüber entscheiden nur die Nordwestler und auch darüber, wann und warum einer ein Amt niederzulegen hat. Und nun, Gentlemen, hören Sie gut zu: Da ich noch immer der rechtmäßige Präsident der Provisorischen Regierung Assiniboias bin, ordne ich an, daß Major Effington, der sich unserer Regierung nicht unterordnet, als Rebell zu betrachten ist und unverzüglich den Nordwesten zu verlassen hat. Sollte er sich weigern, werden wir zur geeigneten Zeit Mittel und Wege finden, unseren Anordnungen Nachdruck zu verleihen. Warnen möchte ich deshalb vor einem unbedachten Schritt des Majors Effington. Er wäre schlecht beraten, schickte er seine Soldaten in das Métisland. Auch die Crees werden dem Marsch einer Armee-Einheit durch ihre Jagdgründe nicht tatenlos zusehen.»

Die Parlamentäre waren froh, unter dem Schutz der Combattanten diesen für Kanadier so gefährlichen Landstrich verlassen zu können.

Captain Dunhill sah Fort Qu'Appelle als das Ende der Welt an. Er nannte es drastisch «den Arsch der Welt». Aber es half ihm nichts, hier mußte er für mehrere Tage mit seiner Streitmacht Station machen. Die Tiere und Menschen hatten eine Rast nötig, und außerdem war hier die letzte Gelegenheit, sich mit Verpflegung einzudecken. Von hier bis Batoche gab es weder eine Handelsstation noch das kümmerliche Blockhaus eines Trappers. Qu'Appelle lag bereits im Gebiet der Crees. Das zeigte sich unter anderem daran, daß rings um die hölzernen Palisaden ein dreißig Fuß breiter Erdstreifen gezogen war, von dem buchstäblich jeder kleine Strauch, ja jedes Grasbüschel entfernt worden war. «Freies Schußfeld für meine Männer, falls die Crees mal übermütig werden», erläuterte Major Effington diese Maßnahme seinem Gast.

Effington war zwar erstaunt über Dunhills Ankunft, betrachtete sie aber als ein freudiges Ereignis, als eine willkommene Unterbrechung des stupiden Dienstes in der Einöde. Er tat alles, um den Gästen den Aufenthalt so angenehm wie möglich zu gestalten und sie zu längerem Verweilen zu veranlassen. Nur die Indianer wollte er nicht innerhalb der Palisaden wissen.

«Sie haben sich da mit einer Garde dunkelhäutiger Ehrenmänner umgeben, mein lieber Dunhill, da könnte man fast um Ihren Skalp fürchten. Scheinen Assiniboine zu sein? Diese Brüder halten Freundschaft mit den Crees. Seien Sie auf der Hut. Ins Fort lassen wir die Herrschaften besser nicht herein.»

Dunhill lachte. «Die Ehrenmänner brauche ich, wenn ich gute Pfade nach Batoche erkunden will, wie es der Stab der Miliz von mir verlangt. Aber bitte, Sie sind der Hausherr! Nur möchte ich Sie bitten, eine Ausnahme mit meinem Spürhund zu machen.»

Effington lachte. «Der berühmte Tomahawk? Selbstverständlich bleibt der an Ihrer Seite, Captain. Zwischen der Unterkunft für die Ranger und Ihrem Zimmer ist so ein Korridor, in dem eine Pritsche steht. Wenn es beliebt, quartieren wir den Mister dort ein.»

«Einverstanden, lieber Effington, ich bin Ihnen zu Dank verpflichtet.»

Effington hob abwehrend die Hände. «Ich bitte Sie! Ich

würde mich freuen, wenn Sie heute abend mit meinen Offizieren an einem kleinen Essen teilnähmen.»

«Mit dem größten Vergnügen», versicherte Dunhill.

«Nun gut, dann laß ich Sie jetzt allein, damit Sie sich in aller Ruhe einrichten können.»

Sinnend blickte Dunhill ihm nach, und er nahm sich fest vor, seinen Aufenthalt im Fort nicht eine Stunde länger als unbedingt nötig auszudehnen. Dann rief er nach Tomahawk und teilte dem Spürhund mit, wie die Quartierfrage für ihn und die Indianer nach des Majors Willen geregelt sei.

Tomahawk informierte die Wolfskrieger, die unverzüglich daran gingen, aus Baumstangen, Decken und Fellen provisorische Tipis in etwa hundert Yard Entfernung vom Fort aufzuschlagen. Heham Luta fand es gut, außerhalb des Forts zu kampieren. «So können wir uns ungesehen mit den Crees treffen.»

Im Fort kam Tomahawk gerade zurecht, um dem Captain beim Auspacken seiner Habseligkeiten zu helfen. Als er jedoch die Kartentasche des Offiziers zum Spind tragen wollte, riß Dunhill sie ihm unbeherrscht aus den Händen.

Tomahawk wunderte sich. Was für Kostbarkeiten schleppte der Captain mit sich herum? Er nahm sich vor, die Tasche nicht aus den Augen zu lassen. Vielleicht war ihm der Captain noch mal dankbar dafür.

Die Unterkünfte für die Gäste bestanden aus einem langen Raum, in dem sich die Ranger aufhielten, in Tomahawks schlauchartigem Zwischenzimmer und in Dunhills geräumiger Kammer. Letztere war mit Spind, Feldbett, mehreren Stühlen, einem Rundtisch und einem kleinen Arbeitstisch fast luxuriös eingerichtet. Aber allen drei Räumen war gemeinsam, daß die Palisaden die Außenwände bildeten. Demzufolge gab es auch keine Fenster, sondern Schießscharten, vor denen Hirschhäute hingen. Wollte man das Tageslicht hereinlassen, wurden die Häute beiseite geschlagen und zur Nacht wieder heruntergelassen.

Dunhill hatte das Leder vor den Schießscharten seines

Zimmers sorgfältig aufgerollt. Die Hitze im Raum empfand er als unerträglich. Doch frische Luft von draußen erhoffte er vergebens, seit dem frühen Morgen lag eine ungewöhnliche Schwüle über dem Land.

Tomahawk betrat Dunhills Kammer, nachdem ihn der Captain hereingerufen hatte. «Was halten Sie vom Wetter? Wird es ein Gewitter geben?»

«Oh ja, Sir, ganz sicher kommt ein Gewitter auf. Über dem Wald ballen sich die Wolken. Ich fürchte nur, es wird nicht regnen. Das ist gefährlich, leicht kann ein Präriebrand oder noch schlimmer ein Buschbrand aufflammen. Man sollte auf der Hut sein.»

Die letzten Worte hörte Major Effington, der Dunhill noch einmal sprechen wollte, und eine Flasche Whisky mitgebracht hatte. Als er Tomahawks Warnung vernahm, lachte er geringschätzig. «Wir haben nichts zu befürchten. Was immer auch brennen mag, der Wald oder die Prärie, bis zu den Palisaden gelangen die Flammen nicht. Unser Erdstreifen schützt uns davor.»

Tomahawk verließ den Raum und ging zum Camp der Suksis. Dort baute man die Tipis wieder ab und verlud sie eilends auf Travois. Tomahawks fragenden Blick beantwortete Heham Luta mit einem Fingerzeig zum Himmel, der sich immer mehr verdunkelte. Erklärend setzte die Rote Eule hinzu: «Spät wird der Regen fallen. Vorher wird die Prärie brennen. Die Crees haben uns eine Schlucht hinter den Büschen gezeigt. Dort wird das Feuer nicht hingelangen. Komm mit uns, Bruder.»

Tomahawk schüttelte den Kopf und erklärte, daß er sich jetzt nicht aus der Nähe des Captains entfernen dürfe, weil die Soldaten im Fort das mit Sicherheit ausbrechende Feuer nicht als Gefahr erkennen wollten.

Heham Luta nickte und zog Tomahawk zu einem kleinen Gehölz. Dort standen mehrere Crees. Die Anwesenheit dieser Indianer überraschte Tomahawk nicht, wohl aber ihre Gesichtsbemalung. Sie hatten die Farben des Krieges angelegt.

Nach der Begrüßung und dem Austausch der Höflichkeiten nahm der Anführer der Crees das Wort. «Es ist gut, daß die Krieger der Crees durch Tomahawk Augen und Ohren im Fort haben!»

Tomahawk glaubte beschwichtigen zu müssen. «Die Allagaschima» – er gebrauchte das algonkische Wort der Crees für Engländer – «sind nicht als Feinde in das Land der Crees gekommen.»

«Ich habe es gehört. Es wird ihnen auch nichts geschehen. Nur die Soldaten im Fort sind unsere Feinde.»

Tomahawk wußte nun, daß von ihm verlangt wurde, Angriffsabsichten der Crees nicht zu verraten und sich aus dem Geplänkel herauszuhalten. Als Gegenleistung gewährten die Crees Dunhills Truppe den Status der Neutralität. Und allein das letztere war für Tomahawk ausschlaggebend. Er war Dunhills Spürhund. Die Armee ging ihn nichts an.

Er zog seinen Tabaksbeutel und bot den Indianern daraus an. Der Worte bedurfte es danach nicht mehr. Die Crees vertrauten ihm, und er wußte, sie würden ihr Versprechen halten und die Ranger nicht angreifen.

Als das Fort vor ihm auftauchte, wirbelte eine Sturmböe Staubfontänen an dem Erdstreifen hoch und ließ entwurzelte Salbeisträucher über den Boden tanzen. Das erwartete Gewitter stand unmittelbar bevor.

Major Effington und Captain Dunhill hatten der Flasche Whisky indessen den Hals gebrochen. Dabei blieb es nicht aus, daß sie auch über ihre dienstlichen Angelegenheiten schwatzten.

Effington brachte als erster das Gespräch darauf. «Sie wollen also ins Creegebiet hinaus, Jim?» Offensichtlich wollte Effington mit der persönlichen Anrede auf die alte Freundschaft anspielen und Rangunterschiede beiseiteschieben.

Dunhill ging auf den Plauderton gern ein, konnte er so seine Mission damit leichter verschleiern. «Well, ich soll im Regierungsauftrag befahrbare Wege zum unteren Saskatchewan erkunden.»

Effington lachte auf. «Was sich die Herren in den Stäben so alles ausdenken. Befahrbare Wege zum Saskatchewan! Da kommt man kaum mit den Pferden hin, geschweige mit Wagen. Na ja, wer weiß in Ottawa schon, wie es hier im Nordwesten aussieht? Ich hab auch solch einen famosen Auftrag. Soll hier im Fort die Rebellenführer Riel und Lépine festnehmen und sie dann nach Alaska bringen. Da hab ich nun ein paar Offiziere nach der Residenz der Bastardhäuptlinge mit einer entsprechenden Einladung an die Gentlemen geschickt und sogar eine schriftliche Antwort erhalten. Da, lesen Sie den Wisch!»

Er schob ein Schriftstück über den Tisch, doch als der aufmerksam gewordene Dunhill lesen wollte, winkte er ab. «Vertiefen Sie sich nachher darin, Jim. Lassen Sie uns jetzt lieber den Whisky genießen.»

Wohl oder übel mußte Dunhill mittrinken, wollte er sich nicht anmerken lassen, wie sehr ihn Effingtons Mitteilung erregt hatte. Nach einigen weiteren Gläsern trieb er das Gespräch in die gewünschte Richtung. Der Major, den der Whisky redselig gemacht hatte, gab sich jetzt sehr überlegen.

«Wenn diese Bastardchefs nicht freiwillig aus ihrem Fuchsbau herauskommen, muß ich wohl oder übel mein Bataillon nach Batoche führen und die Halunken dort verhaften. Schätze, daß das nicht ohne Balgerei abgehen wird.»

Wieder goß Effington die Gläser voll und wieder mußte ihm Dunhill Bescheid tun. Dabei raste der Captain innerlich vor Wut, daß er hier mitsaufen mußte, anstatt in Ruhe überlegen zu können, wie er seine Aufgabe erfüllen sollte, ohne daß ihm Effington zuvorkam. Ihm fiel die geheime Order ein, die in seiner Kartentasche lag. Wie aus weiter Ferne hörte er Effingtons Worte: «... dachte, Jim, Sie und Ihre Jungs könnten mich begleiten? Eine bessere Gelegenheit, das Gelände am Saskatchewan zu erkunden, bietet sich so schnell nicht wieder. Was halten Sie davon?»

Gar nichts hielt Dunhill davon, denn er erinnerte sich der

Worte seines Vorgesetzten Colonel Dennis, die regulären Soldaten nicht nur aus dem Spiel zu lassen, sondern auch unbedingt vor ihnen bei Riel zu sein. In seinem Gehirn, das nun auch unter der Wirkung des Alkohols litt, rumorte nur ein Gedanke: Raus hier und die Geheimorder lesen!

Mühsam erhob er sich und bat Effington um Bedenkzeit bis zum Abend, da er sich noch etwas ausruhen wolle und auch seine eigene Befehlssituation überdenken müsse.

Arglos nickte der Major. «Well, dann bis zum Abend, Jim.»

Als Dunhill in seiner Unterkunft die Kartentasche öffnete, grollte Donner auf, und Blitze zuckten über den schwarzen Himmel. Schweißüberströmt drehte Dunhill den Brief in den Händen. Ihm war heiß von der Schwüle, vom Whisky und von dem Gedanken, den Brief entgegen dem Befehl schon jetzt zu öffnen. Erst wenn er Riel und Lépine in sicherem Gewahrsam hatte, sollte er die Order zur Kenntnis nehmen. Doch dann drang durch sein vernebeltes Gehirn ein Satz des Colonel, den er bei der Übergabe des Briefes fallen gelassen hatte: «... oder wenn eine außergewöhnliche Situation Sie dazu zwingt.»

Verdammt wollte er sein, wenn er sich jetzt nicht in solch einer Situation befand! Er drohte mit der Faust einem imaginären Zuschauer und riß mit einem raschen Entschluß den Umschlag auf. Seine glasigen Augen hatten Mühe, den Text zu erfassen, und als er die ersten Worte gelesen hatte, glaubte er, doch einen Code vor sich zu haben. Was er dann schließlich erfaßte, trieb ihm erneut den Schweiß in den Nacken. Doch nun war es kalter Schweiß.

Seine Trunkenheit wich. Noch einmal überflog er den Text. Da stand es schwarz auf weiß: «Nach Festnahme sind die Rebellen unverzüglich zu erschießen! Um Komplikationen zu vermeiden, sei zu berichten, die Rebellenführer hätten versucht, sich ihrer Verhaftung durch Flucht zu entziehen ...»

«Hell and devils», fluchte Dunhill, «diese Idioten verhängen Todesurteile über Leute, die sie gar nicht haben, und ich soll sie da draußen im Busch vollstrecken. Billings, du hast den richtigen Riecher gehabt! Ein Selbstmordkommando führe ich an. So ein Wahnsinn, Riel und Lépine in Batoche umzulegen!»

Er warf den Brief in die Kartentasche zurück und war zu wütend, um sich davon zu überzeugen, daß er gut verstaut und die Tasche ordentlich verschlossen war.

In seinem Spind wußte er eine Flasche Fusel. Die setzte er jetzt an und brabbelte vor sich hin: «Well, Selbstmord, so oder so! Aus Batoche komme ich nicht mehr mit heilem Skalp heraus, und führe ich den Befehl nicht aus, kostet es mindestens die Karriere, wenn nicht gar den Kopf.»

Dann fiel ihm der Antwortbrief von Louis Riel ein, den ihm Effington überlassen hatte. Er zog ihn aus der Tasche und hoffte, daß er irgendeinen Hinweis enthalte, der ihn veranlassen könnte, die Regulären vor seinen Karren zu spannen. Doch Riels Antwort war so eindeutig, daß ihm klar wurde, ein Anschlag auf Riel und Lépine in Batoche würde den Kopf kosten, wie immer er auch ausgehen sollte.

Dunhill rülpste und ging schwerfällig aus dem Zimmer. Er mußte seinen Zorn irgendwo abreagieren, und sei es an seinen Rangern. Wie er an Tomahawks Pritsche vorbeikam, durchzuckte es ihn wie eine Erleuchtung. Er erkannte die Lösung seines Problems. Mit der Hand schlug er sich vor die Stirn. «Nicht in Batoche, hier in Qu'Appelle muß die Sache steigen! Mein Spürhund wird mir die Rebellenchefs aus Batoche herausholen. Ich brauch nicht mal meine Stiefelspitze in das Lausenest zu setzen.»

Und schon wieder bester Laune, lachte er vor sich hin: «No, mein guter Effington, aus unserem gemeinsamen Ausflug nach Batoche wird nichts!»

Er riß die Hirschhaut von der Schießscharte im Rangerraum, um das Wetter zu begutachten. Die Ranger spielten an einem langen Tisch Karten. Von den Pferdeställen sah er Tomahawk heraneilen. Der Wind riß Dunhill das Wildleder aus der Hand. Ein greller Blitz blendete ihn, und als der Spürhund in die Unterkunft stürzte, ließ ein schwerer

Donnerschlag die Hütte erbeben. Die Ranger sprangen auf. Blitz auf Blitz zuckte hernieder, von schweren Donnerschlägen begleitet. Tomahawk rief: «Es geht los. Vor uns hat der Blitz den Busch in Brand gesetzt.»

Die Ranger und auch Dunhill liefen hinaus. Über den Dächern ihrer Unterkünfte zogen sich Laufstege hin, ursprünglich für Schützen gebaut, falls das Fort angegriffen würde. Von dort aus konnte man jetzt das Naturschauspiel wie von einer Tribüne aus betrachten. In der Tat loderten im Wald an verschiedenen Stellen Brände auf, die schnell zu einer Flammenwand zusammenwuchsen. Es stellte sich heraus, daß das Feuer an dem Erdstreifen, der das Fort umgab, seine Grenze fand. Nur vereinzelte verkohlte Blätter trieb der Wind heran, und die zunehmende Hitze machte sich bemerkbar. Effington rief Dunhill zu, er freue sich, seinen Gästen solch eine Unterhaltung bieten zu können.

Auch Tomahawk hatte sich auf das Dach begeben. Er wartete gespannt, ob die Crees den Buschbrand für einen Angriff ausnutzen würden. Doch weit und breit war kein Indianer zu sehen. Wie sollten sie auch? Die Feuerwand im Busch ließ sie nicht durchkommen. Und von der anderen Seite, von der Prärie oder vom Fluß aus wären sie schon von weitem entdeckt worden.

Plötzlich stutzte Tomahawk. Die Feuersbrunst machte ihn aufmerksamer. Was sich da als riesiges Flammenmeer dem unerfahrenen Auge darbot, war in Wahrheit nur ein langer, schmaler Buschstreifen, der zwar mächtig loderte, aber wie Tomahawk erkannte, bald niedergebrannt sein mußte. Damit aber war für den gestandenen Prärieläufer klar, dieses Feuer war nicht vom Blitz angezündet. Und wie zur Bestätigung seiner Vermutung sah er runde Feuerbälle von zwei Fuß Durchmesser über den Erdstreifen auf die Palisaden zutrudeln. Es waren zu Kugeln geformte, brennende Salbeibüsche, die die knochentrockenen Palisadenlatten sofort in Brand setzten. Niemals, so erkannte Tomahawk, hätte der Wind die Flammenbüsche auf das Fort zutreiben können, im Gegenteil, der Sog des Feuers hätte sie zum Brand gezogen. Also mußten sie mittels Pfeile oder Schleudern abgeschossen worden sein, um in die gewünschte Richtung zu fliegen.

Das war der Angriff der Crees. Sie nutzten tatsächlich das Gewitter, und mit welchem Effekt. Ehe sich die überraschten Fortinsassen besannen, brannte die gesamte, dem Wald zugekehrte Palisadenfront lichterloh. Effingtons laute Befehlsstimme löste den Schock der Soldaten und Ranger. Hastig bildeten sie nun Löschketten, um des Feuers Herr zu werden. Das gelang aber nur teilweise, denn es waren schon wertvolle Minuten vertrödelt worden. Besonders aber Dunhills Herberge drohte dem Brand zum Opfer zu fallen, denn die Flammen hatten sich bereits im Raum bis zur niedrigen Decke hin hochfressen können.

Captain Dunhill war beim ersten Anzeichen einer Gefahr von der Brüstung zum Hof hinabgesprungen. Von dort aus befahl er den Rangern, seine Habe und vor allem seine Kartentasche zu retten. Erst befahl er, dann beschwor er seine Leute, zum Schluß verlegte er sich aufs Bitten. Aber er konnte niemanden dazu bewegen, sich in das Inferno zu stürzen.

Auch Tomahawk, den das Gejammer des Captains erbarmte, zeigte keine übermäßige Lust, sich Dunhill zuliebe versengen zu lassen. Erst als er ein paar Mal das Wort Kartentasche hörte, änderte er seine Meinung. Ihm war eingefallen, welches Wesen Dunhill vor einigen Stunden noch um diese Tasche gemacht hatte. Ihr Inhalt mußte wertvoll sein. Der Einsatz konnte sich lohnen.

Er riß einem Ranger den gefüllten Eimer aus den Händen und übergoß sich mit Wasser. Sekunden später blickte er mit vor Hitze und Rauch entzündeten Augen in dem Raum umher, der einmal Dunhills Kammer war. Spind, Bett und Tisch brannten. Von der Decke fielen glühende Bretter und Balkenteile herab. Tomahawk hob die Arme schützend über den Kopf und wollte unverrichteter Dinge seine Haut in Sicherheit bringen. Da sah er neben dem zusammengestürzten Tisch die Kartentasche, an deren Nähten die Flämmchen hin und her liefen. Die Tasche stand offen, ein Brief war herausgerutscht, der sich in der nächsten Sekunde in der Glut krümmen würde, um dann zu Asche zusammenzufallen. Tomahawk riß das Papier an sich und stopfte es in seine Westentasche. Er wollte die Tasche greifen, doch ein Knistern und Knarren ließ ihn hochblicken und sofort zurückspringen. Ein brennender Dekkenbalken stürzte hernieder, eine Funkengarbe stob auf.

Tomahawk hielt es für angebracht, sich schnellstens in Sicherheit zu bringen. Als er zum Zwischenraum hinausstürzte, nahm er noch seinen Brass Boy, der an einem Nagel über der Pritsche hing, mit. Schweratmend setzte er sich im Hof auf einen umgekippten Zuber. Als Dunhill ihn ansprach, konnte er nicht antworten, denn ein starker Husten schüttelte ihn. Immer wieder fragte Dunhill nach der Kartentasche, bis der Spürhund krächzte: «Die Tasche? Die Tasche ist hin, verschmort.»

Dunhill wollte es noch einmal hören. «Ganz und gar verbrannt, Tomahawk?»

Der Bursche nickte und wies mit dem Daumen zu ihren ehemaligen Unterkünften, wo mit Getöse der Rest des Daches einstürzte. «Ganz und gar verbrannt, wie unser schönes Quartier, Captain!»

Dunhill lachte zur Verwunderung seines Spürhundes auf. «Na, auch gut! Viel wert war das alte Ding ja nicht mehr.» Tomahawk glaubte nicht recht zu hören. Wegen etwas Wertlosem hatte ihn Dunhill doch nicht fast angefleht, die Tasche zu holen. Irgend etwas stimmte nicht.

Er konnte nicht wissen, daß dem Captain eben ein Gedanke gekommen war, den dieser für eine grandiose Idee hielt: War die Tasche verbrannt, war auch der Geheimbefehl vernichtet. Er konnte, ja er durfte von dessen Inhalt zu diesem Zeitpunkt noch gar keine Kenntnis haben. Ohne gegen seinen Auftrag gehandelt zu haben, konnte er nun fast reinen Gewissens seine selbstmörderische Expedition abbrechen. Colonel Dennis mußte das Wirken höherer Gewalt akzeptieren, zumal er, Dunhill, solch einen glaubwürdigen Zeugen besaß wie Major Effington.

Ganz in diesen Gedanken verliebt, überhörte er beinahe

Tomahawks Frage, der mit dem Kopf auf die Trümmerstätte deutete: «Den Rest des Feuers kriegen die Soldaten auch ohne mich klein. An unserer Behausung ist sowieso nichts zu retten, da kann ich wohl mal nachsehen, wie die Cousins den Brand überstanden haben?»

«Gewiß, schauen Sie, ob keiner unserer Freunde zu Schaden gekommen ist.»

Noch immer in Hochstimmung ob der vermeintlichen Lösung seines Problems traf Dunhill auf Effington. Der Major schwitzte und sah abgespannt aus. «Scheint, Sie haben Ihre ganze Habe verloren?»

«Was kann ich schon groß an Hab und Gut verlieren? Ein bißchen Tabak und meine Kartentasche sind verschmort. Leider auch meine Befehle, soweit sie mir schriftlich übermittelt wurden. Ich werde zurück müssen und meinen Vorgesetzten berichten. Es könnte nichts schaden, wenn Sie mir ein Schreiben mitgäben, in dem Sie das Brandunglück bestätigen.»

Nachdenklich wiegte Effington den Kopf hin und her und strich sich über den von Rußflocken gesprenkelten Backenbart. «Ich glaube nicht an ein Unglück. Zufällig war ein alter Trapper im Fort, der erzählte, er hätte schon mal Ähnliches mit den Sioux erlebt. Da wären auch brennende Salbeibüsche auf ein Blockhaus zugetrieben worden. Dieser gewiefte Mountedman ist der Ansicht, daß unsere Crees oder Mestizen die Kampfart der Sioux kopiert haben. Allerdings mit mehr Mühe, denn Präriesalbei ist hier nicht so dicht gewachsen wie in Montana oder Wyoming. Kurz und gut, der Alte hat sich draußen mal umgetan und eine interessante Entdeckung gemacht. Der Busch hat nur in einem Streifen von zweihundert Yard Länge und nicht mal zwanzig Yard Breite gebrannt. Dann kam eine natürliche Schneise, hinter der erst der knochentrockene Holzbestand beginnt. Unser Freund meint, hätte ein Blitz das Feuer gezündet, dann hinter der Schneise und nicht in dem grünen Streifen so nahe beim Fort. Außerdem hat er einen starken Büffelbogen gefunden, mit dem man überlange Pfeile verschießen kann. Was sagen Sie dazu?»

Dunhill schluckte. Was sollte er dazu sagen? Wenn es sich so verhielt, wie Effington es darstellte – und Dunhill fand keinen Grund, die Glaubwürdigkeit des Majors anzuzweifeln – lief es darauf hinaus, daß die Kavallerie ins Creegebiet hinaus mußte, um die mutmaßlichen Brandstifter zu fangen und zu bestrafen. Das aber bedeutete, Major Effington würde von seinem Recht als Ranghöherer Gebrauch machen, und die Ranger in seine Absichten einbeziehen.

Damit aber fielen Dunhills Pläne der unverzüglichen Rückkehr ins Wasser, und die schöne Legende vom Unglück, die er dem Colonel aufzutischen gedachte, platzte schon, bevor sie richtig Gestalt annehmen konnte, wie eine Seifenblase. Effington würde an dem Märchen nicht mitspinnen.

Und da kam es auch schon: «Well, Captain, meine Pläne sind durchkreuzt worden und damit leider auch die Ihren. Muß Sie bitten, sich zu meiner Verfügung bereit zu halten. Ich denke mir das so: Werde meine Reiter nun schon morgen oder übermorgen zum Saskatchewan schicken. Ja, ich werde die Truppe selber begleiten, damit wir bei dieser Gelegenheit gleich in Batoche reinen Tisch schaffen können. Wird mir eine Freude sein, die Bastardchefs in Ketten über die Grenze zu bringen. Kann aber das Fort nicht nur mit Leuten, die innendiensttauglich sind, besetzt halten. Deshalb sollen Sie während meiner Abwesenheit hier das Kommando übernehmen. Ich denke, Sie sind einverstanden!»

Der Schlamassel war perfekt. Kein Gedanke mehr, sich vor dem befohlenen Auftrag zu drücken. Aber ungewollt kam ihm der Major eigentlich mit seinem Vorschlag entgegen. Es kam jetzt nur darauf an, die Suksisjoketuks und den Spürhund schneller in Marsch zu setzen. Also mußte dieser verflixte Tomahawk her. Und zwar so rasch als möglich.

Dunhill stellte sich vorschriftsmäßig in Positur. «Well, Sir, geben Sie Ihre Befehle. Ich werde sie befolgen. Darf ich aber eine Bitte äußern?» Als Effington nickte, unterbreitete Dunhill einen Vorschlag. «Meine Suksis können nicht hier im Fort unterkriechen. Wenn Sie nichts dagegen haben, werden sie mit meinem Spürhund schon mal im Busch ausschwärmen, um Pfade für Sie zu finden.»

Einen Augenblick überlegte Effington, dann schien er einverstanden. «Gut, schicken Sie die Burschen aber noch heute auf den Trail, damit sie nichts von den Aufbruchsvorbereitungen der Truppe merken. So sind wir sicher, daß sie Riel und Lépine nicht von unserem Kommen warnen können. Treffen Sie Ihre Maßnahmen, Captain!»

Tomahawk traf die Suksis unversehrt in der Schlucht an. Noch immer waren einige Crees bei ihnen. Alle Indianer waren in bester Stimmung. Der Creehäuptling wollte den Erfolg feiern, denn in dem Durcheinander vor dem Fort waren den Crees noch zwei Kavalleriepferde in die Hände gefallen. Wahrscheinlich waren die Gäule in panischer Angst vor dem Feuer ausgerissen. Zum Reiten waren die schweren Tiere für die Indianer ungeeignet, um so mehr gaben sie gutes Fleisch ab. Ein paar große Stücke Pferdefleisch schmorten bereits an Bratspießen.

Zum Glück für Tomahawk besaßen weder die Crees noch die Suksis Schnapsvorräte. Deswegen nahm die Feier nicht die Form eines längeren Gelages an. Tomahawk hatte es nämlich eilig, mit der Wolfsbande nach Fort Qu'Appelle zurückzukehren. Dunhills Verhalten wegen der Kartentasche hatten nicht nur Neugier, sondern auch seinen Argwohn wachgerufen. Bis jetzt hatte er den Brief noch nicht gelesen. Schließlich gelang es ihm, Heham Luta beiseitezuziehen und mit ihm darüber zu sprechen. Die Rote Eule rief dann auch die Krieger zusammen, und bald galoppierte man auf das Fort zu.

Als Tomahawk mit seinen Begleitern vor den niedergebrannten Palisaden eintraf, zogen erneut schwere Gewitterwolken heran. Diesmal aus östlicher Richtung, wo sich die lange Seenkette des Winnipeg zwischen Hügel und Wälder schmiegte. Das bedeutete, daß diese Wolken, mit Wasser vollgesogen, reichlich Regen bringen würden.

Die Suksisjoketuks begannen vor dem Fort ein herzzerreißendes Lamento wegen der verkohlten Tipihäute, die sie den Offizieren zeigten. Nach ihren Worten mußten sie völlig vom

Schicksal geschlagene Leute sein, die von ihren Familien getrennt, dem völligen Elend ausgesetzt wären, wenn die Offiziere sie nicht für ihre erlittenen Verluste entschädigten. Dabei überzogen sie so sehr, daß Major Effington die Geduld verlor.

«Wenn sich diese verdammte rote Sippschaft nicht innerhalb von fünf Minuten aus dem Fortbereich verzieht, dann gibt es Entschädigung mit Gewehrkolben und Ochsenpeitschen. Captain Dunhill, schaffen Sie mir diese wehklagenden Teufel vom Hals, oder ich garantiere für nichts mehr!»

Dunhill redete beschwichtigend auf die Indianer ein und versprach ihnen alles mögliche, während die Ranger auf sein Geheiß hin daran gingen, die Suksis allmählich vom Fort abzudrängen.

Tomahawk, der dem Treiben amüsiert zuschaute, grinste vor sich hin, als er bemerkte, wie die Cousins den Weisungen zwar scheinbar widerwillig nachkamen, aber dennoch im Eifer der Rangelei einige Decken, Messer und sogar ein oder zwei Gewehre beiseite schafften.

Ein barscher Ruf Dunhills riß ihn aus seinen Betrachtungen. Der Captain betrat mit ihm ein kleines Zimmer, das Effington für den Rangerkommandeur zur Verfügung gestellt hatte. «Ganz so komfortabel sind wir nun nicht mehr untergebracht, was uns aber nicht stören soll, weil wir die längste Zeit in Qu'Appelle gewesen sind. Es gibt da bloß noch ein paar Kleinigkeiten zu erledigen. Dabei zähle ich unbedingt auf Ihre Hilfe und auf die der Suksis.» Dunhill versuchte herauszufinden, wie der Spürhund auf seine Worte reagierte. Doch dessen Miene blieb verschlossen. Der Captain steckte sich eine Zigarre an. «Nun mal ganz unter uns alten Plainsläufern: Die Suksis haben doch mit den Crees bei dem Brand ein bißchen mitgeholfen? Den guten Major kann man bluffen, aber nicht mich. Und Ihnen sehe ich es an der Nasenspitze an, daß Sie genauso denken.»

Natürlich sah Dunhill nichts in Tomahawks Gesicht. Es gehörte einfach zu seiner Taktik, den Burschen für seinen Auftrag gefügig zu machen.

Dunhill gab sich deshalb weiter komplizenhaft. «Damit wir uns nicht falsch verstehen, ich will den Suksisjoketuks nichts am Zeuge flicken. Ich gönne ihnen den kleinen Spaß, und dem aufgeblasenen Major den Reinfall mit seiner angeblichen Sicherheit vor einer Feuersbrunst. Und wenn die Suksis dem Fortkommandanten noch eine Entschädigung abluchsen wollen, so können sie auf meine Hilfe rechnen. Warum sollen sie nicht zu der von mir versprochenen Belohnung auch noch etwas von der Armee dazu bekommen? Mann, stehen Sie nicht wie ein Klotz herum, sondern lassen Sie mich mal Ihre werte Meinung hören!»

So direkt herausgefordert, durfte Tomahawk nicht mehr länger schweigen. «Wofür soviel Belohnung, Sir? Bei welchen Kleinigkeiten sollen wir Ihnen helfen?»

Dunhill trat dicht an Tomahawk heran. «Spezialauftrag für Sie und die Suksis. Hängt mit diesem Schreiben zusammen.» Er zog den Antwortbrief Riels aus der Tasche und reichte ihn Tomahawk. «Lesen Sie ihn schnell und unauffällig, ehe der Major kommt.»

So leicht war nun Tomahawk nicht zu überrumpeln, schon gar nicht von Leuten, deren Vertrauenskredit bei ihm mehr und mehr schwand. Er gab das Schreiben zurück und zuckte mit den Achseln. «Tut mir leid, Sir. Dieser Brief ist englisch geschrieben. Ich kann aber nur französisch lesen. Bitte, sagen Sie mir, was drin steht.» Das war zwar eine glatte Lüge, aber Tomahawk wurde immer mißtrauischer.

«Na gut», meinte Dunhill nicht sehr erfreut und las mit leiser Stimme vor. Zum Schluß tippte er auf das Blatt. «Daß dieses Schreiben wirklich von Louis Riel stammt, bezweifeln Sie wohl nicht?»

Gleichmütig antwortete Tomahawk: «No, Sir, die Unterschrift kennt jeder Mann im Nordwesten.»

«Erkennen Sie nun, wie sehr ich am Souris River die Wahrheit sagte, als ich vor dem Intrigenspiel der Armee warnte?»

Tomahawk überlegte. «Aber der Präsident ist doch nun vor der Armee – von der Armee selbst gewarnt worden?»

Dunhill starrte seinen Spürhund mit offenem Mund an. Er wußte zwar, daß der Mann gewieft war, doch soviel selbständiges Denken hätte er ihm nicht zugetraut. Da half wohl nur noch eins: Mit dem Kerl Tacheles zu reden. Ohne Umschweife. Also gab sich der Captain einen Ruck.

«Übermorgen wird das Kavalleriebataillon nach Batoche aufbrechen. Dem müssen wir zuvorkommen. Morgen früh reiten Sie mit den Suksisjoketuks zum Saskatchewan und holen mir den Riel und den Lépine aus Batoche hierher nach Qu'Appelle!»

Tief aus der Brust Tomahawks kam ein böses Brummen. Jetzt brach der Indianer bei Jacques Destouelle durch. Dunhill, der sich so oft als Kenner des Nordwestens und seiner Bewohner aufspielte, hätte dieses Brummen warnen müssen. Ein Indianer kennt im Gegensatz zu den Weißen keine Schimpfworte. Will er seinem Unwillen Ausdruck verleihen, bedient er sich althergebrachter Rituale, die fast immer der Natur entnommen sind. So wie Tomahawk jetzt brummte, knurrt ein Bär, wenn er sich angegriffen oder beleidigt fühlt. Es war die typische Reaktion eines Prärieindianers auf etwas, das seinen Zorn hervorrief.

Doch Dunhill verstand dieses Warnzeichen nicht zu deuten, er begriff nur, wie wenig begeistert Tomahawk von seinen Worten war. Deshalb glaubte er mit größerem Nachdruck hinzusetzen zu müssen: «Also, wie Sie das hinkriegen, ist Ihre Sache! Wichtig ist allein, daß Sie mit dem Herrn Präsidenten und seinem Armeeführer hier eintreffen, wenn die Regulären das Fort bereits verlassen haben. Dann sind nämlich wir die Herren von Qu'Appelle! So, mein Lieber, das ist ein Befehl! Noch Fragen?»

Tomahawks Brummen wurde röhrender, drohender. Doch dann fing er sich. Er erwiderte: «Stop, Sir! Erstens lasse ich mir von keinem Menschen etwas befehlen, zweitens ist am Souris River ja wohl etwas anderes vereinbart worden, und drittens muß ich Sie bitten, mit mir kein doppeltes Spiel zu treiben. Ich bleibe dabei, der Trip nach Batoche ist unnötig. Ich habe gesprochen!»

Dunhill preßte seine Faust an die Stirn, um einigermaßen die Fassung zu behalten bei so viel Widerspruchsgeist seines bisher so botmäßigen Spürhundes. Es blieb ihm nichts übrig, er mußte die Katze aus dem Sack lassen. Mit sich fast überschlagender Stimme schrie er: «Du hast gesprochen, Bursche? Laß mich mal lachen! Das letzte Wort hab immer noch ich. Oh, gewiß wirst du meine Befehle ausführen, weil dir gar nichts anderes übrigbleibt. Hör gut zu! Du hast unsere Vereinbarungen vom Souris River erwähnt. Well, dort ist jetzt Sergeant Billings Kommandant. Der wird deinen Eltern und deinen Freunden begeistert die Schlingen um den Hals legen, wenn du meine Befehle nicht ausführst. So hab ich es mit ihm vereinbart. Keine Illusionen, bitte! Auch die Weiber und Kinder werden hängen, die der Suksis wie auch die Schottinnen. Was der brave Billings vorher mit der jungen Frau anstellt, brauch ich nicht extra auszumalen.»

Nun erschrak Dunhill doch. Das Gesicht Tomahawks verzerrte sich zu einer fürchterlichen Grimasse. Die Hände des Spürhundes zuckten zur Hüfte, wo in einem Gürtel – den er anstatt der Schärpe umgetan hatte – das Stahlbeil steckte. Der Captain riß die Hände hoch. «Pfoten weg vom Beil! Das geschieht nur, wenn ich bis zum ersten Schnee nicht zurück bin. Sollte mir aber etwas zustoßen, haben Sie Ihre Sippe auf dem Gewissen.»

Tomahawks Miene, eben noch von Haß erfüllt, war nun stumpf. Seine Augen hatten allen Glanz und das gewohnte Feuer verloren. Die Arme hingen ihm schlaff am Körper herunter. Die Mitteilungen Dunhills mußten ihn wie mit Keulen getroffen haben.

Da sich Tomahawk nicht vom Fleck rührte, versuchte es Dunhill wieder auf die sanftere Tour. «Nun lassen Sie uns die alten Kampfgefährten bleiben. Was Sie jetzt für eine Schuftigkeit meinerseits halten, ist doch in Wahrheit nur eine notwendige Maßnahme, weil ich Ihrer nicht ganz sicher war. Führen Sie meine Befehle exakt aus, geschieht Ihren Leuten nichts, und außerdem gibt es eine verdammt hohe Belohnung. Glauben Sie mir, ein gutes Gefühl, wenn man viel Geld in der Tasche hat. Damit können Sie später, wenn wir erst jenseits der Grenze sind, den Teufel tanzen lassen.»

Alle Dummheiten, die Dunhill in den letzten achtundvierzig Stunden begangen hatte, reichten nicht an diese letzte heran, als er den Spürhund mit der Nase darauf stieß, wohin sich die Ranger nach erledigtem Auftrag zurückziehen würden. Zwar hatte Dunhill keineswegs die Absicht, für längere Zeit in den Staaten zu bleiben, und er hatte es auch nur im Hinblick auf die wieder zu erlangende Willfährigkeit des Spürhundes erwähnt. Tomahawk aber nahm nun an, die Ranger wollten mit seiner Hilfe Riel und Lépine verschleppen und sich anschließend außer Landes begeben.

Im gleichen Augenblick kam ihm der Gedanke, das Unmögliche zu versuchen, und den Captain zu überlisten. Diese Hoffnung, so winzig sie auch war, belebte seinen Tatendrang. Er überwand die Lethargie, die ihn angesichts der Demaskierung seines Idols befallen hatte. Eine Antwort hielt er unter seiner Würde. An den Lumpen war jedes Wort verschwendet. Außerdem hatte er den indianischen Schlußpunkt hinter das Gespräch gesetzt. Er überlegte, ob er den Brass Boy dem Captain vor die Füße werfen sollte. Doch besann er sich. Die Waffe konnte noch von unschätzbarem Wert sein, wenn es zur fälligen Abrechnung kam.

Tomahawk ging auf den Hof hinaus und sattelte seinen Grauen. Von der Schießluke aus beobachtete Dunhill, was der Spürhund unternahm. Als er sah, wie der zum Lagerplatz der Suksisjoketuks hinüberritt, war er zufrieden. «Um der blondhaarigen Schottin willen wird er mir die Hände lecken. Beißen wird er nicht mehr, die Zähne hab ich ihm ausgebrochen.» Erleichtert begab sich Dunhill zu Effington. Er verspürte Durst.

Unzufrieden mit sich selbst, ritt Tomahawk am Lager der Wolfsbande vorbei. Er versuchte seine Empfindungen und Gedanken zu ordnen. Dabei wollte er allein sein. Er fühlte, es gab kaum einen Ausweg aus seiner Lage. Und jetzt bereute er zum erstenmal, nicht auf seinen Vater gehört zu haben. Gleichzeitig war er dem Schicksal fast dankbar. Ein anderer Scout würde vielleicht bedenkenloser handeln. Die Bilder Mabels, Bennys und Tschintschapés stiegen vor ihm auf. Die ihm so teuren Menschen sollten also nach dem Willen Dunhills getötet werden. Und er, Tomahawk, würde den Anlaß liefern, wenn er sich weigerte, den Schurkenstreich durchzuführen. Hätte er doch Dunhill den Schädel eingeschlagen.

Tomahawk wollte eine Zigarette rauchen, um sich zu beruhigen, und griff in die Westentasche. Da fühlte er den Brief, den er dem Feuer entrissen hatte. Er stieg vom Pferd und faltete ihn auseinander. Wort für Wort las er, was da befohlen war. Als er endlich begriff, daß er die Order zum Meuchelmord an Louis Riel und Ambroise Lépine in Händen hielt, weigerte sich alles in seinem Inneren, es als Wirklichkeit zu nehmen. Er las den Brief noch einmal und nochmals. Seine Hände zitterten. Ein Stöhnen entrang sich seiner Brust. Er steckte den Brief weg und erhob sich mühsam. Wie in Trance bestieg er das Pferd.

Wie er zum Camp der Suksisjoketuks gelangt war, vermochte er hinterher nicht mehr zu sagen. Er merkte nur noch, wie ihm Heham Luta aus dem Sattel half und ihm eine Kelle Wasser an die Lippen hielt.

Nach einer Weile gelang es dem Spürhund, zusammenhängend zu berichten. Er sprach über Dunhills perfide Erpressung und über den geplanten Doppelmord. Er verschwieg auch nicht, daß Dunhill den Angehörigen der Suksisjoketuks das gleiche Schicksal zugedacht hatte wie den Métis und den Schotten. Dabei rang er sich schließlich das Eingeständnis seiner Unentschlossenheit ab.

Während Tomahawk sprach, sich immer wieder unterbrechend, mit Tränen der Scham und Wut kämpfend, grummelte erneut Donner hinter den Hügeln. Der Wind zerrte an den flüchtig aufeinandergelegten Häuten über den Tipistangen. Dann platzten schwere Regentropfen auf die Blätter der

Bäume und gleich darauf rauschte die nasse Flut herab. Das Gewitter trieb die Wolfskrieger in das große Tipi Heham Lutas. Und nun mußte Tomahawk seinen Bericht noch einmal beginnen.

Die Krieger hielten vor Entsetzen den Atem an. Sie alle hatten mehr als einmal Gelegenheit gehabt, sich im Kampf gegen Dakota oder Schwarzfüße zu bewähren. Sie wußten, was Tapferkeit, Mut, aber auch Kriegslist für einen Wert besaßen, wollte man gegenüber Feinden bestehen. Doch was sie nun über Dunhills Absichten erfuhren, hatte nichts mit List zu tun. Es war für diese gestandenen Präriekrieger so abscheulich, daß die meisten eine gewisse Zeit brauchten, ehe sie das Ausmaß der Heimtücke begriffen.

Die Jüngeren, noch nicht so erfahrenen, wollten dann auch sofort aufspringen, um für den Kampf zu tanzen. Heham Luta indes gebot Ruhe. Nachdem er noch einmal aufgezählt hatte, wie oft die Assiniboine dem Schutz der «großen, guten alten Mutter» vertraut hatten, und wie oft dieses Vertrauen sich in Enttäuschung verwandelt hatte, sprach er zur Sache.

«Tomahawk hat weise gehandelt und den befehligenden Offizier nicht sofort getötet. Dunhill wird bestraft werden, wenn wir unsere Frauen und Kinder befreit haben. Laßt uns zum Souris River aufbrechen! Ruft alle Kriegerbünde der Assiniboine auf, uns zu folgen. Tomahawk aber, der das Geheimnis des sprechenden Papieres kennt, soll der großen, guten alten Mutter einen Brief schreiben, damit sie weiß, wie ihre roten Kinder betrogen werden.»

Tomahawk drängte es zwar, ebenfalls mit zum Souris River zurückzukehren und die Geiseln den Rangern zu entreißen, aber er kannte die Brutalität Billings. Er mußte die Cousins warnen. «Brüder, ich schätze die Tapferkeit eurer Herzen, aber wir müssen jetzt klug sein. Greift ihr die Station an, sterben vorher alle Gefangenen. Uns bliebe dann nur die Rache. Das ist zu wenig. Wir müssen uns Rat bei Louis Riel holen. Das aber bedeutet, daß wir so tun, als gehorchten wir dem befehligenden Offizier Dunhill. Heham Luta soll euch nach Batoche führen!»

Einen Augenblick lang war nur das Prasseln des Regens auf die Zelthäute im Tipi zu hören, dann aber redete jeder durcheinander, so daß Heham Luta Mühe hatte, sich Gehör zu verschaffen.

«Tomahawk, wir haben dich zu unserem Anführer gewählt. Wenn wir nach Batoche reiten, dann muß jemand mit uns kommen, der den Häuptling der Wagenmenschen besser kennt als wir. Und das bist du! Ich habe gesprochen!»

Tomahawk schüttelte seinen Kopf. «Brüder! Die Métis halten mich für einen Verräter, weil ich die Engländer hierher geführt habe. Wenn unsere Leute auf der Station sterben sollten, wird jeder im Nordwesten sagen, es war das Werk des Spürhundes Tomahawk. Selbst wenn es gelingt, die Geiseln zu retten, werde ich als ehrlos gelten, und mein Name wird ausgelöscht sein im Gedächtnis der Assiniboine und der Métis.»

Tomahawk hielt einen Moment inne. Die Augen der Indianer hingen wie gebannt an seinen Lippen. «Als ich noch ein Knabe war, sagte mir Louis Riel einmal: Jacques, ich muß dich nun verlassen. Wenn wir uns einmal wiedersehen, werden wir gemeinsam jagen. Nun werde ich Louis Riel wiedersehen. Doch er soll das Wild sein, das ich nach dem Willen der Engländer jage. Mit dieser Schande, Brüder, will ich nicht mehr leben. Ich bitte euch, tötet mich.»

Betroffen blickten die Wolfskrieger sich an. Wenn es sich so verhielt, mußten sie Tomahawks Wunsch erfüllen. Es gab aber unter ihnen einen Krieger, der in die Lehre eines «Geheimnismannes» ging. Schon jetzt sprach man im Stamm mit Hochachtung von seinen Fähigkeiten. Dieser Mann erhob sich und breitete die Arme aus. «Wölfe! Der Häuptling der Wagenmenschen, Louis Riel, hat zu Tomahawk gesagt, er würde ihn eines Tages wiedersehen, um mit ihm zu jagen. Wir werden nach Batoche gehen und der erste Teil der Prophezeiung geht in Erfüllung. Laßt uns prüfen, ob auch der zweite Teil Wirklichkeit wird. Erst dann können wir dich töten. Aber vielleicht wirst du mit Louis Riel die Engländer jagen. Dann sollst du am Leben bleiben, denn die Schande ist getilgt.»

Heham Luta nahm die Gelegenheit beim Schopfe. «Es ist ein guter Tag zum Reiten. Legt die Farben des Krieges an und befragt das Orakel!»

Draußen wurde der noch regenfeuchte Boden zu einem ovalen Wall angehäufelt. Jeder Krieger warf einen Zweig in den Ring. Heham Luta prüfte, in welche Richtung die stärkeren Enden der Hölzer gefallen waren. Sie zeigten nach Nordost, dorthin, wo Batoche lag. Alle waren zufrieden. Dem uralten Brauch der Assiniboine, vor einem Kriegszug das Orakel zu befragen, war Genüge getan. Heham Luta riß sein Messer hervor und schleuderte es mit einem gellenden Schrei in den Stamm einer abgestorbenen Weißeiche.

Der Kriegsruf der Assiniboine riß alle hoch. Einer nach dem anderen warf sein Beil in den Baum. Sie tanzten und schrien ihr Bekenntnis zum Kampf. Und alle wußten, daß sie mit diesem Tanz ihre Angehörigen zum Tode verurteilten, und sie bemalten ihre Gesichter schwarz.

Dem Rhythmus des Tanzes konnte sich auch Tomahawk nicht entziehen. Gleich den Gefährten umsprang er die Eiche, und als er sein Beil schwang, um es in den Stamm sausen zu lassen, hatte er sich endgültig entschieden. Was immer auch geschah, er würde Louis Riel warnen und nicht den Befehl des Captains ausführen.

Im Rathaus von Batoche fand eine Versammlung des Comité National des Métis statt. Auch einige Creehäuptlinge und der Chief aller Crees, der einflußreiche La Grande Ourse, saßen auf den primitiven Bänken.

Louis Riel erläuterte, weshalb er es für richtig halte, sich der kanadischen Armee nun doch zu stellen. Er hatte lange gegrübelt, ehe er sich zu dieser Ansicht durchgerungen hatte. Die Jagd im Herbst war ausgefallen, die bisherigen Jagdstreifzüge hatten als Folge des Munitionsmangels auch wenig Fleisch gebracht. Alle Handelsverbindungen der Métis waren gestört, ja abgerissen. Die Bewohner der Republik Assiniboia konnten nicht einmal mehr sich selbst mit dem Nötigsten versorgen. Was noch vor Monaten Mangel gewesen, hatte sich nun zur bitteren Not ausgeweitet.

Unter diesen Umständen, so sprach Louis Riel, sei die Aufrechterhaltung einer Republik, die nunmehr nur dem Namen nach bestand, ein Unrecht gegenüber den Métis, Schotten und Indianern. Wenn sich die Provisorische Regierung noch mit einem Fünkchen Berechtigung als Vertreter der Nordwestler betrachte, dann sei es ihre Pflicht, die Not des Volkes zu lindern.

Ernst und ruhig sagte er: «Nachbarn, Brüder, Kampfgefährten! Wir können unserem geschundenen Volk nur Erleichterung verschaffen, wenn Ambroise Lépine und ich mich den Engländern stellen. Hört die Jagd nach uns auf, werden auch die Métis nicht mehr gejagt. Ein paar Jahre Ruhe, und es wird unserem Volk wieder besser gehen. Was macht es schon aus, wenn Ambroise und ich für eine Weile in Alaska leben? Wir werden die Verbindung zum Comité National herstellen. Stellt es sich heraus, das Dominion respektiert nicht, wie versprochen, die Rechte der Nordwestler, kehren wir zurück und stellen uns an die Spitze einer neuen Erhebung, die dann um so erfolgreicher sein wird, je mehr wir aus unserer jetzigen Niederlage gelernt haben. Brüder und Nachbarn, wenn wir jetzt auch vor Kummer nicht ein noch aus zu wissen glauben, so ist eines gewiß: Es kommt eine Zeit, wo man nicht mehr fragen wird, bist du Métis oder Indianer oder Kanadier? Man wird fragen: Bist du ein Mensch? Niemand wird dann seinen Bruder Mensch verjagen, niemand wird einen anderen verhöhnen oder mißhandeln, weil seine Sprache und seine Art, zu Gott zu beten, anders als die anderer Menschen ist.»

Louis Riel, der so oft seine Landsleute kraft seiner Rede zu stürmischer Zustimmung hingerissen hatte, wußte, nach dieser Ansprache durfte er keinen Beifall erwarten. Mit einem verlegenen Lächeln bat er Ambroise Lépine, nach vorn zu kommen.

Lépine aber rief noch von weitem: «Deine Worte klingen vernünftig, Louis, doch ich werde erst nachher dazu sprechen.

Irgend etwas ist im Gange. Gabriel winkt mir ungestüm. Soll inzwischen La Grande Ourse sprechen!»

In der Tat benahm sich Gabriel Dumont äußerst merkwürdig. Er schien Lépine Nachrichten mittels der Zeichensprache zukommen zu lassen. Es mußte was Wichtiges sein. Doch gerade das wurde von den Versammlungsteilnehmern übel vermerkt. Warum redete Dumont nicht vor aller Ohren? Seit wann verschloß man sich im Comité National voreinander?

Inzwischen war der Oberhäuptling der Crees zum Rednerplatz durchgedrungen. Er verschmähte es, sich hinter den Tisch zu stellen. Der Große Bär hatte sich wie ein Métis gekleidet, nur im Haar hatte er eine Feder des Goldadlers eingeflochten. Er wartete ab, bis sich die Aufregung über das seltsame Gebaren von Dumont und Lépine gelegt hatte.

«Brüder! Ambroise Lépine hat gesagt, die Worte von Louis Riel klingen vernünftig. Sie klingen vernünftig, aber sie sind es nicht!» Er drehte sich nach Riel um. «Sag mir, wann hat das Dominion seine Versprechungen schon einmal eingehalten? Als du in Fort Garry mit seinem Vertreter verhandeltest, stellten sie in Montana schon die Miliz auf. Als du ihnen zur Begrüßung entgegengehen wolltest, hatten sie bereits Verrat im Sinn. Es war ein Glück, daß ihr zeitig genug nach Batoche gegangen seid.» La Grande Ourse hielt inne. Die Versammelten standen ganz in seinem Bann. «Niemals wird die Regierung des Dominions unsere beiden fähigsten Köpfe unbehelligt außer Landes gehen lassen. Sind Louis und Ambroise in der Gewalt der Armee, sind sie verloren. In irgendeinem Kerker wird man sie verfaulen lassen.»

Er ließ wieder eine kleine Kunstpause entstehen, ehe er weitersprach, denn nun wollte er seinen Zuhörern noch aus einem anderen Blickwinkel die Angelegenheit erklären. Und er tat es, ruhig und beherrscht zwar wie bisher, aber mit deutlichem Grimm in der Stimme.

«Ein Wort noch, Brüder, zu dieser Armee. Nach den Vereinbarungen von Fort Garry und nach der Anerkennung der Liste der Rechte gibt es zum Beispiel für die Kavallerieeinheit in Fort Qu'Appelle nur ein Oberkommando, nämlich die Provisorische Regierung der Republik Assiniboia. Befehle hätte einzig und allein Ambroise Lépine zu erteilen. Was aber geschieht? Der Kommandant von Qu'Appelle wagt es, im Auftrag der Dominionsregierung die Forderung nach Kapitulation zu stellen.

Brüder, ich habe mich lange genug mit dem Kriegswesen der Weißen beschäftigt, um zu wissen, daß in deren militärischem Sprachgebrauch die Haltung des Majors Effington Meuterei genannt wird. Wie soll man mit Meuterern umspringen? Man kann vor ihnen zurückweichen, damit ermutigt man sie aber zu noch größeren Ausschreitungen. Oder man züchtigt sie. Ich glaube, wir sind es der Ehre der Métis und der Crees schuldig, nicht tatenlos zuzuschauen, wie man mit uns umspringt, als wäre Assiniboia schon eine Kolonie Kanadas. Wenn Louis Riel davon spricht, eine Atempause für die Menschen im Nordwesten zu schaffen, so spricht aus seinen Worten die Liebe zu den Nordwestlern. Doch nun, meine Brüder, ist es mit Liebe nicht mehr getan. Mit einem Stiefel im Genick kann man nicht leben. Ist es keine gute Zeit zur Bisonjagd und zum Maisanbau, dann ist es eine gute Zeit zum Kämpfen und Sterben. Ich sage, lieber im ehrlichen Kampf gefallen, als wie ein Hund unter der Peitsche dahinzuvegetieren. Entscheidet euch, Brüder, für das eine oder das andere! Ich habe gesprochen!»

Solche Rede war noch nicht im Rathaus von Batoche gehört worden, und so herrschte einen Augenblick lang atemlose Stille. Dann aber brandete Beifall auf, wurde stärker und steigerte sich zum Sturm der Zustimmung. Selbst Louis Riel konnte sich dem Zauber der Worte von La Grande Ourse nicht entziehen. Zu sehr hatte der Große Bär die Gefühle und Empfindungen aller angesprochen. Noch immer waren die großen Indianerhäuptlinge wegen ihrer Redekunst berühmt gewesen. Und nun wurde Louis Riel sich auch eines der großen Versäumnisse seiner eigenen Politik bewußt. Er hatte sich ehrlichen Herzens auch für die Interessen der Indianer im Nordwesten eingesetzt, aber auch er hatte die Cousins mitunter wie unmündige Kinder behandelt. Louis Riel wußte genau, würde zu diesem Zeitpunkt eine Neuwahl des Vorsitzenden des Comité National und des Präsidenten der Republik Assiniboia stattfinden, würde sich die Mehrheit, der gegenwärtigen Stimmung folgend, ohne Zögern für La Grande Ourse, für einen «Wilden» entscheiden.

Andererseits durfte man nicht vorbehaltlos dem Creechief folgen. Es konnte den Untergang bedeuten. Nein, nicht auf ein ehrenvolles Sterben kam es an, sondern darauf, allen Bewohnern des Territoriums das Recht auf ein menschenwürdiges Leben zu erkämpfen. Auch um den Preis des vorübergehenden – scheinbar ehrlosen – Rückzuges. Riel bereitete sich darauf vor, La Grande Ourse ein Rededuell zu liefern. Doch dazu kam es nicht mehr.

Ambroise Lépine stampfte nach vorn, Dumont hinter sich herziehend. Seine Stimme dröhnte. «Was palavern wir hier noch? Wir reden und reden, Gabriel jedoch war auf der Hut. Seine Männer haben Suksisjoketuks aufgebracht, die sich an Batoche heranschlichen. Non, natürlich nicht wie die Schlangen, sondern auf ihren Pferden. Es sind auch Crees bei ihnen. Diese Cousins kommen in besonderer Mission. Sie wollen sie aber nur hier vor dem Comité preisgeben. Der Anführer ist kein Geringerer als Jacques Destouelle, den man auch Tomahawk nennt. Ich will meinen Bart fressen, wenn die nichts im Schilde führen, was uns schadet.»

Der Name des Spürhundes der Kanadier löste einen Sturm der Entrüstung aus. Die Bezeichnung «Coquin» war noch die schmeichelhafteste für Tomahawk. Einige gingen soweit, Gabriel Dumont Vorwürfe zu machen, daß er den Spürhund nicht ohne viel Federlesens aufgeknüpft habe. Andere verlangten, Tomahawk und die Suksisjoketuks sollten herbeigeschafft, von einem Gericht vernommen werden, und, so sie sich schuldig gegenüber der Republik Assiniboia gemacht hätten, verurteilt werden.

Einzig Louis Riel beteiligte sich nicht an der erregten

Debatte. Er saß, auffallend blaß im Gesicht, vor dem Tisch. So also würde er dem einstigen Schulfreund gegenübertreten. Weshalb war Jacques nach Batoche gekommen? Nach Verrat sah das nicht aus, denn wer begibt sich schon freiwillig in die Höhle eines gereizten Bären?

Mit einiger Mühe verschaffte sich Riel Gehör. «Ambroise, warum sind Jacques und die Suksisjoketuks noch nicht hier? Sollen sie vor allen Nachbarn sagen, was sie nach Batoche geführt hat!»

Lépine erteilte Dumont seine Anweisung. «Bring sie herein, aber beschimpfe sie nicht und gib acht, daß ihnen nichts passiert.» Und um seine Worte zu erklären, wandte er sich lauthals an alle Umstehenden. «Die Sache ist nämlich so: Der Tomahawk trägt keine Schärpe mehr, und die Suksis stolzieren in voller Kriegsbemalung im Gebiet der Crees einher. Was Wunder, wenn Gabriel dazu neigt, etwas unsanft mit ihnen umzuspringen. Ihr kennt ihn ja.»

Die Worte wurden mit Murren und Schimpfen aufgenommen. Doch zu Dumonts Ehre mußte gesagt werden, daß er sich exakt an die Weisung Lépines hielt. Seine Büffeljäger schafften Platz für einen Gang, der breit genug war, die Besucher bis zum Tisch nach vorn marschieren zu lassen.

Dieser freie Raum hatte allerdings für Tomahawk den Nachteil, an den aufgebrachten Métis vorbeigehen zu müssen. Ihre Blicke bohrten sich wie Pfeile in seinen Rücken, er hörte auch verächtliche Bemerkungen. Schmerzhaft spürte er die Verachtung. Er biß die Zähne zusammen, seine Beine bewegten sich fast automatisch vorwärts. Seine Augen waren auf Louis Riel gerichtet, ja, seine Blicke sogen sich förmlich fest an dem Gesicht des ehemaligen Schulfreundes.

Er hatte Louis viele Jahre nicht gesehen. Sie waren beide Männer geworden und doch empfand er Riels Antlitz als vertraut. Tomahawk war bereit, sich vor dem Freund zu seiner Schande zu bekennen und um seinen Tod zu bitten.

Auch Louis Riel betrachtete nicht ohne innere Bewegung den Freund aus der Kindheit, und er dachte nur immer wieder: «Ach Jacques, ach Jacques . . .»

Ehe er aber das Wort an Tomahawk richten konnte, grollte La Grande Ourse, der die Wolfskrieger nicht aus den Augen gelassen hatte. «Die Suksisjoketuks sollen sagen, warum sie die Farben des Krieges und des Todes tragen, wenn sie in das Land ihrer Freunde kommen?» Der drohende Unterton in seiner Stimme war unverkennbar. Schon wollte Tomahawk antworten, da gebot ihm eine Handbewegung des Creehäuptlings Schweigen. «Du bist ein abtrünniger Métis, nicht du sollst antworten, sondern ein Assiniboine wird es uns erklären!»

Was blieb Heham Luta übrig, als zu sprechen? Er holte weit aus, erwähnte den Siedlertreck bei Fort Ellice und endete bei dem Angriff der Crees auf Fort Qu'Appelle, wobei er die Haltung seiner Krieger herausstrich.

La Grande Ourse gab nicht zu erkennen, daß ihm fast alles bekannt war, doch er horchte auf, als Heham Luta vom Kriegstanz des Wolfsbundes sprach, warum es zu diesem Kriegstanz gekommen war, und daß die Besatzung Qu'Appelles zum Marsch auf Batoche rüste. Er wollte wissen, wann die Kavallerie zu erwarten sei. Heham Luta gab Auskunft, so gut er konnte. Daraufhin nickte La Grande Ourse zufrieden. Er sagte, nun um einiges freundlicher: «Die Krieger der Suksisjoketuks haben weise gehandelt. Ich habe keine Fragen mehr.»

Doch kaum hatte er geendet, dröhnte Lépines Baß durch den Raum. «Heh, Destouelle, wer hat dir die Schärpe abgenommen? Hast du dich also doch an die Engländer verkauft? Ich ahnte schon so etwas, damals in der Kneipe vom seligen Ben Scarlowe. Mir tut dein Vater leid!» Dann spie der Hüne seinen Tabaksstrahl dicht vor Tomahawk auf den Fußboden. Jeder im Saal wußte, das war das höchste Maß an Verachtung, zu dem Lépine fähig war.

Für Tomahawk, dessen Interesse sich vollends auf Louis Riel konzentriert hatte, kam der Ausfall Lépines völlig überraschend. Und wenn er Minuten vorher die Verachtung der Métis als berechtigt angesehen hatte, so trieb ihm der Angriff Lépines und die Erwähnung Ben Scarlowes doch die Galle ins Blut. Unbewußt griff er zur Streitaxt. Als er jedoch das harte Holz des Griffes umfaßte, ging ihm auf, wie sehr er im Begriff war, neue Schuld au. sich zu laden. Resignierend schob er die Waffe zurück. Er würdigte Ambroise Lépine, der die Szene mehr belustigt als erzürnt betrachtet hatte, keines Blickes, sondern wandte sich entschlossen an Louis Riel.

«Ich bin zu dir gekommen, um für meine Taten und für meine Versäumnisse Rechenschaft abzulegen und um das Comité National des Métis über ein abscheuliches Komplott der Engländer zu informieren.»

Louis Riel antwortete nicht sogleich. Er sprach vorerst zu Lépine: «Dieser junge Mann trägt seinen Namen nicht zu Unrecht, wie du beinahe selbst erfahren hättest, mon camarade. Ich kenne Jacques, und ich kenne auch seine Eltern. Es sind redliche, achtbare Menschen, und ich will nicht glauben, daß sie einen Coquin geboren haben. Soll Jacques erklären, warum er ohne Schärpe zu uns gekommen ist.»

Tomahawk zitterte an allen Gliedern. Doch nicht aus Feigheit, sondern aus Scham. Dann aber bekam er sich in die Gewalt und sagte mit fester Stimme: «Ja, Louis Riel, ich hatte mich an die Engländer verkauft. Ich habe an die Ehrlichkeit eines englischen Offiziers geglaubt und muß nun dafür bezahlen. Die Schärpe hat mir mein Vater abgenommen. Ehe ihr aber über mich richtet, müßt ihr noch einiges erfahren.»

Tomahawk berichtete ausführlich, ohne sich zu schonen. Zum Schluß überreichte er Riel den geheimen Mordbefehl als Beweisstück.

Über der Versammlung hing ein Raunen, wie das Gesumm von Bienen. Louis Riel las den Brief mit gefurchter Stirn. Ambroise Lépine kniff wie immer seine Augen zusammen und strich seinen Bart. Dabei blickte er nachdenklich auf Tomahawk. La Grande Ourse winkte Heham Luta an seine Seite und flüsterte mit ihm.

Es dauerte ziemlich lange, bis Louis das Schreiben sinken ließ und sich erhob. Er ging um den Tisch herum und schloß Tomahawk in die Arme. Dann rief er laut: «Willkommen, mein kleiner Jacques! Ich wußte es, du bist kein Verräter. Wärest du es, hättest du uns nicht in die Pläne des Rangercaptains eingeweiht. Ich sage, dein Vater wird dir die Schärpe wieder umlegen, wenn er erfährt, wie du zu deinem Volk zurückgefunden hast.»

Tomahawk wurde es vor Glück schwarz vor den Augen. Louis Riel, sein Freund Louis, hatte ihm seine Ehre zurückgegeben. Daß das auch von den anderen akzeptiert wurde, zeigte sich am Beifall, der aufrauschte. Als es wieder ruhiger wurde, bat Tomahawk, seine Warnung vor dem Mordanschlag ernstzunehmen. Auch der Anmarsch der Regulären berge Gefahren in sich, denn deren Absichten seien nicht die lautersten. Dann ließ er sich zu der Bemerkung hinreißen, Emile würde leider keine Gelegenheit mehr haben, dem Sohn die Schärpe zurückzugeben ...

Das rief Lépine auf den Plan. Er baute sich vor Tomahawk auf. «Wieso ist dieser Captain Dunhill so vertrauensselig, dich und die Cousins allein nach Batoche zu schicken? Und wieso wird Emile dir nicht mehr die Schärpe umlegen können?»

Tomahawk berichtete leise und bestätigte den Zusammenhang der beiden Fragen: «Der Captain ist sich sicher, daß wir euch ausliefern. Weil wir das aber nicht tun werden, müssen die Geiseln sterben.»

Lépine pfiff halblaut vor sich hin und fluchte. Dann aber riß er die Augen auf. «Warte mal! Der Große Bär heckt doch bereits irgendeinen Streich mit Heham Luta aus. Da wollen wir aber ein Wörtchen mitreden. Louis, schließe die Ratsversammlung und halte nur diejenigen noch zurück, die bei den Combattanten eine führende Stelle eingenommen haben. Ich bin nämlich jetzt auch für die Emigration, nur wird sie etwas anders aussehen, als die anglais es wünschen.»

Er ließ den verblüfften Riel stehen und stieß Dumont vor sich her. La Grande Ourse erwartete ihn schon mit einem schlauen Lächeln.

Louis Riel gab bekannt, das Comité National vertage sich auf unbestimmte Zeit. Jeder solle, so gut es gehe, versuchen, für sich und die Seinen Nahrung zu besorgen. Lépine und er würden außer Landes gehen, bis das Comité sie wieder zum Kampf rufe. Den offenen Untergang durch eine aussichtslose Aktion dürften die Nordwestler nicht suchen.

Als sich der Rathaussaal langsam leerte, bemerkte Louis in vielen Gesichtern Erleichterung. Jetzt erkannte er es klar: Die Republik Assiniboia existierte nicht mehr. Das Volk hatte nicht mehr die Kraft, die Kanadier entscheidend zu schlagen. Ein Blutbad war damit vermieden worden.

Inzwischen hatten sich ein halbes Dutzend Unterführer Lépines am Rednertisch eingefunden. Louis legte Tomahawk die Hand auf die Schulter, seine Worte waren jedoch auch an die Combattanten gerichtet. «Vertraut Ambroise! Er wird einen Weg finden, der die Ehre der Métis wahrt und der auch den Menschen am Souris River helfen wird.»

Tomahawk war sehr skeptisch, doch wollte er dem wiedergefundenen Freund nicht den Traum zerstören. Er sagte lediglich: «Bitte, Louis, Jacques gibt es nicht mehr, nenn mich Tomahawk, wie alle Jäger und Krieger im Nordwesten es tun.»

Inzwischen war die Gruppe um La Grande Ourse herangekommen. Der Creehäuptling stieß Ambroise Lépine leicht in den Rücken, eine Aufforderung, daß Lépine für alle sprechen sollte. Ambroise blinzelte einen nach dem anderen ziemlich lange an. «Wenn ihr mit von der Partie seid, dann werden wir den Engländern ein Tänzchen aufspielen, an das sie noch lange zurückdenken. Wir werden ihnen keinen Anlaß für einen Krieg bieten, aber sie sollen wissen, daß sie den Nordwesten noch lange nicht unterworfen haben.»

Nach dieser Einleitung versicherte er sich erst einmal durch forschende Blicke, ob er auch bei allen die nötige Spannung hervorgerufen hatte. Mit dem Ergebnis zufrieden, bequemte er sich, Details zu erläutern. «Naturellement, Louis und ich gehen ins Exil. Aber nicht nach Alaska, sondern nach Montana. Heham Luta will uns über die Grenze bringen. Gabriel Dumont bleibt mit euch hier», er wandte sich dabei an die

Combattanten, «aber nicht in Batoche, sondern in den Wäldern nördlich des Froschsees. Dort baut ihr einen guten Stützpunkt aus, den unsere Kundschafter so oft wie möglich aufsuchen, um sich über die Lage im Territorium zu informieren. Sollten die anglais die Métis drangsalieren, wird von dort aus der Kampf wieder aufgenommen. Sammelt Vorräte, legt Depots für Waffen und Munition an.»

Jetzt richtete Ambroise seine Frage an Tomahawk: «Die Soldaten sind einen Tag später als ihr nach Batoche aufgebrochen? Bon, da werden sie in zwei Tagen am Saskatchewan sein. La Grande Ourse wird sie ins Quellgebiet des Schwanenflusses und damit in die Sümpfe locken. In Qu'Appelle sind nur die Kranken und die Ranger zurückgeblieben, sagst du? Um so besser! Da reichen wir aus, um mit ihnen fertig zu werden: Die Wölfe mit Heham Luta, Louis, ich und du, Tomahawk.»

Die Augen des Spürhundes blickten hart. «Ich weiß zwar nicht, wie du unseren Leuten am Souris helfen willst, aber wenn wir Qu'Appelle angreifen, kann ich wenigstens den Tod der Geiseln an Dunhill rächen. Sein Skalp wird mir gehören.»

Ambroise Lépine griff einfach in Tomahawks Westenverschluß und hob den Burschen eine Fußbreite vom Boden hoch. «Du, mein Kleiner, wirst dem Captain kein Haar krümmen, wenn er nicht zur Waffe greift. Wir benötigen Monsieur noch. Deine Rache sollst du haben, sie muß aber nicht unbedingt blutig sein. Manchmal tötet man einen Mann mehr, wenn man ihn lächerlich macht!»

Flüsternd machte Lépine die Gefährten jetzt mit seinem Plan vertraut. Selbst Louis Riel billigte ihn. Tomahawk blieb skeptisch. Da ihm aber die Hauptrolle bei diesem Streich zugedacht war, stimmte er dem Vorhaben zu.

Major Effingtons Bataillon kam in dem hügeligen Gelände zwischen dem Duke Lake und dem oberen Assiniboine River nur langsam vorwärts. Das lag einesteils daran, daß er überreichlich Bagage mitgenommen hatte und der Troß eine Belastung für die Truppe darstellte. Anderenteils aber auch daran, daß Offiziere und Mannschaften nicht übermäßig begeistert den Marsch absolvierten. Hinzu kam, daß sie d schmalen Lauf des Assiniboine River zwischen den Sträuch glitzern sahen, wodurch ihnen bewußt wurde, wie tief sie sch ins Herzland der Métis und in die Jagdgründe der Crees eingedrungen waren.

Demzufolge ließ Effington Gefechtsbereitschaft anordnen. Eine Gruppe Kavalleristen suchten mit dem alten Mountedman, den der Major als Scout mitgenommen hatte, weit vor der Kolonne nach Anzeichen des Feindes. Obwohl bis jetzt nicht das geringste auf die Anwesenheit von Indianern und Mestizen hindeutete, war sich der Scout sicher, daß die Truppe ständig von Spähern begleitet wurde.

Das Flüßchen wurde mehr und mehr zum Bach und bildete bald nur noch ein schmales Rinnsal. Der Scout kam herangeritten und zügelte sein Pferd neben dem des Majors. Er deutete nach vorn. «Dort ist die Quelle des Assiniboine River.»

Effington wurde ärgerlich. «Ich habe Sie nicht als Reiseführer engagiert, der mich auf die Sehenswürdigkeiten der Landschaft hinweist. Sagen Sie mir lieber, ob wir uns durch die Schlucht da vorn zwängen müssen?»

Der Scout zuckte gleichmütig mit den Schultern. «Wenn wir auf dem schnellsten Weg nach Batoche kommen wollen, ja.»

Effingtons Laune verschlechterte sich bei dieser Antwort. Verständlich, denn etwa eine halbe Meile vor ihnen wuchteten die Hügel zu steilen Bergen empor, die sich in wahrhaft beängstigender Weise einander zuneigten. Effington knurrte: «Berge, Berge und nochmals Berge. Möchte wissen, was dahinter kommt?»

Trocken antwortete der Scout: «Noch ein paar Hügel, und die Schlucht ist eng und lang.»

«Mann!» schrie der Major. «Das ist für einen Überfall wie geschaffen. Von den Bergen herab können uns die Rothäute wie auf dem Schießplatz abknallen!»

Der Mountedman war nicht aus der Ruhe zu bringen. «Wohl, Sir! Und wir können ihnen nicht mal die Haut ritzen. Zuviel Waldbestand.» Dann setzte er jedoch hinzu: «Falls sie sich diese Schlucht für einen Angriff ausgesucht haben.»

«Kann man die Berge nicht umgehen?»

Der Scout schnitt sich ein Stück Kautabak ab, und erst als es hinter seinem Schnauzbart verschwunden war, antwortete er. «Oh ja, Sir, das ist ein Umweg von einem Tagesritt. Nur noch leichte Plainsrücken, und dahinter beginnen die Sümpfe des Swan River. Dazwischen aber liegen ein paar Meilen breit die Plains, so eben wie ein Exerzierplatz.»

«Ausgezeichnet», rief Effington, «da können wir das Bataillon wieder zusammen reiten lassen, denn jeder Feind ist schon von weitem zu sehen. Habe ich recht, Mann?»

«Well, well», sagte der Scout bedächtig, «nur auch die Crees können uns von weitem sehen. Und ich wette meinen Gaul gegen einen vertrockneten Priem, wenn sie nicht schon zwischen den Hügeln und den Plainsrücken auf der Lauer liegen.»

Jetzt wurde Effington ungemütlich. Er schnauzte unbeherrscht los. «Was Sie da quatschen, Mann, ist der reine Defätismus. Also geben Sie Ihrem Gaul Pfeffer und bringen Sie mir den Spähtrupp her! Und dann nichts wie rein in die Buckelprärie!» Damit wandte er sich von dem Scout ab und seinem Adjutanten zu. «Lieutenant! Sorgen Sie dafür, daß die Nachhut aufschließt!» Effington nestelte seine Feldflasche los und genehmigte sich einen großen Schluck.

Am Abend biwakierte das Bataillon unterhalb eines langen, sanft ansteigenden Berges. Der Gipfel wurde von der untergehenden Sonne noch einmal mit Licht überstrahlt. Jetzt, da sich Effington weit genug von ihnen entfernt wähnte, war er bereit, ihren besonderen Reiz anzuerkennen. Als aber die Nacht hereinbrach, irritierten ihn sonderbare Laute, die der Wind herantrug. Er rief seinen Scout. Der nickte, als Effington ihn danach fragte.

«Höre ich schon seit einer Stunde. Würden Ihre Soldaten

nicht solchen Lärm vor den Zelten machen, könnte man sogar die Klangfolge erkennen. Das sind nämlich die Kriegstrommeln der Crees. Und wenn Sie mal zur Ebene hinaushorchen, da geben ihre Stammesverwandten, die Sumpf-Crees, Antwort.»

Hastig befahl Effington absolute Ruhe im Lager und wies an, die Lagerfeuer zu löschen.

Der Scout winkte ab. «Lassen Sie die Feuer an. So lange sie trommeln, tanzen sie und greifen nicht an. Gefährlich wird es, wenn das Tom-tom aufhört. Wird aber nicht vor Morgengrauen sein. Allerdings sind wir in keiner beneidenswerten Lage. Im Rücken haben wir die Plain-Crees und vor uns die Sumpf-Crees. Da scheint der Erzhalunke La Grande Ourse die Hand im Spiel zu haben. Ein halbes Tausend Krieger bringt der Große Bär ohne Schwierigkeit auf die Beine.»

Verstört wünschte Effington dem Scout eine gute Nacht. Er ließ die Wachen verdoppeln, und da er wußte, daß der Schlaf sich unter solchen Umständen nicht einstellen würde, nahm er sich seine Feldflasche vor, und nach einigem Zögern auch die Reserveflasche. Eine halbe Stunde später beunruhigte ihn nichts mehr, denn er schnarchte im tiefen Rausch.

Als er erwachte, wußte er nicht sofort, woher das Gefühl der Angst kam, das ihm den kalten Schweiß aus den Poren trieb. Dann aber begriff er. Im Osten kündigte ein heller Streifen am Himmel den nahenden Morgen an. Die Trommeln der Crees schwiegen. Effington schaute sich vorsichtig um, doch ließ sich nichts Außergewöhnliches erkennen. Er weckte seinen Adjutanten, und sie machten sich zur Schlafstelle des Scouts auf. Doch von dem Mann fehlte jede Spur. Die Pferde waren nicht mehr am Platz, und die Feuerstelle mußte schon vor Stunden erloschen sein. Die Asche war bereits kalt.

«Getürmt», stellte der Leutnant lakonisch fest.

Inzwischen hatte sich der helle Streifen im Osten so vergrößert, daß er die nächsten Hügelkuppen mit fahlem Licht überfiel. Und was Effington nun sah, ließ ihm für einen Augenblick das Blut in den Adern erstarren. Auf den Kämmen der kleinen Erhebungen standen die Crees! Unbeweglich auf ihren kleinen Pferden, Schild und Lanze wie zum Angriff bereit, hoben sie sich überdeutlich gegen den Himmel ab.

Aber nun, wo die Gefahr für das Bataillon Gestalt angenommen hatte, wurde Effington wieder der tapfere Soldat, der er eigentlich immer gewesen war. Kein Griff zur Feldflasche, sondern klare und eindeutige Befehle. Das Bataillon stellte sich auf Verteidigung ein. Einige Männer rissen die Biwakzelte ein, ein paar andere fuhren die Troßwagen zu einem Karree zusammen, und der größere Teil der Soldaten legte sich feuerbereit hinter Pferdeleiber.

Doch der Angriff erfolgte nicht. Die Sonne kam hoch und ließ die Lanzenspitzen auffunkeln. Die Crees verharrten nach wie vor unbeweglich. Da wurde es Effington schließlich zu dumm. Er ließ drei Schwadronen aufsitzen und befahl von sich aus den Angriff.

In straffer Formation ritten die Kavalleristen auf den nächsten Hügel zu, den Indianern entgegen. Und die kamen endlich in Bewegung. Ein Pulk schwärmte den Kanadiern entgegen. Deren Trompeter signalisierten den Nahkampf. Hell blitzten die Säbelklingen. Einige Pfeile flogen in die Phalanx der stürmenden Soldaten, hier und da kleine Verwundungen hinterlassend, den Reiterangriff aber nicht stoppend. Schon sahen die Kanadier die furchterregend bemalten Gesichter der Crees zwei, drei Pferdelängen vor sich, da rissen die Indianer ihre Ponys herum und verschwanden. Die großen Kavalleriepferde waren den leichten Cayuses an Schnelligkeit nicht gewachsen. Unschlüssig verhielten die Schwadronenführer auf der Stelle.

Durch den Feldstecher hatte Effington die Flucht der Crees beobachtet, und er schüttelte über sich selbst den Kopf, daß er vor Stunden noch die Wilden als gleichwertige Gegner betrachtet hatte. Er lachte vor sich hin. Nein, mit diesen rothäutigen Pferdedieben würde er nicht viel Federlesens machen, die sollten ihm nicht den Weg nach Batoche verlegen. Er beorderte die Schwadronen zurück und befahl dem Bataillon, sich in Gefechtsordnung in Bewegung zu setzen. Das Frühstück sollte während des Rittes eingenommen werden. Effington war fest davon überzeugt, daß auch die noch immer auf den Hügelkämmen wie die Ölgötzen herumsitzenden Indianer Fersengeld geben würden, sowie die Kavallerie auf Treffsicherheit garantierende Schußweite an sie herankam.

Zu seiner Verwunderung kam bei höher steigender Sonne der nächste Angriffspulk der Crees unter gellendem Kriegsgeschrei herangeschwärmt. Ungeachtet des Gewehrfeuers der Kavalleristen, ritten die Indianer so dicht heran, daß ihre alten Vorderladerbüchsen doch einige Pferde und Reiter verwundeten. Dazu ging ein Hagelschauer von Pfeilen nieder. Zwei Soldaten starben. Sie konnten nicht mehr sehen, wie die Crees mit ihren Ponys eine Kehrtwendung vollführten und wiederum blitzschnell in die Richtung verschwanden, aus der sie gekommen waren.

Außer sich vor Zorn setzte Effington an der Spitze seiner Reiter den flüchtenden Indianern nach, ohne sie jedoch einholen zu können. Dafür sah er sich bald darauf schon wieder gezwungen, den nächsten Schwarm abzuwehren. Wieder erlitt sein Bataillon Verluste.

Diese Art des Kampfes wiederholte sich den ganzen Tag über. Die Indianer griffen an, schossen, bis sich die Schwadronen zum Angriff formierten, und zogen sich dann eilends zurück.

Erst bei Sonnenuntergang verschwanden die Crees aus den Augen der völlig erschöpften Kavalleristen. An ein ordentliches Biwak war nicht zu denken. Die Soldaten warfen sich ermüdet auf den feuchten, teilweise morastigen Boden nieder. Doch wohl kaum einer von ihnen schlief richtig tief. Nicht wegen des Bodennebels und der blutgierigen Moskitos, sondern weil wieder das nervenzermürbende Dröhnen der Trommeln einsetzte. Nur kam es jetzt nicht von Bergen und

Hügeln herab, sondern schien aus der Erde hervorzudringen. Doch das war eine Täuschung, die daher rührte, daß Effingtons Kämpfer auf dem einzigen erhöhten Punkt in einer sonst weit und breit flachen Landschaft zusammengedrängt waren.

Im Morgengrauen begann das Spiel von neuem. Die Crees griffen an, wichen nach Osten zurück, und Effington ließ seine Soldaten verzweifelt den Indianern nachrennen, ohne sie jemals zum Nahkampf stellen zu können. Die Zahl seiner Toten hatte sich auf zehn erhöht, und die Verwundeten zählte er nicht mehr. Sein Adjutant blutete aus einer Kopfwunde von einem Streifschuß, die nur notdürftig verbunden war. Effington selbst trug den linken Arm in einer Schlinge, dessen oberer Muskel von einer Pfeilspitze zerrissen war.

Gegen Mittag ließen die Angriffe der Crees nach. Dafür tauchten plötzlich aus den Büschen und Sträuchern unberittene Indianer auf, die die Truppe mit Büchsenfeuer beunruhigten. Als ein Soldat zwei der Männer verfolgte, versank sein Pferd plötzlich im Sumpf. Der Mann versuchte sich in höchster Not vom Rücken des Tieres zu retten, geriet nun aber selbst in den blasigen, graubraunen Brei. Vor den Augen seiner entsetzten Kameraden verschwanden Pferd und Reiter so schnell, daß keine Hilfe mehr geleistet werden konnte.

Endlich begriff Effington, daß er der Taktik der Crees erlegen war. Mit ihren ständigen Angriffen hatten sie seine Verfolgungswut gereizt und ihn dabei immer mehr in die Sümpfe, in das Quellgebiet des Swan River und unzähliger kleinerer Flüsse gelockt. Sein geflohener Scout mußte so etwas vorausgesehen haben, falls er nicht mit den Crees gemeinsame Sache gemacht hatte, was bei den halbblütigen Pfadfindern immer zu befürchten blieb.

Wie Major Effington die Angelegenheit auch drehte und wendete, es blieb die Tatsache, daß er hier in den Sümpfen fast ebensoweit entfernt von Batoche saß, als wäre er in Qu'Appelle geblieben.

Und nun dämmerte es ihm. Natürlich, man wollte ihn vom kürzesten Weg nach Batoche abdrängen, damit die Rebellenchiefs Riel und Lépine in aller Ruhe aus dem Nest verschwinden konnten, um sich der Festnahme zu entziehen.

Aus war es mit der Offizierskarriere! Effington konnte sich vorstellen, daß ihm das Oberkommando nie verzeihen würde, von «Wilden» übertölpelt worden zu sein. Und wenn er sich jetzt nicht schleunigst zurückzog, riskierte er, daß das ganze Bataillon aufgerieben wurde. Es würde dann noch nicht mal eine Strafexpedition gegen die Crees geben, die würden nämlich beweisen, daß sie sich niemals einer Armee-Einheit vor Batoche entgegengestellt hätten. Was mußte deren Kommandeur sich auch soweit vom Auftragsziel entfernt mit irgendwelchen Stämmen aus den Sümpfen herumschlagen...

Also zurück nach Qu'Appelle! Mein Gott, das Fort war ja fast ungeschützt. Wenn da nun eine böse Suppe angekocht wurde? Geplagt von bösen Ahnungen, gab Effington den Befehl zum sofortigen Rückmarsch. War schon der Vormarsch des Bataillons nicht gerade von Eile geprägt gewesen, dieser Rückzug ging fast im Schneckentempo vonstatten, denn zur völligen Erschöpfung seiner Soldaten gesellte sich noch die Unsicherheit des Terrains. Wiesen, strotzend vor saftigem Grün und verlockend in ihrer schillernden Blumenpracht, stellten sich immer wieder als Sümpfe heraus. Kaum trabten die ersten Pferde in diese herrliche «Weide», ertönte unter ihren Hufen das gefährliche Schmatzen und Gurgeln.

Es erschien wie ein Wunder, daß die Angriffe der Crees aufgehört hatten. Nicht jedoch für Effington, der nun begriff, daß die Indianer jetzt alles dem unwegsamen Gelände überließen. Zu wiederholten Malen verfluchte er seinen Scout.

Der vom Major reichlich mit Verwünschungen bedachte Mountedman galoppierte inzwischen stracks nach Südwesten. Das Schicksal der von ihm im Stich gelassenen Regulären kümmerte ihn nicht einen Deut. Wenn sich dieser Kommandeur trotz warnender Hinweise vom richtigen Pfad abbringen ließ, war das nicht seine, Jerry Potts, Angelegenheit. In einen Kampf mit den Crees ließ er sich nicht ein.

Der Anglomestize Potts hatte nämlich früher einmal mit dem Stamm seiner Mutter, den Kainah, sechzehn Creeskalpe erbeutet. Er wußte, was ihm bevorstand, fiel er den Crees in die Hände. Und Jerry Potts hatte auch keine Lust, in Händel mit den Métis verwickelt zu werden, hatte er doch im Vorjahr noch zu Lépines Combattanten gehört. Sein Reiseziel hieß jetzt Qu'Appelle, wo noch Fallen und Ausrüstungsgegenstände lagen. Die wollte er sich holen, und dann ab in die Berge, um wieder das freie Leben eines Trappers zu führen.

Daß Jerry Potts eines Nachts aus seinen angenehmen Zukunftsträumereien gerissen wurde, lag an einem Mann, der sich ebenfalls einmal als Scout verdingt hatte. Potts, im Vertrauen darauf, daß Indianer nie zwischen Sonnenuntergang und Sonnenaufgang umherstreifen, hatte sich wie allabendlich nach Einbruch der Dunkelheit ein Lagerfeuer gemacht.

Tomahawk jedoch hatte es geschafft, bei den Suksis die abergläubische Furcht vor Kriegszügen in der Dunkelheit – zumindest für diesen Ritt nach Qu'Appelle – zu verdrängen. Er war der Ansicht, es sei besser, bei Nacht zu reiten, um nicht den Kundschaftern der Ranger oder Regulären vorzeitig ihre Ankunft zu signalisieren.

Jerry fiel jedenfalls vor Schreck der Kaffeetopf aus den Händen, als er sich von Indianern umringt sah. Als er sie gar noch als Assiniboine in Kriegsbemalung erkannte, nahm er im Geiste Abschied von dieser schönen Welt. Aber mit dieser Welt mußte es seiner Ansicht nach sowieso bald zu Ende gehen, wenn sich Indianer nachts auf den unguten, den blutigen Pfad begaben. Da konnte er getrost den Vorreiter in die ewigen Jagdgründe abgeben. Obwohl es schade war um solch einen prachtvollen Haarschmuck, wie er ihn zu besitzen glaubte.

Bedauernd strich seine Hand über den verfilzten Wirbel am Hinterkopf. Und da erst bemerkte er Ambroise Lépine und Tomahawk. Als er gar noch Louis Riel erkannte, billigte er sich eine Chance zu. Also erhob er sich, machte die Honneurs und lud alle zum Kaffee ein. Und zu seiner Erleichterung folgten Métis und Indianer der Einladung.

Schon nach dem ersten dampfenden Becher hatte Ambroise Lépine alles erfahren, was er wissen wollte. So also stand es um Effingtons Reiterei! La Grande Ourse hatte mit vollem Erfolg operiert. Nun mußten sie ihren Teil hinter sich bringen.

Lépine ließ sich nochmals Kaffee einschenken und sagte dann unvermittelt: «Ab heute unterstehst du wieder dem Kommando der Combattanten, Jerry Potts! Roll deinen Schlafsack zusammen, in einer halben Stunde geht es weiter. Zur Frühstückszeit müssen wir in Qu'Appelle sein. Du wirst keine unnützen Fragen stellen. Deine Aufgabe besteht darin, die im Fort befindlichen Regulären aus ihren Unterkünften zu genau dem Zeitpunkt herauszulocken, wo wir im Forthof das Gespräch mit dem Rangercaptain eröffnen. Das muß exakt auf die Minute geschehen. Ich hoffe sehr, unser Vorschlag kommt dir gelegen? Andernfalls müßten sich unsere Suksis mal nach den Skalpen erkundigen, die du den Kainahsquaws zum Trocknen übergeben hast. Haben wir uns verstanden?»

Potts war wieder der alte. «Was gibt es da mißzuverstehen? Und was wird später sein?»

Louis Riel mischte sich plötzlich ein. «Später reiten Sie nach Fort Garry und berichten, daß Louis Riel und Ambroise Lépine ihren Häschern entkommen sind.»

«Auch gut», lautete Potts Antwort.

Captain Dunhill saß noch vor seinem Haferbrei, als ihm ein Ranger meldete, der Spürhund und die Assiniboine seien zurückgekehrt. Wie es aussähe, hätten sie zwei Gefangene bei sich.

Dunhill sprang so rasch auf, daß er sich an der Tischkante das Knie wundstieß. Er humpelte zu einer Brustwehr und verschaffte sich mit einem Fernrohr die Gewißheit, daß tatsächlich Tomahawk Louis Riel und Ambroise Lépine mit sich führte. Die beiden Métisführer saßen unbewaffnet und gefesselt auf den Pferden.

Laut rief Dunhill die Ranger auf den Hof hinaus. Er gratulierte ihnen zum erfolgreichen Kommandounternehmen und fügte hinzu: «Nur noch ein paar Schüsse, Boys, und dann geht es in den Urlaub, mit einer dicken Prämie. Jetzt das Tor auf! Wenn ich das Kommando gebe, werden alle Besucher zusammengeschossen!»

Schweigend ritten die Indianer und Tomahawk mit den Gefangenen in den Forthof ein. Jerry Potts ritt unverzüglich zu der Unterkunft der Soldaten, die er mit der Bemerkung ins Freie lockte, er habe wichtige Nachrichten von Major Effington zu überbringen.

Dieser Vorgang lenkte Dunhill für einen Augenblick ab, so daß Tomahawk sein Pferd unmittelbar vor dem Captain zum Stehen bringen konnte, was Dunhill mit dem Feuerbefehl zögern ließ, denn er befand sich selbst in der Schußlinie. Tomahawk deutete auf Riel und Lépine. «Sir, Auftrag befehlsgemäß ausgeführt. Und nun bitte die Finger zum Himmel! Ein bißchen plötzlich, wenn ich bitten darf!»

Da hatten auch schon Louis Riel und Lépine die losen Fesseln abgestreift und richteten ihre Waffen auf die verblüfften Ranger. Heham Luta und seine Krieger begannen sofort mit der Entwaffnung der Kanadier. Jerry Potts redete auf die Soldaten ein: «Wer einen Trick versucht, bekommt sein Begräbnis!»

Noch immer starrte Dunhill entgeistert in die Mündung jenes Gewehres, das er einst dem Spürhund geschenkt hatte, um ihn für seine Pläne zu ködern. Er brachte kein Wort über die Lippen.

Louis Riel ritt gemächlich heran. «Unsere Festnahme haben Sie sich etwas anders vorgestellt, nicht wahr? Nun, Capitaine, scheinen Sie etwas aufgeregt. Beruhigen Sie sich. Wir sind keine Meuchelmörder, wir kämpfen nur um unser Recht, als Menschen in unserem Land leben zu können. Leider müssen wir es nun für einige Zeit verlassen. Sie und Ihre Jungs werden uns ein Stück des Weges begleiten. Sie haben doch nichts dagegen?»

Angesichts des Kräfteverhältnisses fügte sich Dunhill.

Er hatte sogar seine Sprache wiedergefunden und konnte es sich nicht verkneifen, zu Tomahawk hinaufzumurmeln: «Was setzen Sie bloß aufs Spiel, Junge? Sie wissen doch, was Ihren Leuten passiert, wenn wir nicht ordnungsgemäß zurückkehren!»

Haßerfüllt hielt Tomahawk Dunhill die Winchester unter die Nase. «Haben Sie wirklich geglaubt, Sie könnten mich mit ein paar Dollars und einem Schießeisen kaufen? Sie hätten mich besser kennen müssen! Mir die Beteiligung an einem Mord zuzumuten, war wohl die größte Beleidigung. Nie werden Sie einen Métis oder Indianer begreifen!»

Erregt fiel ihm Dunhill ins Wort. Von einem Mord könne wohl nicht die Rede sein.

Tomahawk sah ihn kalt an. «In der Brandnacht habe ich den Geheimbefehl an mich genommen, ehe Ihre Kartentasche verschmorte. Sehr aufschlußreich, was da gefordert wurde. Ich habe unserem Präsidenten Louis Riel den Brief übergeben ...»

Wie von einem Schlag getroffen, taumelte Dunhill zurück. Sein Gesicht überzog sich mit fahler Blässe. Leise fragte er: «Was werden Sie mit mir machen?»

Ambroise Lépine hatte bisher nur zugehört. Jetzt nahm er das Wort und faßte Dunhill am Kragenknopf. «Was mit Ihnen geschieht, hängt davon ab, was Ihnen Ihr Leben wert ist. Ich hätte nicht übel Lust, euch alle aufzuknüpfen. Doch das würde Louis Riel verhindern. Non, non, Monsieur, nicht weil er die Gewalt stets mißbilligt hat, denn nach all der Schurkerei hat er ein anderes Verhältnis zur Gewalt. Aber er wird deswegen dagegen sein, weil Sie uns noch nützlich sein können. Da haben Sie nämlich am Souris River unschuldige Menschen einem Killer als Geiseln ausgeliefert. Sehen Sie zu, wie Sie dort Schlimmes verhüten können! Das ist Ihre einzige Chance, am Leben zu bleiben. Wird den Leuten dort auch nur ein Haar gekrümmt, dann, mon capitaine ...»

Jemand, der Ambroise Lépine nicht kannte, hätte ihn bei seinen nächsten Worten für einen ausgemachten Sadisten halten müssen. Louis Riel war versucht, ihm ins Wort zu fallen, da er aber wußte, daß Lépine die Drohungen brauchte, um Dunhill gefügig zu machen, schwieg er.

«Wissen Sie, wie die Assiniboine einen Schuft ins Jenseits befördern? Sie reißen ihm alle Kleider vom Leibe und beschmieren den nackten Körper mit Ahornsirup. Dann suchen sie einen großen Ameisenbau, und in den graben sie den Mann ein. Nur den Kopf lassen sie herausschauen. Nach drei Tagen – solange lebt solch armer Tropf nämlich meistens noch – kommen sie wieder und warten, daß sie den Skalp nehmen können. Das Opfer hat dann keine Stimme mehr, um für sich einen schnellen Tod zu erbetteln. Tja, mon capitaine! Die Assiniboine sind eben unzivilisierte Wilde. Wären sie schon zivilisiert, würden sie nicht solche Martern ausdenken, sondern sich auf Geiselmord spezialisieren. Also, mon capitaine, Ihre Entscheidung?»

Die letzte Frage war vergeblich an Dunhill gerichtet. Der Captain war zusammengebrochen. Zwei Suksis mußten ihn hochziehen. Dann wiederholte Lépine seine letzte Frage. Dunhill nickte und flüsterte: «Ich werde tun, was Sie verlangen.»

Jerry Potts hatte den Indianern inzwischen gezeigt, wo die Waffenkammer des Forts lag. Die Suksisjoketuks trugen Gewehre und Patronen heraus, so viele sie nur auf ihren Pferden verstauen konnten.

Heham Luta wies beglückt auf die Beute. «Dunhill hat uns Gewehre als Belohnung versprochen. Hier sind sie. Es war ein guter Ritt, Bruder. La Grande Ourse schickt demnächst Kanus als Bezahlung für die Ponys. Unser Stamm wird wohlhabend sein.»

Tomahawk blickte finster vor sich hin. Das dauerte ihm alles zu lange. «Die Wölfe sollten sich etwas beeilen. Ein scharfer Ritt und vielleicht auch noch ein harter Kampf stehen uns bevor.»

Auch Lépine drängte zum Aufbruch. Er winkte Potts heran und wollte wissen, wie es in den Magazinen des Forts aussähe. Jerry lachte. «Alles leer jetzt. Aber ein paar Schießprügel ohne Patronen müssen wir den Rangern umhängen, damit sie echt aussehen.»

Ambroise lobte den Einfall. Die Ranger, einschließlich Dunhill mußten ungeladene Waffen aufnehmen und ihre Pferde satteln. Louis Riel verabschiedete sich von Jerry Potts, der sich das Genick kratzte. «Schätze, ich muß mich sputen, um nach Fort Garry zu kommen. Ich muß früher dort sein, als die Nachricht von dem, was wir hier angestellt haben. Viel Glück auf den Weg, Präsident!»

Louis schüttelte die Hand des Trappers. «Auch dir viel Glück!»

Potts galoppierte Fort Garry entgegen, während Riel und Lépine darangingen, die Ranger so in ihren Zug einzuordnen, daß von weitem kein Mensch darauf kommen konnte, hier würden Kanadier als Gefangene mitgeführt.

Als die Kolonne abmarschbereit war, kam Lépine ein Gedanke, den er schließlich Louis Riel, Tomahawk und Heham Luta mitteilte.

Als Tomahawk hörte, was für einen Streich der Schwarzbart plante, überzog zum ersten Mal seit längerem wieder ein Lächeln sein Gesicht. Als er Dunhill mit einem Blick streifte, verwandelte sich das Lächeln in ein schadenfrohes Grinsen. Gleich darauf wurde er jedoch wieder ernst. Er konnte die Zuversicht Lépines nicht ganz teilen, und er schwor sich: Ehe er in dem bevorstehenden Kampf aufgab, würde er Dunhill töten.

Heham Luta führte die Kolonne in scharfem Tempo geradenwegs nach Süden. Am anderen Morgen trafen sie auf etwa zwanzig Assiniboine, die sich, von Spähern über die Ereignisse im Territorium unterrichtet, auf den Weg gemacht hatten, um sich den Suksisjoketuks anzuschließen. Tomahawk und Lépine begrüßten die Ankömmlinge als willkommene Verstärkung, zumal Heham Luta die Krieger mit den Beutegewehren gut bewaffnen konnte. Louis Riel hingegen sah in der Ankunft der Assiniboine die zukünftige enge Kampfgemeinschaft der Métis und Indianer.

Tage danach lenkte Tomahawk an der Spitze des Zuges seinen Grauen durch eine seichte Furt des Souris River. Und weitere zwei Tage vergingen, bis sich der Trupp im Morgengrauen Emiles Station nähern konnte.

Nun kam Dunhills Stunde. Er schritt mit seinen Rangern, die ungeladenen Gewehre über den Schultern, bis zu jener Distelhecke zwischen Haselnußgebüsch und Pappelwäldchen, wo einst Emile dem kleinen Benny das Köpfen der Disteln hatte beibringen wollen. Hinter sich wußte Dunhill die schußbereiten Indianer. Auch Louis Riel und Ambroise Lépine hielten sich noch in der Deckung der Sträucher. Sie warteten ab, bis Tomahawk zu dem Corral geschlichen war. Im hohen Gras konnte ihn niemand von den Gebäuden aus entdecken. Er hingegen konnte alles, was sich zwischen den Hütten abspielte, übersehen.

Der Spürhund wartete geduldig, bis sich die Dinge soweit entwickelt hatten, daß ein Eingreifen eine Chance versprach. Inzwischen versuchte er sich vorzustellen, unter welchen Bedingungen die Geiseln leben mußten. Er kannte zwar Billings Rohheit und Brutalität zur Genüge, doch hoffte er, die übrigen Ranger hätten den Sergeanten vor allzu großen Ausschreitungen zurückgehalten.

Tomahawk konnte nicht wissen, daß es unter den Bewachern inzwischen so etwas wie ein Wetteifern um die Gunst Mabel McLellans gab. Hatte Mabel anfangs verächtlich reagiert, änderte sie ihr Verhalten, als sie erkannt hatte, daß die Rivalität der Männer sie und ihre Leidensgefährten vor Demütigungen und Mißhandlungen durch Billings bewahrte.

Zwar wurden die Bewohner argwöhnisch beobachtet, doch die Wachsamkeit der Ranger ließ nach.

Es hatte Mabel nicht wenig Mühe gekostet, Emile, Baptiste und Pierre vor der Verzweiflungstat einer Befreiung zu bewahren. Unterstützung hatte sie dabei durch Tschintschapé und Charity erhalten. Die drei Frauen glaubten fest daran, daß Tomahawk sie retten würde. Doch damit durften sie weder

Emile noch den Brüdern Sayer kommen. Immerhin hatte es Mabel erreicht, Emile davon zu überzeugen, wie wichtig es für sie alle war, wenn sie so tat, als gefiele ihr das Gebalze der Kanadier. Emile begriff und rechnete sich aus, daß tatsächlich bald der Zeitpunkt herangereift war, wo die Ranger sich an die Kehle gingen. Dann konnte man die Situation ausnutzen.

An dem Tag, an dem Dunhill nun sein Spiel an der Distelhecke beginnen sollte, hatte sich die Situation zu Emiles Genugtuung so gestaltet, wie er sie sich wünschte. Längst hatte er bemerkt, daß Billings nur noch zwei Parteigänger unter den Rangern besaß, die seine Befehle einigermaßen exakt ausführten.

An diesem Morgen war ein offener Streit ausgebrochen. Emile hatte zum Frühstück einen sorgfältig aufbewahrten Krug seines Selbstgebrannten spendiert, und dessen Wirkung zeigte sich, als Billings bemängelte, die Wachen würden nicht mehr ordentlich durchgeführt. Einer der Ranger tippte daraufhin vielsagend an die eigene Stirn. Billings schlug den Mann mit einem Fausthieb zu Boden. Die Folge war, daß er mit einer Revolvermündung konfrontiert wurde. Es war ein Freund des Niedergeschlagenen. «Stop, Sergeant! Hier wird nicht geprügelt. Du kannst uns überhaupt nichts befehlen. Der Captain ist weit weg, und wer weiß, wann und ob er überhaupt wiederkommt. Also spiel dich nicht so auf!»

Auf einen Wink Billings traten seine beiden Anhänger in Aktion. Einer drückte dem Revolvermann die Gewehrmündung in den Rücken. Hochrot und zornig standen sich die Männer gegenüber. Das war der Augenblick, den Emile nutzen wollte. Als er, wie es schien, furchtsam vom Tisch aufstand, schob er das Gewehr des am Boden liegenden Rangers vorsichtig zur Seite. Das Herz schlug wie rasend. Wie konnte er sich die Waffe am unauffälligsten aneignen?

In diesem Augenblick rief es von draußen: «Sergeant Billings! Hören Sie mich? Kommen Sie heraus und helfen Sie uns! Wir haben unsere Gäule verloren.»

Billings ging zum Fenster und erstarrte. «Verdammt! Der Captain.»

War man eben noch bereit gewesen, sich gegenseitig das Leben zur Hölle zu machen, wollte jeder, da er die Stimme des Vorgesetzten hörte, wieder zu der auf Gedeih und Verderb zusammengeschweißten Rangertruppe gehören. Der am Boden liegende «Kamerad» mußte schnellstens aus seiner Ohnmacht geweckt werden, was mittels eines Wassergusses einigermaßen gelang.

Unterdessen rief Dunhill fast flehend: «Sergeant! Wo bleiben Sie?»

Billings horchte auf. «Der Captain scheint in der Klemme zu stecken. Werde mal nachschauen, was los ist. Zwei Mann an die Fenster als Feuerschutz für mich! Die anderen behalten die Geiseln im Auge.» Er entsicherte sein Gewehr und stieß die Tür auf.

Neben den Disteln stand Dunhill, umringt von seinen Männern. Das sah nicht nach siegreicher Heimkehr aus. Doch dann entdeckte Billings die Gewehre. Na also! Dem Captain Großmaul waren anscheinend nur die Pferde abhanden gekommen, und nun konnte er nicht in die Station einreiten, wie es sich für einen Offizier gehörte.

Billings unterdrückte ein hämisches Lachen. Sollte Dunhill ruhig noch ein bißchen stehen und warten, ehe man ihm Reitpferde zutrieb. Dämlicher Standesdünkel. Laut jedoch rief er: «Hier bin ich, Captain! Was steht zu Diensten, Sir?»

«In den Sträuchern hinter uns stehen schwerbewaffnete Indianer und Métis. Werfen Sie Ihr Gewehr fort und lassen Sie die Ranger mit erhobenen Händen ins Freie kommen! Wenn wir gehorchen, wird niemand zu Schaden kommen. Anderenfalls fahren wir alle zur Hölle. Beeilen Sie sich, Mann!»

Billings glaubte, sich verhört zu haben. Doch dann höhnte er in maßloser Wut zum Wohnhaus hinüber, wo er seine Kumpane schußbereit an den Fenstern wußte: «Nun seht euch den Captain an, wie er mit vollgeschissenen Hosen verlangt, wir sollen uns den Bastarden ausliefern. Was sagt ihr dazu?»

In diesem Augenblick schoben sich die Suksisjoketuks durch die Büsche und richteten ihre Gewehre auf Billings und die Fenster. Die Ranger erfaßten, was die Stunde geschlagen hatte. Man ermahnte Billings, auf den Captain zu hören und sich mit den Rothäuten zu arrangieren.

Billings raste. «Ihr gottverdammten Feiglinge! Könnt ihr nicht erkennen, wie sehr wir im Vorteil sind? Die werden nicht angreifen, sie wissen, daß ihnen dann die Kadaver ihrer Sippe vor die Füße rollen. Also zeigt eure Knarren, damit die Bande merkt, wir spaßen nicht. Vorsicht Dunhill! Bleiben Sie an der Distel! Ich habe den Finger am Drücker, und ich bin verdammt nervös.»

Plötzlich stand Louis Riel neben Dunhill und rief dem Sergeanten zu: «Sie haben keine Chance! Die Zeit ist auf unserer Seite. Ehe Sie sich an den Geiseln vergreifen, sind Ihre Männer tot. Wollen Sie das Leben Ihrer Kameraden auf dem Gewissen haben?»

Augenblicklich begriff Billings, wer da eben zu ihm gesprochen hatte. Für den Bruchteil einer Sekunde schwankte er in seiner Haltung, doch dann gewann die Sturheit wieder Oberhand. «Welche Kameraden? Wenn die dort sich über den Löffel balbieren lassen, sollen sie getrost die Folgen tragen. Der Vorteil liegt bei uns. Wir haben Munition, Verpflegung und die Geiseln. Und nun genug geschwatzt. Jungs, laßt mal ein Feuerwerk los!»

Tatsächlich knallte es zweimal aus den Fenstern. Billings behielt die Haselnußsträucher und die Distelhecke im Auge und wollte zurück zur Tür springen. Dem leeren Corral schenkte er erst Beachtung, als er von dort her ein verdächtiges Geräusch vernahm.

Eine Drehung nur, und er erkannte, wie jemand durch das Gras heranschlich. Billings trat einen Schritt zurück, wollte das Gewehr hochreißen. Doch da grub sich die aufblitzende Klinge einer Streitaxt bereits tief in sein Gehirn.

An den Fenstern heulte einer der Ranger zornig auf. Von seiner Position aus konnte er Tomahawk jedoch nicht ausmachen. Er wollte sich eine bessere Sicht verschaffen und trat zur Tür. Da hörte er eine Stimme hinter sich. «Schluß jetzt! Lassen Sie die Waffe fallen!»

Erstaunt drehte er sich um. Neben dem Tisch stand Emile mit schußbereitem Gewehr. Pierre und Baptiste hatten die anderen Ranger überwältigt. Ein paar Minuten später waren alle Ranger gefesselt.

Tschintschapé sah ihren Sohn langsam näher kommen, und noch ehe Emile sie daran hätte hindern können, flog sie Tomahawk an die Brust. Sie streichelte ihn, lachte, weinte und stammelte immer wieder: «Mein Sohn, mein lieber Sohn . . .»

Emile, der sich grollend abwandte, wurde von Louis Riel und Ambroise Lépine sanft zum Tisch gezogen. Leise erzählten sie ihm, wie sich Tomahawk verhalten habe, und sie gaben dem alten Destouelle zu verstehen, daß es höchste Zeit sei, dem Sohn die Schärpe zurückzugeben. Louis und Ambroise spürten, wie glücklich der Alte war, obwohl er sich anfangs noch etwas ungläubig sperrte.

Da weit geringere Anlässe einen Festschmaus auslösten, wollte man den Sieg ganz besonders feiern. Vor den Hütten wurden die Tafeln hergerichtet.

Tomahawk trat ins Magazin, um an dem Rat der Männer teilzunehmen. Als er den Kopf durch die Tür steckte, rief Lépine dröhnend: «Setz dich, Combattant! Louis will etwas sagen!»

Und Tomahawk sprach Lépine zum ersten Mal nicht mit dem vertrauten «Onkel» an, sondern erwiderte: «Oui, mon commandant!» Er setzte sich gehorsam auf einen Fellstapel. Louis Riel ergriff das Wort. Was sollte mit den Gefangenen geschehen?

Baptiste knurrte: «Erschießen!» Dieser Rat brachte ihm aber nur einen zornigen Blick Riels ein.

Emile meldete sich zu Wort. «Es ist schon zuviel Blut

geflossen, dennoch hat Dunhill eine Strafe verdient. Wir sollten die Strolche mit in die Berge nehmen und sie einige Zeit bei den Suksisjoketuks lassen. Hier müssen wir unsere Zelte abbrechen. Aber wir wollten sowieso am großen Council der Assiniboine in Montana teilnehmen. Wenn wir morgen aufbrechen, nehmen wir die anglais mit. Sollen sie mal so leben wie Indianer, da verlieren sie Fett.»

Ambroise blinzelte Tomahawk zu. «Bleibt es bei unserer Abmachung?»

«Aber gewiß, mon commandant!»

Alle waren sich einig, daß die Idee nicht schlecht sei. Dann begab man sich zu Tisch. Während des Schmauses saßen Heham Luta und Tomahawk nebeneinander. Die Rote Eule beobachtete den Blutsbruder, der nur Augen für das goldhaarige Mädchen hatte. Tomahawk schreckte dann auch geradezu auf, als Emile ihn aufforderte, sich zu erheben. Verwirrt stand Tomahawk vor dem Vater. Emile hielt eine prächtige Schärpe in den Händen.

«Dieses rote Seidentuch habe ich einst von meinem Vater als Schärpe erhalten. Nur bei festlichen Anlässen habe ich sie getragen. Deine Mutter hat sie heute mit dem Zeichen des Donnervogels bestickt. Wenn du, mein Kleiner, mir verzeihen kannst, dann laß dir diese Schärpe von mir umlegen.»

Tomahawk beugte den Nacken. Dann umarmten sich Vater und Sohn. Es war nicht auszumachen, wer mehr strahlte: Tschintschapé oder Mabel.

Aber dann war es Charity, die ihn später plötzlich beiseite zog. «Wie es aussieht, Tomahawk, müssen wir wieder mal trecken. Ich altes Weib habe nicht mehr viel Kraft dazu. Bin deshalb in Sorge, was aus Mabel und Benny wird.»

Als Tomahawk nach geeigneten Worten suchte, winkte Charity ab. «Ohne Umschweife: Das junge Frauenzimmer hat all die Zeit von nichts anderem geschwatzt, als von Euren Vorzügen und wie Benny an Euch hängt. Also kurz und gut, wie steht Ihr zu Mabel? Wollt Ihr Euch ihrer und des Jungen annehmen? Ich kann das fragen, denn sie war einmal mit meinem Sohn verheiratet.»

Tomahawk war selten so verlegen gewesen wie jetzt. «Oh ja, nur zu gern, Madame. Aber wird denn Mabel wollen?»

Charity lachte laut auf. «Fragen müßt Ihr sie schon selbst. Ich schicke sie rein.»

Ehe Tomahawk, dem nun doch bänglich zumute war, protestieren konnte, war Charity hinausgehuscht.

Sie bedeutete Mabel, ins Haus zu gehen, und als die junge Frau sich entfernt hatte, flüsterte die Alte mit Tschintschapé.

Nach einer Weile kam Mabel mit Tomahawk und rief Benny zu sich. Der zögerte, weil er glaubte, es solle zu Bett gehen.

Mabel stellte sich, hochrot im Gesicht, vor den Jungen hin. «Benjamin McLellan, möchtest du Mister Tomahawk zum Dad haben?»

Benny nickte ganz ernsthaft, so als wenn er an ein solches Glück nicht glauben könnte. Wie er aber in Tomahawks Augen blickte, schien es ihm, daß es ernst gemeint sei. Jubelnd sprang er an dem großen Freund hoch und schlang seine Arme um dessen Nacken.

Für die Männer an den Tischen kam das alles ein bißchen überraschend. Tschintschapé und Charity hingegen schauten so fröhlich drein, daß Emile spaßte, sie hätten da wohl ein wenig am Kuppelpelz gekämmt.

Nun hätte es eigentlich der Brauch verlangt, daß die Feier tagelang weitergegangen wäre. Es war aber die Zeit nicht danach. Louis Riel, von den Métis noch immer als Präsident anerkannt, vollzog die Trauungszeremonie.

Er gönnte allen jedoch nur noch ein paar Gläschen und ermahnte sie, bei aller Freude nicht zu vergessen, daß man in die Berge zu den Suksisjoketuks hinauf müsse.

Anderen Tages wurde ein bißchen Hausrat und Verpflegung auf die Red-River-Karren geladen, und bald darauf schaukelten der Planwagen Charitys und die Karren der Métis westwärts. An unebenen Stellen mußten die gefangenen Ranger tüchtig in die Speichen greifen. Tomahawk und einige Suksis betätigten sich als Viehtreiber, denn Emile hatte darauf bestanden, die paar Pferde und Kühe, die die Einquartierung der Kanadier überlebt hatten, mitzunehmen. Das behinderte zwar das Marschtempo, andererseits hatte man für unvorhergesehene Fälle eine Verpflegungsreserve. Außerdem kam man zu den Cousins nicht mit leeren Händen.

Heham Luta war mit mehreren Männern des Wolfsbundes der Karawane vorausgeeilt. Nape Peta sollte von der Ankunft der Gäste erfahren. Die Rote Eule war sicher, dem greisen Friedenshäuptling der Suksisjoketuks würde das Leben nicht mehr viele frohe Erlebnisse bringen. Deswegen hatte es Heham Luta eilig, dem Alten zu berichten, daß die Tochter, der Schwiegersohn und vor allem der Enkel mit Squaw auf dem Weg zu ihm waren. Das würde dem alten Mann ganz gewiß die Kraft geben, den Stamm heiteren Gemütes nach Montana zu führen.

Weniger heiter war es Colonel Dennis zumute. Man konnte sogar behaupten, daß er außerordentlich verdrossen war. Seit einigen Wochen befand er sich wieder in Fort Garry, wo er eine kleine Polizeitruppe zusammenstellte, die solche Aufgaben zu übernehmen hatte, wie früher die Männer Captain Dunhills. Nur wagte in seiner Umgebung den Colonel, nein nicht mehr den Colonel, sondern den jetzigen Superintendent Dennis, niemand an diesen Dunhill zu erinnern. Hörte er wirklich einmal von dem spurlos Verschwundenen, explodierte Dennis fast vor Zorn. Nach seiner Meinung hatte nämlich sein eigenes Unglück mit dem Versagen dieses karrierebesessenen Captains angefangen.

Doch es gab andere Gründe für den Sturz des ehemaligen Colonels. In Ottawa hatte eine Konferenz stattgefunden, von der Dennis noch nicht einmal etwas ahnte. Ein maßgeblicher Vertreter der britischen Krone, der Chef der Royal Bank of Canada und Premier Macdonald hatten die jüngsten Ereignisse analysiert und waren zu dem Ergebnis gekommen, daß man vorerst einiges im Nordwesten erreicht hatte. Die Republik Assiniboia existierte nicht mehr. Als bekannt geworden war, daß Louis Riel und der fast noch mehr gefürchtete Ambroise Lépine nun zwar nicht nach Alaska gebracht werden konnten, sie immerhin aber aus Batoche verschwunden waren, wollte man die bisherigen Erfolge bei der Annexion des Nordwestens nicht gefährden.

Darauf hatte besonders der Finanzmann hingewiesen, als er seinen Gesprächspartnern klarmachte, daß ein weiteres Attakkieren der Mestizen im Territorium zu einem langwierigen und kostspieligen Krieg führen müsse. Vor allem die Eisenbahngesellschaften fürchteten um ihre Pläne, wenn man Mestizen und Indianer jetzt zu einem verzweifelten Guerillakampf trieb. Ruhe mußte im Territorium herrschen, das war das wichtigste Anliegen der Konferenzteilnehmer. Doch dazu mußte man erst einmal die Canada Party zur Bedeutungslosigkeit verdammen und ihre dilettantischen Führer wie diesen Doctor Schulz und den Kommiskopf Dennis von der politischen Bühne verschwinden lassen. Die Gentlemen waren der permanenten Erfolglosigkeit der Miliz überdrüssig, und es war beschlossene Sache, sie aufzulösen. Zumal die sogenannte Heimstättenbewegung trotz des Lockmittels der Landbonusse nicht ihren Erwartungen entsprochen hatte. Man hatte von ...zigtausend Siedlern geträumt, die den Nordwesten wie eine Flutwelle überschwemmen sollten, aber es waren knappe tausend gewesen, die sich zum Siedeln entschlossen hatten, und die mußten zwangsläufig in den Weiten des Territoriums wie spärliche Rinnsale in der Wüste versickern.

Da bot im Augenblick die friedfertige Haltung der Nordwestler mehr Sicherheit für die Pläne der Konferenzteilnehmer.

Der Beauftragte der Krone, der auch dem Armeeoberkommando des Dominions angehörte, hatte seine Gesprächspartner mit weitreichenden Vorhaben des Oberkommandos vertraut gemacht. Danach sollte die reguläre Armee weiter ausgebaut werden und an die Stelle der unzuverlässigen Miliz sollte ein straff geführtes Polizeicorps treten. Für diese Truppe, mit der die Annexion des Nordwestens endgültig gesichert werden sollte, hatte der Brite auch einen Namen parat: North West Mounted Police.

Und in den ersten berittenen Einheiten dieser im Entstehen begriffenen Polizei konnte sich der ehemalige Milizcolonel Dennis an der Grenze zu den Staaten bewähren und die Scharten auswetzen, die seine Schlappen von Portage la Prairie und Stone Fort seit dem vergangenen Winter hinterlassen hatten. Mochte er dort in den Prärien die sicher schon verwesten Gebeine seines ehemaligen Captain Dunhill suchen.

So war in Ottawa entschieden worden, und deswegen tat ein mürrischer Superintendent Dennis verdrossen seinen Grenzdienst in den Cypress Hills, dort, wo unweit der Hügel ein Flüßchen entspringt, das nach wenigen Meilen bereits in den Staaten der große Missouri heißt.

Als die Ahornbäume sich schon ihres leuchtenden Herbstlaubes entledigten und der erste Rauhreif den nahen Winter ankündigte, ritt Dennis mit einigen seiner Leute am Fuße einer Hügelkette entlang. Er wollte ein Gelände finden, das sich für die Anlage eines Forts eignete. Einen Mann hatte er vorausgeschickt, der erkunden sollte, wie weit sich die waldlose Prärie jenseits der Hills ausdehnte.

Dennis rechnete mit der Rückkehr seines Reiters nicht vor zwei Tagen. Deshalb war er erstaunt, als er ihn schon nach einigen Stunden wieder heranpreschen sah. Der Mann blieb im Sattel, als er meldete: «Über den Kamm kommen eine Menge Indianer, Sir.»

Dennis rief die Männer zusammen. Diese Indianer wollte er sich anschauen. Vorsichtig nutzten die Polizeireiter die Dekkung der Tannen. Durch den Feldstecher konnte Dennis den langen Zug gut beobachten. Das war keine Kriegerbande, sondern ein ganzer Stamm auf Wanderschaft. Sehr gut ließen sich auf den Travois Frauen und Kinder erkennen. Und dann fiel es Dennis wie Schuppen von den Augen.

Das dort am Kamm waren die Suksisjoketuks, die zum Stammescouncil der Assiniboine in Montana unterwegs waren. Er erzählte die Sache seinen Leuten, wie er sie in Fort

Garry gehört hatte und fügte grimmig hinzu: «Überkluge Leute in der Regierung haben befohlen, die Rothäute nicht zu belästigen, wenn sie zum Council wandern. Noch ein oder zwei Jahre will man warten, ehe man sie in Reservationen treibt. Dieselben Leute hoffen vielleicht, die Suksis bleiben in Montana, und man ist sie dann los. Well, wir werden uns nicht mit ihnen anlegen. Wir bleiben aber in ihrer Nähe, um sicher zu sein, daß sie auch die Grenze überschreiten.»

«Und wenn sie uns entdecken?» wurde ängstlich gefragt.

Dennis grinste. «Die haben uns schon längst gerochen. Möchte wetten, ihre Späher sitzen uns sogar im Nacken. Aber keine Sorge, denen geht es wie uns: Die Leutchen zur Kenntnis nehmen, aber sich nicht an ihnen reiben. Also, vorwärts, zur Grenze, Gentlemen!»

Geduldig – jedoch aus sicherer Entfernung – beobachteten die Polizeireiter die Indianer bei ihrem Ritt durch die Cypress Hills. Als der letzte Travoi jenseits der Grenze war, wollte Dennis den Rückzug antreten. Doch plötzlich sah er, wie ein Pulk von knapp zwei Dutzend gefiederten und angemalten Reitern umkehrte und im gestreckten Galopp auf die Polizeitruppe zukam.

Sofort befahl Dennis Gefechtsbereitschaft. Indes kam ihm das Verhalten der Indianer seltsam vor. Sie winkten aufgeregt zu ihm herüber. Ihn befremdete die Aufmachung der Rothäute. Sie trugen zwar Kleidung wie die Assiniboine, doch ihre Köpfe waren bis auf die Skalplocken, in denen Federn steckten, kurz geschoren. Solche Haartracht hatte Dennis bisher nur bei den Pawnees gesehen.

Inzwischen waren die Indianer soweit herangeritten, daß Dennis seinen Feldstecher baumeln lassen konnte. Und wieder kam ihm etwas merkwürdig vor: Es waren genau neunzehn Krieger und ein Häuptling, wenn man den vordersten Reiter als den offensichtlichen Anführer der Schar betrachten wollte. Und dieser Mann kam Dennis bekannt vor. Jedenfalls wollte es ihm so scheinen, als der Anführer etwa zehn Yards von

Dennis entfernt sein Pferd zum Stehen brachte und erregt losssprudelte.

«Sir, sehe an Ihrem roten Rock, daß Sie Polizeioffizier sind. Jetzt ist Ihnen ein gewaltiger Fang durchs Netz geschlüpft. Eben haben die Bastardhäuptlinge Riel und Lépine die Grenze überschritten.» Dann stockte der merkwürdige Indianer mit einem Mal und rief: «Sehe ich recht? Colonel Dennis? Das kann doch nicht sein – Sir, Sie im scharlachroten Rock!»

Dennis kam aus dem Staunen nicht heraus. Die Rothaut sprach ein einwandfreies Englisch, und der Kerl kannte ihn offenbar genau. Und dann diese Mitteilung, Riel und Lépine seien ihm entwischt. Da hätte er sich tatsächlich mehr um den Treck der Indsmen kümmern sollen. Aber dann verwarf er ärgerlich diesen Gedanken. Wenn an dem Gefasel des bemalten Kerls etwas dran war, hätten die Rothäute die Gefangennahme der Rebellenchefs mit Gewalt verhindert. Dazu war seine Schar viel zu klein. Und da kam Dennis als echter Brite nicht umhin, die Gerissenheit und Verkleidungskunst der Suksisjoketuks beinah bewundernd anzuerkennen. Als er die sonderbaren Käuze vor sich nun genauer in Augenschein nahm, erschallte ein wahrhaft homerisches Gelächter.

Dennis japste nach Luft, und es dauerte eine geraume Weile, bis er imstande war, auszurufen: «Mann, Dunhill! Haben Sie eine Karriere gemacht! Vom Milizcaptain zum Chief einer Horde Wilder, die, wie ich vermute, als Indianer herausgeputzte Ranger sind. Oh, Dunhill, Dunhill, man hatte mir befohlen, Ihren Leichnam zu suchen, und nun stehen Sie quicklebendig vor mir, Sie trübe Funzel...»

Der Herbst war in den Winter übergegangen, den langen, barbarischen Winter Nordamerikas, mit seiner Kälte, dem Schnee und den gefürchteten Blizzards. Aber der Winter konnte seine Herrschaft nicht unbegrenzt ausüben, von Monat zu Monat schien die Sonne stärker und schließlich leckten ihre Strahlen auch die letzten Schneereste in den Tälern Montanas fort.

Louis Riel hatte seinen Wohnsitz unweit von Fort Benton genommen. Die Destouelles und die McLellans, nun eine Familie, hatten sich auf dem Jagdgebiet der Assiniboine neue Blockhütten errichtet. Zwischen diesen beiden Ansiedlungen pendelte Ambroise Lépine hin und her. Mal mit einer Botschaft von Louis Riel, mal, um sich nach den Vorbereitungen des Assiniboine-Councils zu erkundigen, und ein anderes Mal aus purer Freundschaft, wie er sagte. In Wirklichkeit jedoch, um sich an Emiles Selbstgebranntem zu erfreuen. Der alte Sünder Emile hatte sich auch im Exil nicht von seiner Kunstfertigkeit abbringen lassen.

Qualmten dann abends die Pfeifen und Benny kam, um reihum eine gute Nacht zu wünschen, konnte es sich Ambroise angesichts des hochgewölbten Leibes von Mabel nicht verkneifen zu sagen: «Also wenn es ein Junge wird, soll er Louis heißen . . .»

An einem frischen Maimorgen schob er wieder einmal seine massige Gestalt in Emiles Ausschank, lehnte aber einen Schluck ab. Er müsse Tomahawk sprechen. Als der junge Mann kam, verkündete Lépine seine Neuigkeiten.

«Es ist soweit! Louis Riel will zum Saskatchewan. Gabriel Dumont hat Nachricht gegeben, die Engländer gehen daran, die Cousins in Reservationen zu pferchen. Auch an den Métis vergreifen sie sich wieder. Der Kampf ist also noch lange nicht zu Ende. Tomahawk, du sollst einen guten Schleichpfad erkunden, um Louis und mich nach Batoche zu führen. Dort wollen wir wieder beginnen. Bist du bereit?»

Tomahawk nickte nur.

Anderntags sattelte er seinen Grauen und nahm Abschied. Als er hinter dem Hügel verschwunden war, sagte Emile zu Lépine: «Nun reitet mein Kleiner wieder als Spürhund.»

Ernst nickte Ambroise. «Ja, Emile, aber jetzt für sein Volk.»

Anhang

1) Métis: francokanadische Mestizen
2) Engländer: Die Métis bezeichneten die weißen Kanadier als Engländer
3) Assiniboine: Siouanischer Stamm (in den Plains)
4) Suksisjoketuks: etwa: Die in den Bergen jagen. Gruppe der Assiniboine
5) Assiniboia: Name des Gebietes zwischen Rocky Mountains und Red River bis 1870
6) Dominionsregierung: 1867 hatten sich die britischen Kolonien in Nordamerika zum Dominion of Canada zusammengeschlossen. Davon unberührt blieb der Besitz der Hudson Bay Company. Diese verkaufte 1869 dem Dominion ihre Gebiete, ohne Zustimmung der ansässigen Bevölkerung der Métis, Schotten, Anglomestizen und Indianer.
7) Heuprivileg: Unbenutztes Prärieland zwischen den Farmen. Da sich kein Wild dort hält, wird es abgeheut. Gilt als Gemeinschaftsbesitz
8) Red-River-Karren: Zweirädriger Leiterwagen, einziger Wagen der Métis, die deswegen von den Indianern Wagenmenschen genannt wurden.
9) Firsters: Bewaffneter Stoßtrupp der extrem rassistischen Canada Party
10) Brass Boy: Messingbube, Jargonwort für die Winchester 66

Demnächst erscheint in unserem Verlag die Erzählung **«Der Tod kam in der Mittsommernacht»** von **Jan Flieger.**
Hier eine Leseprobe:

Rechenbach vernahm die Wohnungsklingel zweimal kurz, einmal lang – das Zeichen. Und doch schlich er vorsichtig auf den Flur, griff nach der Walther und entsicherte sie.

Dann blickte er durch den Spion.

Sie war es! Kristine!

Sie war immer pünktlich, erschien zu der Minute, die vereinbart wurde. Er öffnete, und sie trat schnell ein. Sie lagen sich in den Armen.

»Komm«, sagte er dann.

Sie ging vor ihm her in das Wohnzimmer.

Eine Widerstandskämpferin würde man in dieser mädchenhaften jungen Frau nie vermuten, dachte Rechenbach. Nie! Und doch war Kristine eine Frau, die das Risiko kannte und das Ende, wenn sie gefaßt wurde: die Folterhölle der Gestapo in Oslo.

Kristine lächelte. »Du hast gelegen, Thorleif?« fragte sie.

»Einen Augenblick nur.«

Sie setzte sich in den grünen Sessel, der nahe dem Fenster stand.

»Mußt du heute nacht wieder senden?« fragte sie.

Rechenbach nickte.

»Sie haben zwei Razzien gemacht«, sagte sie, »ganze Straßen wurden abgesperrt. Menschen sind erschossen worden, weil sie nicht stehenblieben.«

»Ich muß ihre Kontrolle nicht fürchten«, sagte er. »Ich habe kein Funkgerät bei mir. Zwei Funkgeräte habe ich an verschiedenen Orten deponiert.«

»Und wenn sie einen Steckbrief von dir haben?«

»Das sind zu viele Gesichter, Kristine«, antwortete er, aber insgeheim mußte er ihr recht geben. Wenn der Zufall ihm einen Streich spielte? Wenn ihn ein Gestapomann kontrollierte, der sein Foto gesehen hatte?

Kristine blickte ihn aufmerksam an.

»Die Texte müssen in den Äther«, sagte er dann. »Ich habe gestern geschwiegen, aber heute – es muß sein, Kristine. Und ich kann im Höchstfall nur fünfmal in einer Nacht senden. Das ist im Augenblick das Äußerste.«

Er wich ihren Augen aus und lief im Zimmer auf und ab. Warum begann sie nicht zu üben? Sie sollte sich an die Übungsmorsetaste setzen. Dieses Gespräch führte zu nichts. Es machte sie nur unruhig, aber auch ihn. Er mußte sich voll auf das Funken konzentrieren. Jede Dezimierung der faschistischen Kräfte hier in Norwegen trug dazu bei, daß ausgeruhte deutsche Einheiten nicht an die Ostfront verlegt werden konnten. Dafür wagte er alles, dafür kämpfte er unter Gudersen, den nur Norwegen interessierte und ein König, der in London saß.

Kristine sah ihn noch immer mit großen Augen an.

Aus Gründen der eigenen Sicherheit hätte er nicht mehr funken dürfen, und doch mußte er es tun, auch, wenn ihm die Gestapo so nahe war. Er mußte funken bis zum letzten Augenblick, der ihm in Oslo bleiben würde, bis er in die Mündungen ihrer Waffen sah.

»Hat es jemals so einen furchtbaren Krieg gegeben?« fragte Kristine plötzlich.

»Nein«, antwortete er. »Doch was bis jetzt war, ist nur der Anfang gewesen. Das Inferno beginnt erst, wenn die Faschisten verlieren.«

»Und sie werden verlieren?«

»Sie werden!« sagte er.

»Das glaubst du ganz sicher?«

»Ja«, seine Stimme klang fest und bestimmt.

»Du hast keinen Zweifel?«

»Nein«, antwortete er. »Und wenn ihr es nicht allein schafft, sie aus eurem Land zu vertreiben, hilft euch die Rote Armee.«

Sie sah ihn verblüfft an. »Russen in Norwegen?«

»Warum nicht?« fragte er. »Oben im Norden werden sie beginnen.«

Der Lärm der Straße drang zu ihnen herauf.

Sie erhob sich, trat zu ihm heran und legte ihren Kopf an seine Brust. »Lieber«, flüsterte sie. Und noch einmal: »Lieber.« Sie nannte ihn nicht bei seinem Decknamen Thorleif, und das gefiel ihm.

Behutsam streichelte er Kristine, deren Schultern leise bebten. Sie weinte, unhörbar und so, daß er es nicht bemerken sollte.

Von der Straße drang Sirenengeheul herauf.

Er lief zum Fenster. Vorsichtig spähte er hinab, sah eine schwarze Limousine, die die Straße entlangbrauste. Die Autos, die ihr entgegenkamen, fuhren zur Seite, und die Passanten blieben erschrocken stehen, einige drückten sich an die Häuserwände.

Aber so werden sie nicht kommen, dachte er, sie werden kommen, wenn ich sie nicht erwarte. Doch ich muß sie immer erwarten, zu jeder Stunde, beinahe in jeder Minute.

Und wenn sie es waren? Wenn sie einen Verbindungsmann gefaßt hatten, der ihn kannte, oder wenn ein Spitzel ihnen half? Ein Quisling?

Ihn fröstelte. Er stand und blickte dem Auto entgegen.

Sie sind es! hämmerte eine Stimme hinter seiner Stirn. Sie sind es! Jetzt kommen sie!

Er entsicherte die Waffe. Wenn er Glück hatte, konnte er sie treffen, wenn sie im Treppenhaus zu ihm heraufstiegen. Aber sie kamen nie alle zur selben Zeit, es kamen nur immer zwei, die anderen warteten vor und hinter dem Haus, und ihre Waffen verwehrten die Flucht.

Er spürte die Finger Kristines, die sich in seinen Arm verkrallten. Noch vier Häuser ...

Noch zwei ...

Eine kalte Ruhe erfüllte ihn, obwohl sein Herz sehr schnell schlug.

In der nächsten Sekunde würden sie mit kreischender Bremse vor dem Haus halten, würden die Türen aufreißen und zu ihnen heraufkommen.

»Erschieß mich, wenn sie im Treppenhaus sind«, flüsterte Kristine.

Das Auto jagte am Haus vorbei.

Nur langsam beruhigte sich sein Herz. Noch immer hielt er die Pistole in der Hand.

»Erschieß mich, wenn sie kommen und wir zusammen sind«, sagte Kristine und blickte ihn an.

Rechenbach schwieg.

»Tust du es?« fragte sie noch einmal.

Die Spannung, die ihn in den letzten Minuten erfüllt hatte, fiel von ihm ab. Er preßte sie an sich, nahm ihr Gesicht in seine Hände und bedeckte es mit Küssen, er küßte ihre Wangen, ihre Augen, ihren Hals, küßte sie so wild, daß sie leise stöhnte. »Ja«, sagte er, als er seinen Mund in ihr Haar vergrub. »Wenn ich es noch kann.«

Sanft löste sie sich von ihm. »Du wirst es tun?«

»Ja«, versprach er noch einmal. »Du glaubst, daß du unter der Folter schwach wirst?«

»Ich habe Angst vor der Folter«, gestand sie leise, »eine Angst, die mich schlaflos macht.«

»Niemand weiß, ob er die Kraft hat zu schweigen. Ich kenne einen, der die Folter mit Sicherheit ertragen würde.«

»Wer?«

»Gudersen.«

»Woher weißt du das?«

»Es gibt Männer, denen man es ansieht.«

»Und du, würdest du die Folter ertragen? Du glaubst, daß du es kannst?«

»Ich wünsche mir, daß ich stark genug bin, nichts zu verraten. Doch das kann man nie wissen.«

Er schwieg, er wollte nicht mehr an die Verhaftung denken,

nur an die Nachrichten, die schon chiffriert waren, aber noch in den Äther mußten, und an die Informationen, die noch zu chiffrieren waren. Wenn die Kuriere gekommen waren, würde ihm Gudersen neue Informationen übergeben. Er mußte funken, er mußte jede Minute nutzen, die ihm dazu verblieb, und er würde mit wenig Schlaf leben müssen in den Tagen und Wochen, die vor ihm lagen.

Wie groß Kristines Augen sind, dachte er, wie die Augen eines Kindes. Doch diese Augen hatten schon den Schrecken gesehen. Kristine in den Kellern der Gestapo? Er begriff, daß er das Mädchen töten mußte, wenn ihm noch Zeit dazu blieb. Aber gewiß würden ihn die Faschisten allein fassen, würden ihn beim Funken überraschen, wenn sie alle Peilautos nur auf ihn konzentrierten. Er würde die Sendezeiten weiter und weiter verkürzen müssen und die Sendeorte noch häufiger wechseln, denn sie konnten nicht für jeden Ort, von dem er einmal gesendet hatte, Peilautos bereithaben. Aber Bauzelte hatten sie genug, in denen sie ihre transportablen Funkpeilgeräte verbergen konnten. Er hatte sie schon in vielen Straßen gesehen. Er wußte, die Faschisten waren ihm nahe, so nah wie noch nie.

Er setzte sich neben Kristine und sah zu, wie sie die Morsetaste bediente. Ihre Hand war beim Geben locker und nicht verkrampft.

Allmählich steigerte sie die Geschwindigkeit. Ihre Hand war locker, sie gab die Morsezeichen aus dem Wurzelgelenk heraus, ohne daß der Ellenbogen ihres linken Armes auflag. Er brauchte nicht mehr zu korrigieren. Die Fehler, die andere häufig machten, das Senken des Ellenbogens oder das Abspreizen, das seitliche Abkippen des Handgelenkes, das Verkrampfen des Körpers, machte sie nicht.

Und sie kannte nicht einmal das Morsealphabet, als sie zu ihm gekommen war. Er dachte wieder an diesen Tag ...